复活纪

给每一位想在压力中假释的人

一个随时出走的私生活

生命暗章

[美] 李怀瑜 —— 著 陈芙阳 —— 译

# DARK
# CHAPTER

## Winnie M Li

人民东方出版传媒
People's Oriental Publishing & Media
东方出版社
The Oriental Press

献给所有的被害人和幸存者
以及处于这两者之间的大部分的我们

# 好评推荐

　　《生命暗章》既令人生畏又扣人心弦，叩问心灵的同时兼具启发性，既令人震惊又富有洞察力……这是一部勇敢而又才华横溢的作品。

——比迪沙

　　正如我读过的那些令人爱不释手的犯罪小说（约翰·格里森姆、迈克尔·康奈利、鲁斯·伦德尔）一样，这部作品同样让人爱不忍释，且扣人心弦……《生命暗章》是一本有希望通过改变人们的想法来改变世界的书。

——埃米丽·雅克布

　　作为作家和活动家，李怀瑜展现了不可思议的深度和激情，感人至深且富有力量。一个有重要意义的故事，美丽与残酷并存，从少有的女性视角探讨了一个至关重要的话题。

——蒂夫·史蒂文森

　　写强暴的题材从来都不轻松，然而李怀瑜的书写敏锐犀利却又不会过分煽情……一个引人入胜的故事。

——SI Leeds 文学奖评委会主席卡迪贾·塞萨伊

这部情节紧凑的小说让我读完后既惶恐不安又因深受触动而泪流满面……如果有男人难以理解女性为什么对不受欢迎的关注充满反感，那我建议他阅读李怀瑜的这部小说。

——斯科特·哈德利

这是一本关于生存的书。《生命暗章》应被视为代表希望的灯塔，一个揭露男性暴力是多么残暴和具有破坏性的故事。

——朱莉·宾德尔

# 目　录

# 序幕

　　大家都说，发生这样的事就会彻底改变人生，人生永远不会再像事件发生前的那一天，甚至是事发前的两小时。当时的我，正等着那班驶离贝尔法斯特市区的公交车，它会行经瀑布路然后开往城市西郊。

　　这样思考人生，是否太戏剧化了？就这样断然划开自己的存在，让自己人生前二十九年与之后的所有日子都一刀两断吗？现在，我站在深谷的这一端，望向人生等高线中始料未及的一道裂缝，我渴望对深谷另一端的年轻自己大喊。她就站在对岸，对即将到来的事件浑然未觉。她是一个遥远的微粒，似乎就要离开我的视线。不过在她心中，她认为她很清楚自己前行的方向。她手中拿着一本步道指南，准备沿着步道前进。指南书上写着，该步道从这里开始，爬上这坡地，接着沿着高原的外围来到一个高处，到达可眺望城市的山丘。她不知道后面有人跟踪，她只一心想着前方的步道，而非她无法预见的事。

　　现在，我站在深谷的这一端，迫切地想要警告以前的自己：有人在跟踪你，有人在灌木林间潜行，他尾随着你。我好想大喊，停！这不值得！忘了这步道，快回家吧！不过，她无论如何也不会听的。她太固执了，在这清爽晴朗的日子，她坚定地爬上这条步道。现在，已经太迟了。她来到偏远的郊外，就算回头，也势必会遇见他，因为他就跟在她身后窥伺着。

她已经横越斜坡，找到了阳光普照的牧草地和深谷陡峭的斜坡间的步道。她驻足片刻，呼吸这一带美丽的绿意，步道上方枝叶成拱，在她的左方延伸出一片亮丽的田野。她逃离了城市，乡间就此真正展开。这里像是一个小小天堂，让人再次享受最后的宁静时分。只是，她停留在边缘，在她右方，地面陡然急坠直入深谷。

下面的河流隐约传来激流的水声，此处的空气闻起来有粪肥、阳光以及温暖的青草味，虫子在林间洒下的光线中慵懒浮移。就在此时，当她看向右方林木茂密的峡谷时，她发现斜坡上有个在灌木间躲躲藏藏的人影。她的心脏突然不自然地急跳，直到那个时候，她才明白她被跟踪了。

多年以后的现在，我仿佛才是那个跟踪以前的自己的人。我亦步亦趋，有如来得太迟的守护天使。她拨开前方的枝叶，我无形地跟着照做。她加快脚步，拉开和跟踪者之间的距离，而我紧紧跟着她。她本能地知道自己必须在他赶上之前，到达开阔地带，所以她努力结束步道最后几米，努力爬完山脊路段。我伸出无形的手，想要制止那个小混蛋，想要像橄榄球球员般钳制他，然后放声要她快走，快到草地，别再爬山了，放弃步道，直接奔向交通繁忙的大马路回家。但是，我无力阻止，事情必定会像已然发生的情节那般展开。

那个过去是我们的过去，所以我困在深谷这一端，只能目睹他追上她。我不想看到接下来的情节，它早已在我心中重演太多次了。要是我能够将事件冻结在此处——就在那最后时刻，停留在阳光普照的牧草地及直坠的深谷之间——那么，一切都能安然无恙。如此一来，那就不会是我的人生，而是一个在春天的午后，愉快徜徉在爱尔兰乡间的路人。只是，我的旅程结果却不太一样。

# 第一部

她坐在诊间，等着心理咨询师摆弄好摄影机。这房间很小，有一种公家出资、学术性的狭隘感。在她头顶上方张开大口的是高高的书架，上面摆满了那种关于创伤复原、患者监测、认知行为疗法的正经书籍。她右方的软木板上，钉满葛林医生以前的病人捎来的亲笔谢卡，里面有一张明信片，画面是洁白的沙滩上一棵孤零零的棕榈树。

她的视线转向窗外灰蒙蒙的天空，这是十一月的南伦敦，远远可见伦敦眼的圆弧，跨过好几里的社会住宅街区。这些住宅有如绵延的水泥丛林，就这样从丹麦山窜出，穿过象堡地区，直奔泰晤士河。

摄影机的红灯开始闪动，葛林医生满意地坐下来，抚平她有如玉米般金黄的发丝，面向她的患者。

"好了，这件事再和我说一次，这次尽可能说仔细一点。"

她努力不让自己叹气，她早料到会有这种事，但不免露出不快的语气："你是认真的吗？要我再说一次？"

"我知道这让你身心交瘁，但这在治疗过程中不可或缺，你可以轻松地慢慢来。"

"不带任何情绪？"

"着重在事实情况，以及细节部分，就算带有情绪也没关系。"

她喜欢葛林医生的耐心和不带批判的态度，以及她有如图书馆员般的时尚品位、对猫咪的迷恋，这些特质全出现在三十多岁的金发苗条女子身上，倒是出人意表。正常情况下，她可能会觉得备受威胁，但在这里，她只感受到这位心理咨询师的默默支持、执着和守护，并致力于了解自己的病人。

她疲惫地对着摄影机，完全不想再说一遍。她已经说了好几个月，对警方、对医生、对危机应变中心，也对着评估她是否需要治疗的心理保健委员会，而现在又要对着她的心理咨询师说好几次。然而，每次总会有细微的不同，有时着重于医疗细节，指出她哪个部位被打、被迫做了什么；而有时着重于侵犯她的对象，提到他的长相、他的口音。但是，她脑中总会浮现同一个场景——明亮的春天早晨，树林间洒落的阳光，山坡上出现穿着白色针织衫的身影。

她现在可能连睡觉时都可以背出来了，其实，这也是她最近每晚都会在心里默默做的事，在梦中编造成无数的版本。有时，梦中会有她过往认识的人，早已忘怀的中学运动健将带着长大后的面孔现身。有时，梦中出现虚构的地点，多半是以前看过的电影中有如科幻小说般的场景。但是，梦里必然会有树林及田野的交会处，树林那头像是光亮又安全的避难所，不断萦绕。只不过，树林里并不安全，因为那光亮的田野并未提供庇护，反而不断地在睡梦之中撩弄她，在她的意识边缘闪烁。

摄影机的红灯闪动，棕榈树在长方形的明信片上摇曳。

她清清喉咙，再次从起点开始叙述。


一小时后，在午后阳光的最后时分，她从丹麦山路走向坎伯韦尔绿地。现在，这成了她熟悉的日常行事：星期二下午，搭公交车到坎伯韦尔，进行和葛林医生的疗程，接着或许在搭车回家的路上去一趟华人超市。

最近，她经常觉得精疲力竭，三小时的外出时间已是她的能力极限。事件发生后，诡异又让人疲累的惧旷症已纠缠她几星期，一直都有即将复发的威胁感。阳光可能太刺眼了，寒风可能太刺骨了，而街上的人群可能太喧哗、太费解，何必冒险外出呢？

她的公寓、她的房间，以及她的床，一向是她的安全所在。

这个下午，在离开莫兹利医院后，她沿着丹麦山路走入现实世界，此时她的床就显得特别吸引人了。

着重在事实情况，以及细节部分，就算带有情绪也没关系。

然而，重点是情绪并不在里头。至今已好几个月，她觉得自己被剥夺了所有感受。派对来来去去，朋友订婚了，或电话另一头妈妈的唠叨，她都没有任何感觉。她有的，只是一种远离世界的奇异抽离感，她只是浮游在真实人类居住之地的一个幽魂，仔细观察人类如何过日子，接着又飘开了。她甚至没办法让自己对自己缺乏感觉这件事，感到悲伤或生气。她只有一种知觉的空白，对这件事没有情绪、没有反应，只是已经知悉。

她飘进了华人杂货店"王氏超市"，她看不懂产品上的标签，没办法用中文或广东话和店员交谈，但身处杂货店通道就能让她回想起童年，这为她带来慰藉。一排排每包三十便士的泡面，亮晶晶的塑料包装上许诺着咖喱鲜虾、红烧牛肉，以及宫保鸡丁等口味。一罐罐笨重的荸荠、草菇和莲藕罐头，这是她一年前想都不想买的东西，却是她从小到大常看见出现在妈妈的快炒或冬令煲汤的食材。

她不明白，现在自己为何要买这些东西，它们可不像特易购超市卖的那些即食餐盒那样容易料理。只是，她第一次去坎伯韦尔的莫兹利医院接受评估时，就看到上坡街道右侧的王氏超市了，它散发出儿时记忆的华人杂货店气息。

她在货架之间游走，听见超市播放的中文歌，曲中诉说着爱情和失恋，半带哭腔的歌手似乎是一位意志坚定的中年女子。这是妈妈可能会听的歌，但对她而言毫无意义，只为她带来一种不自在的熟悉感，而成年后只要接触华人相关事物，她都有这感觉。

她拿了四包泡面、一罐玉米笋以及一瓶酱油。以一张五英镑纸钞结账后，她就离开这满是霉味的空间走上大街，但中文歌仍回荡在她耳中。

五个穿着制服、刚放学的青少年从她身边经过，全都是十几岁的黑人，他们大声嚷嚷，她不予理睬，漫不经心地飘过他们。

到了公车站，又见到另一群青少年，是三个白人，他们一边看着人行道上的两个女孩一边窃笑，说着她听不见的评论。

上公交车时，她和其中一人擦肩而过。他转头，盯着她看了一会儿。她无法判断他目光里的含意——是青少年的欲望、怒气，抑或只是不快。不过，他冰蓝的眼睛划过了她，似曾相识，她的胃部翻腾、额头发汗。她踉跄地爬上台阶，赶紧坐下，努力压抑肚子里的反胃感。看着这群青少年继续走过街道，她知道他不是那个人，只是另一个长得有点像的青少年。

不过，最丢脸的是，即使只是随机和一个学生擦身而过，也可以造成巨大的破坏。

反胃的感觉不断涌来，但她克制住，将它保持在能管控的程度。她不会吐的，只是旧事浮现。她将双膝拉向胸口，抱住膝盖蜷成一团，然后望向车窗外，等待公交车驶离人行道。

\*

一时之间，他想不起自己是怎么回家的，身上还穿着前一晚的衣服，头部阵阵抽痛。他一定是在沙发上睡着了，天已经亮了好久，窗户射入过于明亮的阳光，不知何处传来了鸟叫声。

老爸出去了，哥哥也一样。

然后，他想起来了，几小时前，他、盖瑞，以及唐诺在黑暗的街道上晃荡，喝了满口的廉价威士忌，还有其他有的没的。昨晚他嗑了药，还有一些毒品。他想起和哥儿们进了一间酒吧，却被老板赶出来。然后，他们就窝在盖瑞家看A片。

他看过那部片，回想起来，尽管阳光灿烂、鸟儿鸣叫，他还是感觉自己兴奋了起来。

虽然这整个地方只有他一人，但他认为现在做这件事还太早。

他东张西望，老爸和麦可肯定都出门了，但还是晚点再做吧。而且，他头痛得要命，饿得半死，真他妈的快饿死了。他宿醉，头晕目眩，脚步蹒跚地走到露营拖车里的拥挤厨房，拉开冰箱、橱柜，找到一包只剩四分之一的饼干。

饼干，拿饼干当早餐真他妈的该死。

流理台上有个装了半杯水的马克杯，他拿起来喝，然后就这样倚着流理台，狼吞虎咽吞下那些饼干。他再次翻箱倒柜，却找不到任何东西，只看到一条过期六天的发霉面包。

他的肚子咕噜咕噜叫，比吃饼干前还饿。

老天，老爸说他会出去几天呀？四天，是吗？

他坐回沙发，双手抱头，或许药丸的效力还在，或许他可以再嗨个几小时而不必吃东西，这岂不是很棒吗？

哦，天哪，昨晚真是太好玩了。他想到酒吧老板的表情，还有他们三人带着满怀的薯片，拔腿冲出后门。威士忌滑下喉咙的刺激感，再配着摇头丸吞下后，整个夜空都在打转。

想到这里，他咧嘴笑了，真希望哥儿们现在有人和他一块。但是，他想不起他们后来怎么了，他又如何从盖瑞家回来。

一片寂静，只有阳光。然后，他听见石子打中车屋的声音。

是隔壁那个小瘸子。

一定是他，幼儿的叫声划破早晨时光，然后他妈妈从他们的车屋中对他狂吼。又有一颗石子打中墙壁。

他咬着牙关，发现因为前一晚的事，下颚还是好痛。

又一颗石子，啪嗒。

他气恼着冲出车屋，阳光让他目眩，他对那个小孩大吼。

"你够了没？"

小孩咯咯笑，往前跑了几步。他有棕色的鬈发，他那愚蠢的淡色大眼睛朝着他笑，好像在玩游戏。

他又狠狠地瞪着孩子，然后举起手像是要呼他巴掌一样，这一次，小孩尖叫一声就跑回车屋。

他哼了一声，眯着眼看着过于刺眼的太阳。在这特别温暖的四月早晨，有十辆车屋在这边驻扎，鲜明的白色映照在棕色和绿色的草地上，天空和地平线并行，在春天时分显得清爽澄净。

那一刻，他的宿醉像是消退了，他闻到割过草、翻过土的气味。真好闻，只是被旁边传来的柴油味给冲散了。阳光洒在眼皮上，他可以在这儿多待个一两分钟。他闭上眼睛，只剩下他和草地。夏天就要来了，如此一来就有更长的日光，只穿短袖上衣就能出门，还有心情放松的观光客能让他轻松下手。夜晚温暖，就有薄装的少女，那些愿意让人碰触的少女。

突然，一个小孩的声音打断他的思绪。

"你爸去阿马市①了。"

他睁开眼睛说："对，我知道。"

---

① 阿马市（Armagh），位于北爱尔兰的城市，在贝尔法斯特西南方约七十千米处。——译者注（本书注释，若无特别说明，均为译者注）

车屋角落的小孩在几米远之处看着他。老天，这边真的是撒泡尿都有人知道呀！

说到这点，该是去解放一下的时候了。他转身离开，走向草地边缘。

"你要去哪里？"

他没回答，径自往前走，感觉到孩子的目光盯着他不放。走到二十米外，他站在高处边缘，拉开拉链尿尿。

微风沿着地平线吹动云朵，贝尔法斯特在他的眼前延展开来，直入海边，而市中心耸立了一团密集而丑陋的灰棕色建筑物。

在他和城市之间，在住宅区和一块块的田野底下，山谷起了风。因为春雨的加持，河流发出盛大的水声，往上传到他站立的地方，陪着他把最后几滴尿甩至地面。

他呼吸着早晨的空气，这真是他妈的全世界最棒的尿尿景观。

*

"西部高地步道，这是最后一条了。"

她将图钉刺进地图，钉在格拉斯哥的北部山区，然后心满意足地坐下来。

"好，那么只有五条长距离步道。"玛莉莎带着讽刺的语调说道。

"五条。"她点点头，"我办得到，这一生总有一天能完成的。"

"那么……等你到了五十岁，还是会继续去步道健行吗？"

她大笑，老天啊，五十岁："但愿二十五岁以前，我就已经走完所有步道了，不然顶多三十岁吧！"

她今年十八岁，坐在宿舍的床上。玛莉莎大力坐到她身旁，蓬乱的头发散落在深绿色的床罩上。好一阵子，她们就只是静静坐在床上，抬头望着满是彩色图钉的欧洲地图。

"薇薇，这太疯狂了，你打算全都自己独自去吗？"

她耸耸肩："还没想那么远，但有何不可呢？"

毕竟，这不正是重点所在吗？梭罗就住在瓦尔登湖畔的小木屋，离群索居。惠特曼在树下写作，琢磨《草叶集》的诗句，胡子随着季节流逝而增长、蓬乱。爱德华·艾比①在美国西南大峡谷流浪，岩壁在他身旁拔地而起，天地间只有他和峡谷。

"你真的完全疯了。"玛莉莎摇摇头说道，"相较之下，只要能让丹尼·布鲁克斯和我一起喝咖啡，我就心满意足了。"

"真的吗？你还喜欢着他？"

"嗯，直到碰到更喜欢的人为止。"

她暗自微笑，此时，她对任何人都不感兴趣——不论是学校里哪个男生。或许，她瞥见的那些人群边缘看似有想法、与众不同的男孩还有点可能。不过，整体而言，班上那些说着无趣笑话、想表现自信进而狂妄吹嘘的男孩……到目前为止，她对他们没有太大兴趣。

玛莉莎仍说个不停："上经济学时，有好几次我看到金查理盯着我。"

"他是你的菜吗？"

"他还蛮有意思的，我从没亲过亚裔男孩。"

"我也没有！"

两人咯咯笑了起来。

"但是你爸妈不希望你这样吗？"玛莉莎问。

"怎样？你是指亲亚洲男生吗？说真的，就目前来说，我爸妈根本不希望我和任何人接吻吧。"

① 爱德华·艾比（Edward Abbey），1927—1989 年，有"美国西部的梭罗"之称号，著有《旷野旅人》等书。

"你真幸运。"玛莉莎伸出手，抚着好友的头发，"我妈不断问那些烦人的问题：你还没找到好男生吗？生活中有碰到特别的人吗？拜托，我们才刚上大学四个月！"

"我很庆幸，还好我妈不会问这些问题。"

又是一阵沉默。星期五的晚上，她们听见走廊上其他学生准备外出找寻最热闹、最多酒精助阵的派对。走廊尽头的男孩们大声吼叫，隔壁女孩大喊要他们闭嘴。这层楼有人打开了音响，绿洲合唱团的歌声穿透数道墙面。

"你的头发超美的。"玛莉莎呢喃，手指梳过薇安的浓密黑发。

"就只是头发呀，不过是头上长出来的东西。"

"是呀，但你看看我头上长出了什么？"玛莉莎指着自己细软的棕发，"如果我有你这样的头发……"她声音变小了，但仍继续抚弄薇安的黑色长发。

"怎样？"她好奇，"如果有这样的头发，你会怎样？"

"我会……我会……我不知道，我会弄出最赞的发型，每天都换发型！"

"太麻烦了。"她嗤之以鼻。

但是玛莉莎兴奋地跳起身："不，我们来吧！你有发夹、头发定型喷雾吗？"她环视整个房间，但五斗柜上几乎没有什么发饰。

"没关系，我来想办法，说真的，这一定会很好玩。"玛莉莎盘腿坐着，开始梳理朋友的头发，"我帮你弄个发型，然后一起去参加今晚齐席格的派对。"

没多久，她就爱上了这个提议，她不再是两年前才开始戴隐形眼镜、缺乏自信的少女。或许，她能遇见一位好男孩，不是那种说话粗声粗气的体育狂人，而是让她心跳加速的男人。

她微微痛得缩了一下，只见玛莉莎紧紧扯动她的头皮，急切地梳着她的头发。随着玛莉莎的手指穿梭在发丝间，时而编发，

时而用橡皮圈将发辫绑成一束，她的神情逐渐放松下来。她保持
耐性坐好，望着眼前墙面上的地图。西部高地步道、圣雅各布之
路，以及欧洲十五号步道，这些步道蜿蜒于丘陵，穿过山谷，就
在世界的另一头。

*

"你在哪里找到这马子的？"盖瑞又拉开一罐嘉士伯啤酒问道。

"公园。"

"她在公园干吗？"

"我不知道，散步吧。"

"有人看到你吗？"

"没有。"他很确定那里没有别人。

"那你怕什么？觉得她会说出去吗？"

他耸耸肩，等于是承认了。

"她年纪比较大。"他终于放胆说道。

"多大？"

他记不得了，一切都模糊不清。他知道她年纪比他大，但他
也喜欢她这点。他知道他问过她几岁，她也立刻回答了，不像有
些女孩只会不断傻笑，只是他记不起来她是怎么回答的。

"忘了，二十几吧。"

"是二十一还是二十八啊？"

"天啊，盖瑞，我不记得了！我还很晕，她看起来比实际年
龄小。"

"而且看起来很独立自主的样子吧？"

"嗯，对，算是，很奇怪的样子。"

其实，他还不得不揍她几拳、掐住她喉咙，要她乖乖听话。

＊

第一次看到《爱尔兰民间传说故事》这本书时，她八岁，当时是在新泽西州边木丘的巴恩书店。书封上，满月的绿色山丘上矗立着环状巨石阵，一条小径穿过迷雾而来。旅人的孤影走在小径上，行经月光下的巨石阵。

她说："妈咪，拜托，可以让我买这本书吗？它只要两美元。"

果然，如果是一本书，而且又是便宜的书，妈咪就不太会拒绝。读书就是有益处，会让人变聪明。

她微笑地翻开书页，看故事之前先浏览了图画。她想象自己是封面上的旅人，走在爱尔兰的一处步道上，那里只有她及映于巨石阵上的银色月光，她不断地想象着。

＊

"你哥哥麦可……真是会被他气死。"妈妈一如往常地大叫，他很希望能像老爸一样，给她一个耳光让她住嘴，"只会进进出出监狱，一直这样，很小就被抓进去关了。想到他，我就烦恼得要命。"

他不发一语，她老是说着麦可的事，一直唠唠叨叨，真丢人。

他望向窗外，看着车屋外的田野。这次他们选了一个好地方，科克市这里没有太多房子，没有太多人盯着他们，有许多开放空间，能让他及其他漂旅人 ① 的孩子游玩。

他说："我要出去了，不然要天黑了。"

"钱宁，你要当个好孩子。"妈妈说着伸手摸他的脸。

_____

① 漂旅人（Traveller），起源于爱尔兰的流浪民族，相当于欧陆的吉卜赛人。漂旅人和吉卜赛人的起源不同，外表也不一样，漂旅人偏向西方人，吉卜赛人像东方人。

他闪开，他才不是小孩，不需要妈妈这样碰他，若是被女生看到了怎么办。

*

当她六岁，就读小学二年级时，他们班上来了一名语言治疗师，找了所有发音奇怪的孩子谈话，包括她。

他们一个接着一个走进另一个房间，和语言女士一起坐。语言女士一头短发，而且名字叫杰森。真有趣，女人取了男人的名字，而且看起来还像个男人。

"你叫什么名字？"

"薇安。"

"好可爱的名字。"

语言女士要她大声念出一些句子，然后给她看了一堆图，问她会不会念上面的英文单词，rabbit、red、lemon、wheel、giraffe、snake 等。

语言女士问，可不可以很慢、很慢地念这几个英文单词？

raaaaaa-bit、rrrrr-ed、leh-mon，她重新念了一遍。

语言女士点点头。

她说："很好，你念得非常好。"

当她再一次见到语言女士时，妈妈也在场。她也要妈妈念一些英文单词，同样的那些词，rabbit、red、lemon。

语言女士说："哦，你看，你是从妈妈那里学来的。"

妈妈大笑。她问："真的吗？"

语言女士说，她得矫正 R 和 L 的发音，或许还得注意一下 S。

现在，她不会再说她 R 的发音没错了。

"这是因为你妈妈是从另一个国家来的，所以她说英语的方式有点不一样。"

她从未注意到自己和别人的发音不一样，妈妈也是。

"那么，我们每星期二见，我们可以来玩一些游戏，改善你的R和L，之后你就可以开始说出漂亮的卷舌R了，你觉得听起来如何？"

她点点头，她喜欢这个主意。她也注意到来见语言女士的其他孩子，除了发育迟缓的人（待在最低阶阅读班的人）外，就只有印度人琵雅和莫同学了，莫同学因为姐姐包头巾而被人取笑。

和这些发育迟缓的孩子在一起，让人有点难为情，但至少语言女士很亲切。

每个星期她都有说话课的作业，还蛮有趣的，像是用舌尖顶住口哨糖，再向后卷五次，这样她的R音就会有卷舌的感觉了。

还有，要让舌头抵住牙齿后方，再发出L的音，L—L—L。

整整五个月的每个星期二下午，她都要上R—R—R—R和L—L—L—L的课程。

她的舌头好累，但她还是继续努力。往后卷，用舌尖顶住口腔上方。


然后，到了春天的某一天，语言女士说她不必再去上课了。

"你R的发音很漂亮！你办到了！"女士给她一张上面有蝴蝶结的证书，是颁给第一名的蓝色，还有一个大R和一只兔子（Rabbit），让她可以用红色（Red）来为兔子上色。

"现在再念一次给我听，Rachel the Rabbit is Red（瑞秋兔兔是红色的）。"

"Rachel the Rabbit is Red."

语言女士鼓掌："你应该为自己感到很骄傲。"然后她给了她一个拥抱。

从此，她没再见过语言女士，往后星期二下午也不用再和发育迟缓的孩子、琵雅、莫同学一起上说话课了。她回到原班级上课，而她说的 R 也是不同的发音了，就和其他人一样。她的舌头会自动往后卷，她已经记不得以前舌头平躺在口腔底部是什么感觉了。

从现在开始，往后卷，只有漂亮的 R，只有正确的发音。

\*

他三岁时开始记事，他最早的记忆是音乐、笑声，以及火堆的热度。田野的夜色，仰望星空。在寒意中发抖，往空中吐出呼吸的白烟。在车屋之间的泥地玩躲猫猫，和当时还是宝宝的妹妹克莱儿咯咯大笑。麦可打倒他，然后教他怎么出拳。爷爷把他丢向半空中，火花将爷爷的戒指映得闪闪发光。夜晚很冷的时候，就依偎在妈妈身边。

四处弥漫着威士忌的酒味，大人畅怀大笑，火堆慢慢熄灭。

后来，到了车屋里面，爸爸大吼大叫的，妈妈也吼回去。事情发生时，他躲在桌子底下，他看到爸爸一直揍妈妈。后来爸爸睡着了，身体缩成一团的妈妈却还是哭个不停。

她抬头看他，脸上全是瘀青及泪水。他爬向她。她说："来吧，钱宁，我现在陪你去睡觉。"

\*

星期日的早晨，她总会趴在厨房的地板上看报纸。地板瓷砖会贴着她的皮肤，特别是在夏天时，因为妈妈为了省钱从来不开冷气。

然而，她却不太介意。星期日的报纸送来时，厚得像砖块，不同版面各自折成一摞。她十二岁，快满十三岁了，她可以花好几小时看报纸，听着瑟琳娜练钢琴的琴声。她的手肘撑着地，肚子压在地板上，两脚朝上摆荡着，两手翻动着报纸。

妈妈会从她身上跨过，开始洗早餐的盘子。爸爸老是看着财经版，那真的太无聊了。现在学校每星期一有社会时事课，她必须从头版选一篇报道来讨论。有一次，她剪下一篇新闻，关于在帕塞伊克河打捞出的一名死亡女性，"发现一具遍体鳞伤、全身赤裸的女尸"。班上男生开始咯咯笑，而老师斥责她居然选了如此暴力的新闻。她猜想，自己应该报告一些无聊的东西才对，像是和平会谈或是最高法院的案子之类的。

不过，对于旅游版，她倒是会从头到尾看完。不管是度假地点、加勒比海的特价游轮船票，还是挪威山区的火车旅游，她什么都看。她的脑袋里有太多疑问：要怎么飞去土耳其？加勒比海这些岛屿之间有什么不同？阿帕拉契步道要走多久？

报纸上主要报道北新泽西的消息，有时会提到现在博物馆的展览和表演，她会看看博物馆和表演的地点，再将新泽西的地图摊开在地板上，试着找出这些城镇。

地图让她深深着迷，她可以花一整个早上研究。地图折成长方形，而纸张的长方形边缘因磨损而模糊，她要小心翼翼才不会扯裂地图。城镇一个挨着一个，有时会有河流或高速公路隔开城镇。她会试着找出从边木镇到博物馆或剧院的行车路线，先是沿着熟悉的高速公路，再顺着某条州际公路抵达目的地。

她知道，他们其实永远不会去看表演或博物馆展览，爸妈忙着照顾洗衣店的生意，也没闲钱参加这种行程。但她如果真的提出要求，如果他们真的答应了，她就可以立刻告诉他们开车的路线。知道怎么前往，几乎就等于实际前往了，其中有种小小的满足感。

她会看着地图，留意公园的所在地。州立公园有如一道巨大的绿带，延伸于地图上，周边还点缀着地方公园、湖泊和河流。她会努力将爸妈开车带她外出时所记得的地方，拿来和地图比对。但是，地图总会延伸到比她所知更远的地方。看得越久，她越是明白新泽西有多少城镇、多少湖泊，而州际公路又如何穿过新泽西边境，进入宾州、特拉华州和纽约州，而这还只是美国一隅。她脑海中想着美国各州、各个公园、湖泊和城镇如何连接，接着是穿越美国大陆的各条公路，有许多地方是她穷极一生也无法造访的。

到了夜里，她常常失眠，因为她心中总想着那些地图，以及边界外的地方，想象各种等着被发现的城镇、山丘、山谷，及无数的可能性。若是一直不断穿越，就会到达斯坦贝克①写的所有地方。如果旅程只走一半，就会到堪萨斯州——《绿野仙踪》的桃乐丝被龙卷风传送到奥兹国的地方。即使是较为邻近的纽约市，也是《麦田里的守望者》中霍尔顿在深夜穿过四十一个街区，就能返家的地点。

长大后能造访的地方太多了，她躺在自己窄窄的床上，床卡在钢琴和房间角落之间，但她仍幻想着一路奔驰经过地图上那些通往无限可能的公路。睡眠总可以再等一等，她正忙着幻想呢！她击落了一条条州际公路和一连串的城镇，像电视节目里的拓荒者般来到山脊的巅峰，一整片山谷在她眼前蔓延开来。

\*

他和妈妈准备去基尔肯尼的保安队②，就在大教堂往上的山坡

---

① 斯坦贝克（John Steinbeck），1902—1968 年，美国作家、诺贝尔文学奖得主，代表作为《愤怒的葡萄》。

② 保安队（Garda Station），爱尔兰的警力组织。

上。一路上匆匆走过的都是购物的女性，而年老的男人流连于路边长凳上。

妈妈以坚定的步伐走向警察局，她想牵他的手，但他闪到后方，觉得还是看着比较好。

她推开保安队的蓝色大门，不耐烦地等他跟上脚步。

里面光线明亮，温暖宜人，只是他们并不觉得受到欢迎。警局里有个值班柜台，后面坐了一些人，就是麦可口中的条子。他们一脸阴沉地看着他和妈妈，严厉刻薄的态度简直成了他们的制服。

"有什么事吗？"其中一人问，他年纪和老爸差不多，黑发中夹杂着少许白发。

妈妈犹豫了一下，终于开口说话："我，呃……我是来这里找我儿子的，我儿子被你们带来这里了。"她的双手颤抖地紧抓住红手帕。

条子的神情变了，但不是变友善，像是笑了笑，再瞄瞄另两个条子，接着瞪着妈妈。

"你怎么会这么想？"

"你们……你们在奥蒙德街的运动用品店找到他的，他叫麦可·史威尼，十四岁，棕色头发，大概这么高。"

她用手在她头顶上方比了一下。

"麦——可，史——威——尼。"警察一边念一边写下名字，然后问其他两人，"警官，我们这里可有符合描述的男孩吗？"

另一人说："麦可·史威尼，我想想……"

他看得出来他们正在捉弄妈妈，这是他们吓唬妈妈的游戏，但真的管用，妈妈的手指不断扭着手帕。

"警官，拜托告诉我，他有没有在你们这里？"

"你就是史威尼太太吗？"

"对、对，我就是。"

"他是麦可·史威尼的弟弟吗？"条子转头盯住他，他不喜欢这样被盯着看。

"对、对，这是我儿子钱宁，他只有八岁。"

他努力摆出冰冷刻薄的神情，回瞪那个条子。

"只有八岁？"那警察朝另两人点点头，"史威尼太太，告诉我……你是基尔肯尼的居民吗？"

"我……我们……"妈妈紧张得说不出话来，"我们目前是待在这里。"

"目前……这是什么意思？"

"我们已经在这里待了几星期了。"

"这就是说，你们很快就会离开基尔肯尼？"

"呃，不，不确定，还不知道。"

"哦，你们到处流浪，对吧？"

"呃，对，没错，这是……这是我们喜欢的生活方式。"

"我们……喜欢的……生活……方式……"那条子慢慢地重复妈妈的话，"那么，史威尼太太，再问你一件事……你们喜欢的生活方式……是否包括让你儿子去偷取辛勤工作的好人们的东西？也就是'定居人士'，我听过你们这些人这么叫他们。"

现在，他就直接挑明对妈妈说了。

她不知道如何回答，如果妈妈在警察局哭了，他真的会糗死的。

"回答我，你这人渣！你以为放任你儿子游手好闲，偷商店的东西是对的吗？只因为他没上学、觉得无聊，也因为你不知道如何管教你那些孩子，我们就得随时忍受像你们这种流浪人渣想怎样就怎样吗？"

妈妈浑身发抖。

"史威尼太太。"条子对她大吼，"你觉得这样对吗？"

妈妈终于找到了她的声音，她努力克制着呼吸说："不、不，当然不对。不，这样不对！我不要我儿子做这种事，我只希望他当个好孩子，我不知道他为什么做出这种事，对不起，我诚心道歉。"

不知为何，妈妈的应对方式让他很受不了。他想走出警察局，忘记她在这里，因为其他人在这些条子面前的态度不会像她那样。

条子嗤之以鼻："随便你怎么道歉，都没用的。要处理你儿子这种罪犯的人是我们，打从你们来到这里，他就成了商家的恐怖分子，偷店里的东西、在街上当扒手，我们很高兴终于抓到他了。"

妈妈一脸震惊，虽然她一开始就知道麦可的事。那些麦可悄悄回家的夜里，他带回塞满赃物的黑色垃圾袋，里面有装钱的皮包、手机、时髦的化妆品、领巾，及各种女人会带在身上的东西。

"这超简单的。"麦可告诉他，"只要你懂得诀窍，找推娃娃车的女人下手，她们绝对追不上你，或是找老太婆。不过，要是目标有男人跟着，那就太冒险了。"

如果里面有糖果或硬币，麦可就会送给他。"等到你长大就能自己动手了。"他对他眨眨眼。

麦可会将所有钱塞进自己口袋，然后拆开手机，收集里面的小卡及信用卡。不过，所有东西都有用处，手机、皮包、钥匙圈、领巾、甚至是化妆品。麦可会擦亮它们，再放回黑色垃圾袋，绑紧袋口。

"这些东西怎么办？"他问。

麦可只会对他眨眨眼："等你大一点再告诉你。"

他早就全知道，但当然没和爸妈说。而现在，妈妈在警察局里，看起来惊恐又困窘。

"我家的麦可？他的确向来精力旺盛，但怎么会是罪犯？"她问，还是一副快要哭出来的样子。

"史威尼太太，你得睁大眼睛，你儿子并不只是一个精力旺盛的男孩，而是货真价实的小偷。他正打算把两双昂贵的运动鞋塞进外套时被我们逮到了，你儿子的招数是在哪里学的？"

"不是我！我都会带他们上教堂，教他们当好孩子。"

"是吗？这显然不管用。所以，或许我们能为他做的，最好是将他关进看守所一阵子。"

妈妈像是噎住一样，他想要继续盯着她看，但最后却转开视线。"把麦可关起来？不要，求求你，警官……"妈妈开始求情了。

但是条子只是不屑地看着她说："史威尼太太，看守所是最好的方法了。"

"不，他会死在那里的，那太可怕了。"

"哦，别再说了，他是个小混蛋，得好好学到教训。"

"哦，拜托，再给我们一次机会，这一次别关他，我会教他，我会把他教好。"

"你会教他？史威尼太太，我想你以前多的是机会，你要是别再到处流浪，找个好工作，送你的小孩去上学……"

当下，他开始痛恨那位警察。从一开始，他就不喜欢他，只是此时更是充满恨意。像麦可教他的一样，他紧握拳头。

"你们要把他……把他关多久？"

"这件事，要看法院怎么判。我们当然有证人，不过像这样的事，或许要判好几个月吧，最好趁早让他们学会纪律，避免日后发生更糟的事。"

"哦，求求你，相信我。他绝对不会再做这样的事了，我保证。"

条子只是大笑，柜台后方的另外两个人也是。

"史威尼太太，你真的不明白呀！"

妈妈这时安静下来。

"看守所在都柏林北区，你们一星期可以探视一次，所以可能会影响到你们不断流浪的状态。不过，你这么想吧，他至少可以好好地一天吃三餐，嗯，可能比在家里吃得还好呢。"

他狠狠地瞪着妈妈，这时的她已失去斗志。

条子咧嘴一笑，然后点点头，整理起桌子上的文件。

"好吧，史威尼太太。我让你和儿子见一面，这件事哭也没用，他已走上歪路，我们得看看能不能把他拉回正途。"

那位警察走向左边一扇门，拿出一串当当作响的钥匙开门，接着一脸不耐烦地看着他们。妈妈要他一起进去，但是进去前，他又狠狠瞪了那个条子一眼，是一个凶狠冷酷的怒视。他希望那个条子去死，当场死掉。

*

听到消息时，她正在爸妈的店里帮忙，在干洗衣物上贴标签，将标签纸钉在透明衣物袋上。

当时是四月，她十三岁，她都是先在店里工作两小时，再去上一小时钢琴课，接着做功课。爸爸会在后面记账，妈妈这一整个星期都烦躁不安。她知道常春藤联盟已开始寄发录取通知，所以每天邮差来送信时，她都待在门外。

耶鲁、普林斯顿、乔治敦、康奈尔、宾大，以及罗格斯大学（这家是稳上的学校）都已经寄录取通知给瑟琳娜了，她总共申请了十所大学，唯一未拿到通知的是顶尖学府哈佛大学。

从有记忆以来，妈妈嘴边就一直挂着哈佛。去年夏天时，他们参加了一星期的大学校园参观行程，开车绕了新英格兰一圈，造访了主要的常春藤盟校。这是他们多年来的第一次旅行。她喜欢走在大学校园里，有广阔的青翠草地，爬满藤蔓的墙面，以及哥特式拱门的巨大古老建筑，一切似乎是如此平静祥和、如此古典。导游叙述各栋建筑的故事，但她却想远离群众，自行神游于这些石柱、台阶之间。

无论如何，她终于明白瑟琳娜为何想读哈佛了。沿着河畔，那里有最为古老的建筑。在游览结束后，他们买了三明治坐在河边的草地上。大学的建筑物沿着河岸耸立，那些有圆顶及时钟的高塔有如一个全然不同的地方，像是一个带有魔法的远古世界，和新泽西这里截然不同。

店门被推开，她抬起头，妈妈和瑟琳娜几乎是跑进来的，两人脸上都带着灿烂笑容。

"她办到了！她办到了！"妈妈尖叫。

爸爸从后面冲出来，瑟琳娜开心地跳着："我上哈佛了！"

"我就知道你办得到！"妈妈高喊。

爸爸给瑟琳娜一个大大的拥抱："看吧，我真不知道你们两人在担心什么。"

她也感觉到内心的欢欣洋溢，她给瑟琳娜一个拥抱。这是真的吗？这可是哈佛呢。"真是太酷了。"她说。

瑟琳娜耸耸肩："哦，我还是得先决定要去哪一所。"

"当然要去哈佛呀！"妈妈说，一副毫无疑问的样子，"你都申请到了。"

就在此时，店门又被推开了，老顾客威斯曼太太走了进来，她是一位六十岁左右的老妇人，短发染成橘色，双手满是皱纹，妈妈和她分享这个好消息："你相信吗？我的大女儿要去念哈佛了！刚刚才接到通知的。"

威斯曼太太开心地鼓掌："我早就知道你是聪明的女孩，哎呀，你们一定很以她为傲吧。"

"是呀，是呀，我非常以她为傲。"妈妈说。尽管她成绩全拿A，也有钢琴比赛奖杯、考试高分，妈妈却真的很少说出这种话，因为那些事都是预料中的。妈妈的视线从瑟琳娜和威斯曼太太身上转向她，然后微笑着说："现在，我得确保这个也进得去哈佛。"

*

他现在九岁，已在都柏林的学校就读了几个星期。美其名曰是漂旅孩子和定居孩子的融合学校，可事实并非如此。操场正中央有一道粗线，漂旅儿在一边玩，定居儿则在另一边。

当然，累积够多次的打架及争吵后，他在第一天就被送到真正的坏小孩会去的那间教室，和那些老师已懒得教导的孩子在一起。从这些孩子，甚至是定居儿身上，他学到了几件事。

有一个孩子叫乔，乔一定是有钱人家的孩子，他从乔的衣服和亮晶晶的鞋子看得出来。乔很聪明，总有一套应付老师们的方法，却从来不让他们称心如意。乔和老师说话的态度，像是把他们当灰尘，惹得老师痛恨万分。

他私心地欣赏这一点，希望自己也能这么对他们说话。

但是，他也记得妈妈说的话。"你上学的时候，别让我们漂旅人得到坏名声。要有礼貌，要听老师的话。"

不过，为什么要听他们的话？他们好无趣，而且又讨厌我。

乔问了他一大堆问题：他从哪里来的？他们会在都柏林待多久？漂旅人吃什么？乔说他们很幸运，不必上教堂，也不必和邻居说话。这是他第一次听到定居儿说他幸运。

"你们这些人最好了，想走随时就能拍拍屁股走人。"

但是，女孩方面的事，乔最厉害了，他总有新鲜事可以说。

"你有妹妹吗？"有一次他们放学后在街上闲逛时，乔这么问他。

"有呀，两个妹妹，克莱儿和布莉琪。"他像是用力吐出她们的名字，就和他吐出学校护士要他吞下的东西一样。

"她们多大？"

"克莱儿七岁，是个讨厌鬼。布莉琪还是小宝宝，刚开始学走路。"

"哦，那她们还很小，你还看不到她们的胸部，因为还没长出来。"

他忍住笑声："我为什么要看我妹的胸部，神经病。"

"不对、不对。"乔坚持，"胸部可了不起了，感觉就像帮乳牛挤奶，只是更柔软水嫩，触感好极了，像水床一样。"

水床是干吗用的呀？但他没问这件事，反而问了其他事。

"你挤过乳牛？"像乔这样的城市小孩怎么可能。

"对，有一次，在韦斯福德，我叔叔那里。"乔点点头，"但先别说乳牛了，我要说的是胸部，真是超级超级棒的啊。"

胸部，超棒的。他想到麦可带回家的那些杂志，他看见好几本被塞在床底下。有一次，其中一本杂志掉出来，一个金发女人的海咪咪迎面而来。他不太理解女人如何在脖子下挂了这样的东西走路，又不会被拖倒在地上。

"想到胸部，你有硬起来吗？"乔问。

他哼了一声当成回答，他应该说有，但杂志上的金发女人有点吓到他。她的眼神和他妈妈、妹妹或阿姨看人的样子完全不同。

"你知道你应该要硬起来的，不然你就是同性恋了。"乔说。

"我才不是同性恋。"

"好啊，那你应该开始多想想胸部，因为那真是太棒了。"

他点点头，像是同意。

"你摸过女生胸部了，对吧？"

想到这件事，他不禁打了个哆嗦。

乔哼了一声，然后大笑："我们应该要摸过女生的胸部，就会硬起来，我保证。"

他们现在已转过街角，学校已离得老远。乔拉他进巷子，汽车呼啸而过。

"我要怎么才摸得到女生的胸部？"他问。克莱儿的平坦胸部有如洗衣板，而且他如果敢摸她，老爸一定会活生生剥下他的皮。

乔嘻嘻笑："这就是有姐姐的好处。"

乔拿出一包烟，放进手掌甩动，烟盒外亮晶晶的塑料包装纸在他眼前闪耀。"听着，我老姐海伦现在十六岁了，她那里可凶的呢！如果你要的话，可以找时间来我家看看她。"

什么啊？他怎么去？他想象着乔漂亮的家，有闪亮亮的木质地板，以及装满可口可乐和冰淇淋的冰箱。他去那里看女生的胸部？不可能吧。

"你不是说真的吧。"他说，他们绝对不会让流浪儿进他们的家的。

"我会让你进来。"乔说。

不要相信他。

"我发誓，为了捉弄我妈，我一定会。"乔坚称，"但你得帮我做些事。"

他能为这个什么都有的小孩做些什么？

"你指什么？"

"我要你做一些事，如果你照办，我就让你放学后来我家，而且我保证让你看到我姐姐的那里。"

我、保、证，乔把这几个字说得优雅清晰，他以前不知在哪里听过这种口气，像是某个油腔滑调的人在电台广播上的说辞。

"你要我做什么？"

乔耸耸肩，然后露出微笑："不知道，我想一下。"

"什么？"他未曾和狡猾的定居儿打过交道。

乔举起手，装模作样地做手势："史威尼，我的好朋友，你先等等，我会想到的，一定会的。"

乔一掌拍在他的肩头："你知道吗？就流浪儿来说，你人很不错。"

没人喜欢听到定居儿用"流浪儿"这个字眼，但他什么也没说。

"听着，我得走了，但这个给你，我妈给了我一大堆，我吃不完。"

乔给了他一根巧克力棒，尽管因为放在口袋里，巧克力棒有些热热的，但还没打开过。是雀巢狮子巧克力棒，有亮橘色的包装，他从来没吃过。

他收下来，塞进口袋。

乔说："我得赶回去喝午茶了。我那些要命的家人，总是要喝这个茶、那个茶的。明天见，别忘了。"

乔嗤笑一声，就跑上马路离开了。

他摸索着手上的巧克力棒，眼睛看着乔闪躲穿梭在车辆之间。然后他撕开包装纸，塞了半根到嘴里，然后开始走回家。

今天晚上，我要再偷看一下家里那些杂志里的女孩。

或许她们有一些新鲜事要和他说。

翻翻翻，女孩出现，还有女孩的胸部也出现。

*

她未曾真正地了解过男孩，至少性爱方面是如此。有些人看起来似乎是很棒的朋友，能聊电影和政治，能一块喝酒聊天，但到了深夜，在最意想不到的时候，他们想要的似乎是其他的东西。

并不能说这是欺骗，毕竟那些男孩都是朋友。只是有时候，底下潜伏一股奇异的暗流，似乎就要冲破表面，但她自始至终却以为自己站在坚实的平地上。

在剑桥市时，曾有这样的一个夜晚，那是六月底，学年已正式结束。她和其他刚完成一年级学业的哈佛学生一起混，他们进行暑期的校园工作，如小区服务计划、夏令营的行政工作等。在新英格兰的夏天，原本充斥着派对、八卦，以及因愚蠢一夜情而喧扰的宿舍，现在大多已空荡荡的。少数留下来的一年级学生会聚集在查尔斯河边野餐，吃着可微波的食物，搭配非法取得的啤酒。

一天晚上，她发觉自己来到一间宿舍交谊厅，和其他五个不熟的泛泛之交，坐在瓷砖地板上吃完了这样的晚餐。在忙碌的第一年大学生活中，任何人都可以成为朋友，成为聊天及学习的对象。这五人之中有两人是情侣，来自伊利诺伊州的红发女孩和来自布朗克斯的拉美裔男孩，两人并肩坐在房间的窗台旁，眺望下方僻静辽阔的哈佛校园。

其他就是她和来自得州的黑人男孩、加州的韩裔女孩，以及上学期和她一起上"人类学导论"的康涅狄格州的白人女孩。他们坐在地板上，大口畅饮一瓶瓶的苹果酒。

"我们去 Herrell's 冰淇淋吧！我想去试试新口味。"韩裔女生提议。

不知为何，她对此兴趣缺缺。剑桥市的星期三夜晚，不是每个人都有假身份证明的情况下，意外地无事可做。

不过，倒不急着决定计划。那对情侣手牵手走开了，或许是去找个寝室，去一个不只是可以并肩的地方。剩下的四人坐着谈论上学期的课程、新学期想修的课，还有目前参加的课外活动。她和黑人男孩汤姆聊天，询问得州及他们在那个地区必须长途开车的事。

夏日微风从窗外徐徐吹来，远处传来蟋蟀的唧唧叫声。

"我们要开始洗盘子了。"另外两个女生说，接着走向最近的浴室。

过了一阵子，她们还是没回来。她心想她们到底去哪里了，不过她和汤姆这时正在认真讨论菲茨杰拉德和海明威。他是个不错的家伙，有不少有趣的想法，而且还喜欢她讨厌的海明威。

现在只剩下他们两人独处，过了几分钟，汤姆提议要帮她按摩背部。

"真的吗？"她问，没料到这种事。

他说："对，我想帮你按摩背部。"

所以她就让自己坐在他两腿之间，但没有太靠近，只是背对着，任由他的双手按揉她的肩膀。她没有电流窜过的感觉，他不是会让她产生超乎友谊那种想法的类型，这只是柏拉图式的按摩。

"你趴下来的话，可能会比较好。"他建议。

她可有察觉到异状？她在床上伸展身子，很清楚从来没有人帮她按摩背部，但凡事都有第一次的。背部按摩是会出现在两性之间的事，也没有特殊的暗示，对吧？

"你要脱掉上衣吗？"他问。

"不用，这样就好，我还是穿着。"她说。

"好。"

他坚实的双手充满男子气概，在她的上衣底下按摩，手指撑开她的胸罩肩带，但仍持续按摩下方的肌肉。对她来说，此时没有任何浪漫因子，只是有点不寻常而已。

"我喜欢你的胸罩。"他说。

"我的胸罩有什么好看的？"她问，知道他根本没办法透过上衣看到它。

"很可爱。"他只这么说。

他默默地继续按摩，她说不上自己是否乐在其中，只是感觉有点异样，让一个不熟识的人这么帮自己按摩。

最后，他终于停下来了，但双手仍放在她的背上。

"谢谢。"她说，静默了片刻，她坐起来。

两人现在挨着身子坐在床上，她不明白对话为何停止。她有种感觉，自己闯入了未知的领域，原本的寻常对话，现在已变成某种她不太了解的仪式，有种未说出口的信号和带有暗示的沉默。她思忖自己是否该采取行动，还是说些什么。

接着，汤姆靠向她，仿佛要亲吻她似的。亲吻她？她惊讶万分，连忙抽身。

汤姆见到她的表情，开始笑出声，他不敢置信地摇摇头，咧嘴大笑。

"对不起。"她说，突然觉得困窘，"我以为我们只是闹着玩的。"

他真心期望两人接吻吗？这个想法让她感到震惊，所以人们就是这样发展出一夜情的吧……

两人都尴尬地干笑。

"来吧。"他站起来，"我们去找其他人。"他拉她起身，离开宿舍房间，走下空无一人的楼梯，进入天色已暗的哈佛校园绿色小径。

经过这件事之后，她了解到，自己想必看起来过分天真。

但是，回头审视这段插曲，再以她缜密的学院派方法分析，她自己在这方面无法侦测到性爱意味的激情荡漾。她怎么可能想象得到，和一位偶遇男孩的一场对话，就代表要和一个几乎不认识的人接吻呢？

她很庆幸，自己那晚没和汤姆亲吻，为何要将初吻浪费在自己一开始就不想要的人身上？

但是，她逐渐察觉到有种不言而喻的语言，虽然几乎无法听闻，却真真实实存在。就像狗儿能听见超乎人类听力范围的声音，她在想，为何自己对这类语言如此耳聋失聪，她到底哪里不对劲，居然听不到这种语言，或许她下次要更仔细聆听。

*

十一岁时，爸妈终于分居了。麦可一点也不惊讶，还认为这样比较好，只是话说回来，麦可最近也很少在家，大半时间都进进出出少年监狱。

他很寂寞，麦可不在家，家里没有真正可以说话的对象。妹妹在玩女孩家的事，老爸外出工作，回家时总是醉醺醺的，然后和妈妈大吵。这表示，等他对付完妈妈之后，他们都会被打一顿。

最近，他开始和驻扎地的其他男孩玩在一起。他没有很认真想记得每个人的脸和名字，不过大家似乎都记得他。

"你就是那个小霸王，米克·史威尼的小儿子对吧？"他听到这句话总是有点骄傲。他们也都记得麦可，还知道他现在的状况，"喂，你哥哥什么时候放出来？"

就这样，有一天他回家，吃了一顿安静又乏味的晚餐，配着让他喉咙刺痛的柠檬苏打水咽下烤豆子。麦可在牢里待了一个月了，克莱儿在洗碗，他希望她不要把水用完，不然他还要去水泵那边打水。

老爸不像平常那样离得远远的，而是在旁边走来走去的，看起来有点紧张，还不断和妈妈侧目交换眼神，但总比吵架好。当克莱儿快洗完碗时，妈妈向她招手。

"好了，克莱儿，别弄了，过来这里，我们有事要说。"

一开始，他很兴奋，或许是什么好消息，像是他们有了新的车屋、空间更大，而且车门不会坏了一半之类的。但接着，看到爸妈的表情后，他就知道那不是好消息，妈妈已经很久不对任何事开心了。

"什么事？"克莱儿问，她坐在妈妈身边，任由妈妈抚摸她的头发。

妈妈本来想开口，最后反倒看向老爸："米克，还是你来说？"

老爸嘀咕了几句，不过还是往前靠，然后清清喉咙："听着，孩子……看来我和你们的妈妈就要……"

他犹豫了一下，妈妈狠狠瞪着他，他于是又继续说了："从现在开始，我们会住在不同的地方。"

克莱儿惊讶万分，他也是，只是不让神情流露出来。克莱儿开始颤抖哭泣，他翻翻白眼，女孩就是爱哭。

"这是什么意思？"克莱儿问。

"嗯，呃……"老爸开口，"呃，意思是——"

"意思是，我们要各自过不同的生活。"妈妈插话。

她如此坦率地说出，震惊了所有人。妈妈平常对克莱儿（不是对他）如此温柔和蔼，现在却单刀直入，就好像在切硬面包。

"但是，为什么？"克莱儿问，眼里满是泪水。

爸妈再次对望一眼，妈妈神情愤怒，老爸像是带着歉意。

老爸一度像是没办法自圆其说。"你们的妈妈——"他开口，而妈妈接着说完。

"你们的爸爸需要戒酒，不然这里对你们都不会是理想的住处。"

他看到老爸脸上的奇怪表情，他之前曾见过一次这种神情，是他去接麦可出狱时。

"所以……所以爸爸要离开我们大家？"克莱儿问。他几乎看得见克莱儿眼中闪现希望的光芒，仿佛这是她一直企盼的事。如果真是这样，他会为此痛恨她。克莱儿老是哭哭啼啼的，她更小的时候，每次爸爸喝醉回来，她总是会瑟缩在角落号啕大哭。这可能就是造成这件事的原因，妈妈看到克莱儿那么害怕，才想要老爸离开。

"呃，亲爱的，不完全是这样。"妈妈说，"爸爸和你哥哥会离开我们，你和布莉琪、尚恩会跟我住。"

再次一阵沉默，所以他和老爸、麦可会成为一家人？那谁要煮饭？洗衣服？他希望不会是他，但他最小，而且他也无法想象老爸或麦可愿意做这些家事。

克莱儿又哭了起来，而布莉琪虽然不懂发生了什么事，却因为看到克莱儿哭，也跟着一起哭。妈妈像是一只泄气的气球，显得空虚无力。

老爸转向他："那么，钱宁，你觉得这新的……安排怎样？"

他抬头看老爸，老爸难得没有酒气冲天。

"很棒。"他说，再也不必处理妈妈或克莱儿的哭哭啼啼了。

现在妈妈看着他，像是快哭出来了，他窘迫不安，不想待在那里。

"我的小宝宝。"她伸手想要拉他过去。

他挣脱她的手。"妈，我不再是你的宝宝了。"他保持冰冷的语气说，"你已经有了布莉琪和尚恩了，当然，还有爱哭的克莱儿，像个小宝宝一样。"

妈妈茫然地看了他许久，然后转开脸。

老爸一只手臂放在他的肩膀上，就这么一次，他的碰触竟如此温柔。他说："你妈妈只是想安慰你。"

他更加用力地抓住老爸的手臂："我不需要安慰，我长大了。"

老爸以奇怪的眼神看了他一下，又回过头看着哭成一片的妈妈和克莱儿，那真是天杀的悲惨景象，他和老爸、麦可会很高兴能摆脱她们的。

"我们什么时候离开？"他问老爸。

"嗯，我们会等到你堂哥的婚礼过后，麦可会在婚礼前出狱。我们分道扬镳以前，会有一场盛大的欢乐聚会。"

他点点头，学着之前他看过的一个老爸的动作，紧抿双唇。

"我们要去哪里？"

妈妈回过头来看着老爸，红了双眼。

老爸的手指在大腿轻弹："我打算北上到贝尔法斯特。"

"贝尔法斯特？"他问。他去过一两次，但记不太清楚了。那里的人说话口音很好笑，也记得老爸抱怨要用英镑付钱的事。他们在空荡荡的街道闲晃，看到墙壁上涂着色彩缤纷的巨大图画。

"我们那里有一些亲戚。"老爸解释，"那里有些好工作。"

他喜欢要去新地方的想法，再也不会碰到那些叫他人渣、对他扔石头、对他大吼大叫的人，就因为麦可做的那些事。或许，麦可不会再那么频繁地进出监狱，或许那里有更多更有钱的人可以偷。

妈妈站起来，她已经止住眼泪，在他身边弯下腰，双手握住他的肩膀，直视他的眼睛，泪水弄花了她的右眼角。

"你随时都可以南下来看我。"她说。

"你不打算北上贝尔法斯特来看我们吗？"他没料到自己的语气竟然这么气愤。

妈妈踌躇了一下："我有布莉琪和宝宝等各种事情要照顾，不太方便去找你们。"

他看着她，再次点点头。

妈妈用手抚着他的右脸颊，说："为了我当个好孩子。不要学你哥哥，要让我骄傲。"

他还来不及反应，就被她紧紧拥入怀中，她的双手在他的背后牢牢握住，她说："你答应妈妈这件事，好不好？"

她挨着他的脖子说这句话，他不知道怎么回答。

"你答应吗？"

他点点头，希望这样就够了，但是她还是牢牢地抓住他。

他终于说道："我答应你，我会当好孩子。"

妈妈放开他，但仍握住他的手臂，泪眼汪汪地看着他。她一再端详他的神情，像是怀抱着希望，她的鼻子通红，脸上开始绽放微笑。

这一切让他感到诡异，他因此挣脱妈妈的拥抱，他需要一些新鲜空气。

他用力一推，便走出车屋前门，冲进田野。现在正下着雨，但管它呢，他只是在泥泞地面上不断奔跑，任由雨水打在他脸上，混着他不想被看见的泪水。

*

她站在奥伯斯多夫的火车站里，在德国巴伐利亚州的西侧边缘。她十九岁，有人雇用她撰写一本美国旅游指南。一开始，她有点畏怯，因为她五个月前才开始在大学学德文，但经过四个星期的行程，她渐入佳境。

这是一本预算有限的指南书，一天只给四十五美元的住宿费用，这代表她只能住在青年旅馆，德文是"Jugendherberge"。现在不管到了哪里，她都很擅长找到当地的Jugendherberge。找到城镇的地图、确认自己所在的位置，然后开始走路。在新城镇里，她每天至少要走五里路。

她已习惯把指南针放入后口袋，指南针有一面镜子，镜面上有可定位的垂直线，而当她想确认自己的外表时，也可以派上用场。倒也不是她变得太虚荣，只是提醒自己保持端庄就会带来好处。

在德国，她得到更多来自异性的注意，但并非过于好色的眼神。有一次，她去一家串烧店，里面工作的土耳其人多给她一串，然后对她眨眨眼。还有一次在火车上，验票员花了超出寻常的时间向她说明，她需要换哪一班车。对话全用德语进行，到最后，他用带着浓重口音的英语说："希望我们可以再相见。"

她非常确定两人不会再相见，但这真是有趣，或许可以说是大开眼界。男人对独自旅行、年轻、黑眼睛、黑长发、显然是外国女人的她，居然会是这种反应。

这个工作真的很寂寞，一直在路上，一直在更新信息，纵使她和谁有过友好的对话，也交了朋友，但又能怎样？她的旅行指南需要她隔天就继续动身。每个星期日晚上，她会打给她的编辑，接着打给妈妈。至少，她有这种规律的社交联系。

不过，这份工作带来的兴奋感还是无与伦比的，每天都可以参观新景点，可以徜徉于古老教堂，描写巴洛克式广场，探索健行步道。在美国郊区长大的那些年，她一直以来的愿望就是如此。

那天晚上稍早，她不知怎的最后就和三个德国人站在一条乡间道路上，愉快地谈天说地。阿尔卑斯山脉宏伟地矗立在他们正前方，山峰上积着白雪，完全就是风景明信片上的样貌。三个德国人来奥伯斯多夫是为了度假，他们每年夏天都会造访，他们向她介绍此地最棒的健行步道。整整二十分钟的对话全是德语！离开时，她对自己的语言能力不禁暗自窃喜。

但是现在，在奥伯斯多夫火车站，她发现自己用了太多时间和那些德国人聊天。开往青年旅馆的最后一班公交车在十三分钟前就开走了，而且那里还不是走路就能到的地方。青年旅馆位于半山腰，在另一个名为科务的村庄。

她喜悦的心情顿时转成忧虑，她得设法前往青年旅馆。她走出火车站，探看能否找出那个在半山腰的村落，此时天色已经转暗。横过山谷的高山投下长长的阴影，整个傍晚不断堆积着的暴雨云，此时也开始落下雨滴。

火车站旁停了一辆出租车，她用德语询问前往科务的车资。

"十四马克。"那人回答。等于是七美元，她不能花这么多钱。

她转身远离出租车，开始感到恐慌。天黑了，又下着雨，青年旅馆似乎遥不可及。她可以在城里找个旅馆，但这么晚了，可能很难找到，更别说会超出她的预算了。我怎么会这么蠢，居然错过末班车？

就在此时，她看到有人搭上了出租车，车子扬长而去。她站在人行道上，不知道该怎么办，压抑想哭的冲动，同时认知到走了一整天是多么疲惫。

她前方停了一辆车子，此时，车窗摇了下来，一个男人探出头来。

"Brauchst du Hilfe？"（需要帮忙吗？）

她打量他，不确定该透露多少。那男人似乎很年轻，胡子刮得干干净净，和这里所有人一样都是金发碧眼。但是眼下，她只是对于有人来问她是否安好而心怀感激。

"我，呃，我没搭到前往青年旅馆的最后一班巴士。"她用德语回答。

"你或许可以等出租车？"他提议，指着空荡荡的出租车候车处。

"我的钱不够。"她坦承，至少她不会被抢劫了。

他停顿了一会儿说："如果你不介意，我可以开车载你去。"

她不敢相信自己的好运，但这真的是好运吗？她能信任这个人吗？

"你确定吗？路程有点远。"她解释说那是在另一个村庄。

他点点头，对他来说开车载她不成问题。

"呃，ein Moment, bitte."（请等一下。）

从小，大人是怎么叮咛她的？别上陌生人的车。但要是身处异国，又缺钱用，有其他方法前往青年旅馆吗？

她环视周遭，没看到其他人。她透过车窗看向后座，那里放着儿童玩具，有一个手摇铃、几个填充玩具，甚至还有一个儿童安全座椅。他已经当爸爸了，可以放心的。

她点点头，好，他可以载她去。他下车，帮她将背包放在后车厢。她暗忖让他这么做是否明智，但她若是要求别这样似乎又显得无礼。

两人都坐进前座，车子开进低垂的夜色。雨滴模糊了挡风玻璃，他打开雨刷。

"Bist du Chinesich？"（你是中国人吗？）他问。

"Ich bin Amerikanerin."（我是美国人。）她继续用德语解释，"我爸妈是华人。"

对话有点拘谨，他显然想聊些更深入的事，但她的德语能力也显然有限。刚才在外面的路上，在整片群山视野面前，她和德国观光客交谈的信心已然消失。现在，她被安全带绑着，在雨刷清除的起雾间隙中探看夜色。

他们驶过阴暗的景色，大约过了十分钟，车子沿着空旷的道路爬升，前往山腰。

奥伯斯多夫出现在他们下方，成了山谷底下的一簇光点。

她询问他的职业，他解说了一下，但是他的德语用字太困难，她听不懂他说的话，听起来似乎和机械或科学有关。

"你独自一人旅行吗？"他问。

"不是。"她回答，"我要去青年旅馆和一个朋友会合。"

指南书编辑告诉她，身为独自旅行的女人，总要记得这么说。她要采取防范措施，像是捏造一个假想的朋友，将背包放在对面的空位，不要搭便车。

她对照行经的路标查看地图，指了几次方向。他毫无异议，依着指示前进。

然后，他们经过一个路标。她敢发誓，它是指示前往科努的一条岔路。但现在一片漆黑，她瞪大眼睛盯着阴暗的前方，找寻接下来的岔路。

他们继续前行，车前大灯的灯光里矗立着另一个路标，然后又往后离去，上面并没有提到科努。

她的喉咙里卡着忧虑及不安。我要说点什么吗？他知道他要开去哪里吗？或许再等到下一个路标……

"嘿。"她打断他，"我想我们可能错过要转向的岔路了。"

他看着她："哦，真的吗？"

"对。"她坚持，前方路上有条岔路，立着一个更仔细的路标，"你可以停在那里吗？这样我们就可以好好确认了。"

他用一副饶有兴趣的眼神看着她说："好，没问题。"

他停在路标前面，她下车查看地名，再和地图交叉比对。对，他们的确需要回头。

她回到车里，指出他们在地图上的位置，以及他们需要前往的地点。她察觉到，这整段时间他只是一直盯着她看。这让她很不自在，但是她仍直接地继续说话，以隐藏自己的焦虑。

"这样可以了吧？我们只需要回头，然后转另一个弯。"

他点点头，对她露齿一笑。但他为何不发动车子？

他的右手把弄着启动装置上的钥匙，然后转头问了她一件事："Wollen Sie heute Abend mit mir schlafen？"

她近乎同步在心中翻译这句话：你今晚要和我上床吗？她的心脏几乎停止跳动了，要保持冷静，他真的这样问了吗？她应该怎么回答？她到底让自己陷入了什么困境？

"Nein."（不。）她非常坚决地说，老天，要是她的德文再好一点就好了，"Ich habe keine Freizeit."

我没空，这是她能用德文回复的最好答案了。

"我必须去青年旅馆和我朋友会合。"

他点点头："Aber ich werde dir Geld geben..."

是，但我会给你钱……

怒气涌上心头，同时伴随着恐惧，不过她必须估算最佳处理方式。

"不。"她用德文重复说，"我说过了，我没时间，我现在真的必须去青年旅馆了，我朋友在等我。"

他依然盯着她不放。

她将目光移向挡风玻璃，下巴绷紧，显示意志坚定不移。就这样表现出果断，显得很有把握的样子。然而，她内心却愤怒不已，心中飞快思索着各种方案。她可以立刻下车走人，但是她的背包还在后车厢。

雨水让挡风玻璃模糊不清，雨势现在更大了。

最后，他终于转开视线。"好吧。"他发动车子，倒车上路，开往原本过来的方向。

车子行驶过黑暗和大雨，她如坐针毡，料想这男人随时会采取暴力行动。她可以从现在的位子上攻击他，她可以抓住方向盘，努力让车子转向，但这有什么用？她可以在车子继续移动时，打开车门，跳下去……

不，她最好还是坐在这里，绑好安全带，静观其变，当个受制于对方善恶一念间的囚犯。

不过，他继续开往正确方向，任由夏季暴雨打在车身。过了几分钟，他依照指示转向科务路。接着，有如奇迹般，一栋洁白无瑕的白色建筑从黑暗中拔地而起，他们到了青年旅馆。

见到眼前的青年旅馆，她从来不曾如此安心。

一分钟后，他打开了后车厢，将背包交给她。她在雨中背上它，然后点头向他致谢。谢什么？谢谢他载她来这里，而且没有粗暴地强奸她？谢谢他让她活着吗？

她没去思考各种可能，只想头也不回地走向青年旅馆。那人在求欢失败后，现在似乎有些手足无措，他伸出手道别。"旅途愉快。"她和他握握手。

她甚至没目送他驶离，她推开青年旅馆的大门就走了进去，里面明亮温暖。她希望柜台还没打烊。她挨着柜台时，头发还是湿的，背包的背带深深陷入肩膀中。她按下服务铃，焦急地等人出现。她还是不太敢相信自己安全了、下车了，想到再也不会见到那个男人了，她的心跳开始慢慢平稳。

柜台后来了一个人："碰上大雨了？"

她抬头看说话的人，是一个对她露出笑容的年轻男子，金发碧眼，简直是德国版本的莱昂纳多。这个人在这里工作？从搭便车的男人车上可能发生的恐怖电影情节，然后再遇见这个人……

"对。"她耸耸肩，回报一个微笑。她用德文回答："我有点延误，但我有预约今晚的住宿。"

他回答："我知道，我们一直在等你。"他给她一个堆满笑意的目光。

"所以我还可以办理入住吗？"

"当然。"

她环视接待柜台，思索潜意识里一个陌生的莽撞想法。"你们这里有卖啤酒吗？因为我真的很需要来一杯。"

那年轻人狡黠地凑向她："我们其实不能卖啤酒，但我可以拿一些我自己的私藏给你。"

"真的吗？"可能是刚才残留的肾上腺素，也可能是逃脱后的颤抖感，恐惧重新塑形成了其他样貌，再次游移进她体内，让她比平时更大胆。她看着他，直视他湛蓝的眼睛。

他没有转开视线，她心想，有什么损失呢？我明天就到其他城镇了。

她说："谢谢，但我不太想自己一个人喝。"

*

到了贝尔法斯特，他开始羡慕麦可和其他个子较高的家伙，因为他们能亲近那些风骚的女孩。你知道的，那些女孩总涂着亮晶晶的唇膏，一身紧身衣物，摆出卖弄胸部的站姿，要是盯着她们看太久，就会有反应。

不过，要是他尝试搭讪，她们就会当场嘲笑他。有一次，他在费拉纳冈店里的后面房间和其中一人攀谈，那女孩就这么对他。

"搞什么啊？你家弟弟想搭讪我吗？"那个马子问麦可，她大大的圆圈耳环在她胸部上方不断晃动。

所有人都在笑他，包括盖瑞和唐诺，他真想抓起麦可的啤酒砸到他脸上，摔破玻璃之类的。

"你几岁？"她问。她的眼周有着烟熏妆，穿着低胸上衣，他努力不往那里行注目礼。

"你觉得我几岁？"

但是麦可和其他人只是大笑，而她也是。

"不知道，十六岁吗？"

其实他当时才十三岁，麦可又帮他点了一杯酒，说迟早会教他如何把妹，或者说对任何女人都得这样。

首要规则，随时要表现出年纪较大的成熟样子，这样大家就会相信你。漂旅人的优点之一，就是没有人清楚你真正的底细。他们无法评估你，无法从面孔联想到名字，无法从名字知道年龄。你是隐形的，想当谁就当谁。

和别人聊天时，要运用你的笑话及魅力，然后带着他们的钱包甚至手机走，接着离开。

他学习利用这点作为自己的优势，仔细聆听定居者的对话，撷取他们引以为傲的地方、汽车，以及贵重对象的名字，努力又顺势把这些名词加入自己的谎言中，真的再怎么聆听也不嫌多。

"马约卡岛……现在那里真是漂亮极了，沙滩、美食、山地，真的可以整个夏天都待在那里。"

"哦，的确是，比起伊维萨岛，我更喜欢马约卡呀！"

在一个六月的夜晚，在维多利亚广场附近的一处酒馆外头，有一群时髦的二十几岁男女这么聊着。男人身着蓝色衬衫，搭配昂贵的皮质腰带，以及自命不凡的鞋子。女人穿着凸显胸部及臀部的洋装，拿着有品牌标志的设计师包包，耳环和手环随着她们的动作闪闪发光。

他在附近不断徘徊着，估算最好偷哪一个包包。不是红色包包，看来那女人不会轻易放手。也不是棕色包包，看起来太沉重了。但是，最后那一个就是目标，喝醉酒的金发女子。她醉醺醺地靠着墙壁，显得跟跟跄跄。她有白色的包包，袋口开着摆在地上，几乎像是在诱惑他。

永远要找喝得最醉的、情况最惨的，这是麦可及其他人分享的另一个经验法则。

她喝得越来越醉，也越来越靠向男人，而包包就放在她身后一步的人行道上。离开一步，然后又多了半步。

他试着猜想包包里有什么东西，装了一百或两百英镑的钱包，还是手机？下载满哀伤音乐的iPod？几张他永远无法使用的信用卡？有口红吗？他能拿去送给他想讨好的女孩。

别猜想了，直接上吧！

他一咬牙，再次扫视那群人，她仍背对着他，他们举起酒杯再次烦人地干杯。他的血液奔流，他深深吸了一口气，感受熟悉的冲动。

就是现在。

他往前冲，跑了五步冲向那包包，抓起就转身跑回阴影下，他的呼吸急促。

但还是不够快。

他的肩膀被一只手牢牢抓住，他被逮了回去。

"喂，你在做什么？"其中一名男人大喊。

醉女人尖叫："我的包包！"

他想要拔腿逃跑，但那群人中有个下巴方正、黑发、活像他妈的什么超级英雄的男人抓住他，揍了他一拳。他往前俯冲，手肘往方下巴的肚子上一挥，试着再次逃开。当手机响起时，他仍牢牢抓着包包，他困惑了一会儿，他记得这铃声是俱乐部的什么可怕舞曲。

这些人仍包围着他，现在换成另一个较矮、长着雀斑、一头沙色头发的人牢牢抓着他，而那个方下巴蓄势亮出超级英雄的拳头，准备狠狠给他一击。

这次一定很痛。

这拳把他的头打得往后仰，他感觉到右眼球陷入眼窝，颧骨抽痛。他放下包包，手机停止了那该死的舞曲。

疼痛照亮了他所见到的一切，迷幻般的巨大闪光。

但是他已经习惯了，这几乎不如老爸给的拳头那样痛。在撞击的瞬间，雀斑男放开手，他跌跌撞撞往前倾了一两次，还是伸手想要拿那个包包。

"谁快去叫警察！"金发女子尖叫。

方下巴准备再给他一拳，但他用头撞他。

好痛。

"他在那里！"一个女人大喊。

该闪人了。

别回头，别让他们看到你的脸。

他的头仍因刚才的撞击而晕眩，不过还是奋力冲进阴暗处，向右转，掠过转角。血液阵阵冲上脑门，心脏狂跳，似乎要蹦出喉咙。

"该死的人渣！"他听见一个男人高喊。

虽然不觉得他们有追上来，但他还是全力奔跑。他的脚程很快，从来没被逮到过，他知道何时该躲、何时该逃。

他继续跑，只是现在稍稍放慢速度来调整呼吸，并且准备消失在阴影中。到了水边，他便隐身黑暗之中。

在桥梁的掩护下，他终于歇息了，呼吸慢慢恢复正常。他的身体往前倾，双手放在膝盖上。河边非常安静，商业街的嘈杂已不复见。

血液不再阵阵奔流，现在他开始真实感受到涌现在他头部及脸部的疼痛，他知道眼眶绝对会瘀青。

天啊，好浪费，而且还一无所获。

他一定会因为这件事被老爸狠狠修理一顿，况且还要面对哥儿们。

他开始沿着河边找路回去，散落在各处的街灯投下强烈的黄光，但人行道的其他地带还是在阴影里。从河边护墙的某处传来女孩的笑声，接着是较为低沉的男孩声音，诉说着他听不清楚内容的话，可能是充满男子气概和浪漫的言词，会惹得她继续咯咯笑，然后伸手搭在他胸膛，任由他捧住她的乳房。

有些白痴总是这么幸运，但他从来不是。


"一群五个人？绝对不要同时惹上五个人。"

麦可在他脸上轻拍湿热毛巾时说道，他痛得缩了一下。

"你的说法好蠢，她根本不会注意到包包不见了。"

"是，对啦，但她的男人注意到了，注意到足以狠狠打中你这了不起的丑脸。"

麦可再次拧拧毛巾，靠了过来。

他避开："够了，痛死人了。"

麦可哼了一声："别这么弱，不然你长大就会变成娘娘腔，只想和老妈住在都柏林。"

他不发一语。

麦可把毛巾扔进水槽，把自己的嘉士伯啤酒递给他："拿去，喝一点吧。我带你去老托马斯那里，让他处理你的伤口，只是这样大家就都会知道你被揍了。"

他大口喝下啤酒，啤酒温温的、走味了，但总比没有好。他期盼可以昏沉沉的，好减轻疼痛。

"你知道的，老爸回来后一定会再问的。"麦可指指他的黑眼眶。

"我只会和他说，我又打架了。"

"和谁？"

他耸耸肩："不知道。"

麦可又开始摆出说教的语气："不要和那些人起冲突，你知道的，我们不跟自己人打架的。"老天，有时候他比教皇还烦。

"好吧，那么，我是跟观光客打起来了。"

"这就好多了，但你知道他会说什么'敢打架，就最好是给人黑眼圈，而不是带回它'。"麦可把老爸喝醉酒时的大舌头和笨拙动作模仿得惟妙惟肖，他忍不住大笑出声，这让他的左眼再次痛得像火烧一样。

他疼缩着把啤酒放在桌上："看来，我还有进步的空间。"

麦可露齿一笑："对，说得没错。"

他起身，走到车屋的窗边，透过小小的方窗看着外头的夜色。除了风声什么都没有，路上也没车子。

"嘿，你觉得我需要担心警察吗？"

麦可想了一下，然后耸耸肩："警察？不需要。"

"真的吗？"

"你从他们身上也没拿到什么，对吧？而且他们喝得醉醺醺，才懒得去报案，何必搞砸美妙的夜晚？"

他开始大笑。

"你在笑什么？"麦可问。

"这些上流人士，他们太容易成功了。我想，我甚至让他们的夜晚更刺激了。想想我让他们今晚这么容易把到妹，让他们变成超级英雄，他们真该为这场戏付我钱。"

两人都爆出笑声。

"等到他们付钱给漂旅人来抢劫他们的那一天，我们的问题就解决了。"麦可说。

"为这件事干杯。"他举起啤酒罐送到嘴边，只是没酒了，只有泡沫慢慢滑入他嘴里，有金属般的味道。

他闭紧双眼，嘴巴贴着啤酒罐，接着咽下那些泡沫。吞咽时，他心中想着：马约卡岛……现在那里真是漂亮极了。

然后，他听见外面的风呼啸着吹过车屋的侧板。

\*

一年后，他来到都柏林。

他的第一个女孩，是一个瘦巴巴的棕发女孩，他发现她在一场生日派对后漫步回家。他十四岁，目前已有两年亲吻女孩的经验了。他推想她大概和他同年，是定居儿，大概住在西都柏林住宅区附近。那天是初夏傍晚，天色不算太晚，她独自走着。

他看见她，有着长发、细腿，她将她的双手塞进外套口袋。远远看去，分辨不出她漂不漂亮，反正这也不是真的那么重要。

她只是一个练习对象，兄弟们告诉他的招数应该管用。

他走向她的方向，努力装成漫无目标、随性的样子，像是刚好出现在那里。

"嗨。"等距离够近了之后，他说。

她驻足转身。她的神情看起来很无聊，还有一点忧伤。棕色直发显得无精打采，但她的眼睛很漂亮。

"嗨。"她说。不是特别亲切，但他会改变这一点。

"你刚才去哪里了？"

她没有立刻回答，像是拿不定主意一样。

"我朋友的派对。"

"你朋友叫什么名字？"

"妮恩。"

"你叫什么名字？"

"莎拉。"

"莎拉……"他的语气像是吸入一口浓郁的香水味，这让她露出笑意，他曾见过麦可这样呼唤他想搭讪的女孩。

"莎拉，我叫唐诺。"

"嗨，唐诺。"

他们站在傍晚的夕阳下，地上映出两道长长的影子。

"莎拉，你为什么离开派对了？"

她耸耸肩，低头看着脚，用球鞋外缘平衡了一下身体说："他们不太友善，说一些冷落我的话题。妮恩一直聊她的男朋友，其他女孩也是。"

"而你——你没有男朋友吗？"

她摇摇头，眼睛始终看着地面，仿佛很难为情。

好极了，再来就容易了。

"呃，嘿，莎拉，你知道吗？我一直在找派对玩，但是我很高兴你离开了，因为我宁可和你一起待在这里。"

她抬起头，他看得出她不太相信，却很喜欢他说的话。

莎拉脸红了，她低着头，开始慢慢走开。

"你要去哪里？"

"我该回家了。"但这一次，她显得有点腼腆，像是希望他跟上一样。

他确实照做了。

"哦，别这样，先不要走，我们才刚认识呢。"

这句话他听麦可对其他女孩说过无数次，通常很管用。

当然，这对莎拉也管用，她放慢脚步，好奇地看着他。

他露出微笑。

"来吧，莎拉，跟我来，我带你去看个东西。"

她开始犹豫，但她又喜欢这样的关注："不，我该走了。"

他抓住她的手，像是闹着玩一样，要拉她去别的地方："就在那里而已。"

他其实不太清楚这个地区，只能一边想一边做，但他记得过了这些建筑物后有一处树林。

只需要找一个安静的好地方，确保附近没有其他人。唐诺和麦可是这样告诉他的，找女孩打炮就这么容易。

他环视四周，附近空荡荡的。大家都已团聚在家中，看电视、吃晚餐。街上没有其他人，非常安全。

他抓住她的手时，她一开始还吓了一跳，但还是任由他带路，甚至露出笑容。

"你要带我去哪里？"她问的时候几乎是咯咯笑了起来。

"哦，到了就知道了。"

往树林前进的路上，他不断地胡扯瞎说。其实是一堆谎话，但他知道她相信他。他刚和家人搬到这边，他在堤隆郡长大，爸爸是医生，有三个姐妹。然后他问她喜不喜欢住在这里。

"还好，我也没去过其他地方。"

"你放长假时都去哪里？"

"去过一次伦敦，还有一次去西班牙，但都是和家人一起，所以没有很好玩。"

他去过伦敦三次，他有一个叔叔住在法国，另一个叔叔在纽约。

"哇，纽约。"

纽约很棒，很多摩天大楼，人潮汹涌，还有自由女神像。

"你有登上过自由女神像吗？"她瞪大眼睛问道。

"嗯，有呀，漂亮极了，阳光在水面上闪耀着，看得见整个纽约市。"

纽约那个主要的区域叫什么？对，曼哈顿。

"曼哈顿，现在那里真是居住的好地方。"

"哇。"她说。他看得出她钦佩万分，不再那么害怕了。

他还是牵着她的手，现在他们距离树林只有几米了，不知到那里后该怎么做，但他一定会想出办法。

"往这边。"

他高高跨过一根倒落的树木，钻过早已被踢坏的铁丝网围篱。

她停下脚步："那里有什么？"

"别担心，很安全的。"

他使劲拉着她的手，她俯身穿过铁丝网下方。他替她拉住铁丝网，盯着她的胸部，但几乎没什么肉，简直和飞机场一样。

但他仍感觉得到血管里骚动的血液，她在这里，被困在围篱的这一头，附近完全不见人影。

她拍拍外套上的沙尘，抬起头来，他盯着她不放。

"莎拉。"他说。

"什么事？"她回答时咯咯地笑，显得有些不自在。

他没有回答，但凑上前去。他背对围篱，想要挡住逃脱路线。

"你要给我看什么？"她问，东张西望地探看树林和坑坑洼洼的地面。

"嗯，我算是骗你的。"

她又紧张起来，他看得出来，而且几乎是乐在其中。

"你带我来这里做什么？"她出现惊恐的声调。

"我只是想要做这件事。"

他凑过去亲了她。

此刻，她往后退并瞪眼看他。他再次亲吻她，这次她不再努力挣脱他的掌控，而是尝试适应这个吻。

"你要记住一件事：所有女孩都暗自希望被男孩亲吻，你只需要确定自己就是那个男孩。"有好几次，麦可和唐诺都这么对他说。

等亲得够久了，就可以对她们做任何事了。

她的嘴巴有软糖和多力多滋的味道，亲够了之后，他放开她。她看起来有点震惊，但是脸蛋红通通的。

"莎拉，你喜欢吗？"

她默默不语，但似乎也没有生气。

"以前有人吻过你吗？"

她摇摇头，显得有点难为情。

"这也是我的初吻。"他再次靠过去吻上她。

这又是另一个谎言，他亲过几个漂旅人的女孩，但他现在知道找定居女孩绝对更轻松。比较不必冒险，不但不会被对方父母发现，也不会被逮到。

无论怎样，年纪较大的女孩总是擅长接吻。她们知道怎么扭动舌头与对方交缠，性感又带着强迫意味，这总能让他硬起来。

较为年轻、害羞的女孩只会僵住，不会利用舌头，就像眼前这个女孩。

现在，他握着莎拉的双肩，而她嘴巴里的多力多滋味道已开始让他觉得无聊，所以他试着伸手探上她的夹克。她瑟缩抽身，但他的左手仍紧抓住她的肩膀。

"你不喜欢这样吗？"

"我……我不知道。"她就像是车屋外草地上的小白兔，动弹不得，等着被石头砸。

"让我再亲亲你。"

他没等她回答，就再度靠上去，一只手伸到她脑后，身体紧紧压着她的胸部，但是那里平得有如飞机场，他不知道该如何下手。

她挣脱他的亲吻。

"拜托，我想回家，我不要了。"

但是，已经太迟了。

他拉开她夹克的拉链，焦躁不安地摸索她的胸部。她努力推开他的手，却惊慌失措地像头部被钉住的兔子，愚昧无脑，而他的某处硬挺站立，催促他逼近。

她的夹克被脱下了，透过她的上衣，他可以感觉到她的胸部，那只是一处小小的隆起，但这足以让他更加有反应。

从这里开始，只要把手往下探……

"拜托你住手。"她根本要哭出来了，啜泣的声音颤抖着，而她哀求的语调甚至让他更兴奋了。女孩总是这么好猜，她们想要别人亲吻，但接着又会说不要。

"拜托不要。"她开始呜咽，发出可怕的哭啼声，他不能冒险让她发出这样的声音，所以他狠狠甩了她一巴掌。

"闭嘴，贱人。"

她安静下来了。

真是够了，他已经越界了，他这一次要干到底，而她完全噤声静默。

*

二十三岁时，她独自一人到爱尔兰西南部的贝亚拉半岛健行，那里的景观总是让她心醉神迷，岩石遍布的山坡上，点缀着矮小的植物。在这张巨大的波形兽皮上，山脊、山谷及河流激起涟漪，农舍和村庄仿佛点缀其中的微小斑点。

她已经在科克市住了一年，攻读爱尔兰文学的硕士学位，也拿到一份极负盛名的奖学金。几个月前，她回复了与十八岁男孩分租公寓的广告单，所以现在住到市中心，搬入一家人气酒吧顶上不太牢靠的加盖公寓。身处夜生活的中心地区，每到周末人声嘈杂，凌晨两点的夜店打烊后，涌现的就是醉醺醺的酒客们。

夏天时，她时常坐在屋顶露台的边缘，注视下面的小巷子。到了深夜，一定会有男人对着墙壁排尿，他们躲在街道的阴影里甩动，但她还是看得一清二楚。这件事有种趣味，纵情酒精的男人解决生理需求，完全没发现上头有人在观望。

每隔一阵子，她就会见到有男女在暗影处交缠，他们会激情地拥吻和爱抚，不时伴随着呻吟声。女人的背部抵着墙，男人压向她，双手狂乱地探向她的衣衫或裙子。往下看着他们，她会感觉到一股罪恶感，以及少许厌恶感，人们居然会在公共场所做这种事。然而，这也同时激起她的好奇心，她会看个一两分钟，然后就心情紊乱地转身离开。

周末经过那条巷子时，她总会发现那里一早就有尿骚味，有时还会见到墙边有用过的保险套，像是有人试图要隐藏其存在。

同住的男孩不太打扰她，他有自己的生活、自己的朋友，他会搜集说唱歌手图帕克的海报，他有一位交往四年、名叫埃玛的女友。

"埃玛好像怀孕了。"有一天，杰米这么说，当时两人刚好都在公寓里。

"什么？"她问，无法隐藏自己震惊的语气。这个十八岁男孩，要当爸爸了？"对于当爸爸，你有什么感觉？"

"哦，好像还不错。"

他有一些朋友十七八岁就当爸妈了，他可以接收朋友的婴儿服，而政府单位也会给埃玛不错的单亲妈妈补助费用，他们会过得不错。

她无法理解，他们居然这么简单又快乐地接受了未来的日子，成为十八岁的父母，而且还满怀期待。

所以，该是她远离这城市（逃离恶臭的巷子、酒气冲天的夜晚，以及青少年父母），然后独自在乡间过上一夜的时候了。

她选择贝亚拉半岛，因为她在《寂寞星球》的旅游书中看到一条迷人的步道。格伦加里夫这个小镇上，有一条会经过自然保留地的小径，接着进入库玛卡尼山谷，这山谷的上半部仍是无人居住的状态。杳无人迹的山谷底部有两个湖泊，名字令人难以置信地难念，叫"迪伦纳达沃地亚湖"和"艾肯诺霍利可汉湖"。

漫步于一条步道上，通往有奇异名称的湖泊，会是何种光景呢？

因此，在九月下旬，她单独搭乘巴士离开，决定前往她在地图和指南书上所勾勒出的那条步道。她的登山鞋轻巧地走过石头和沙地，而小径沿着山坡蜿蜒向前延伸。她的左下方有一间倾塌的农舍，也可能是两间，屋顶已塌陷，原本孩子游玩的角落现已长出树木。她知道爱尔兰现在满是这种毁坏的农舍，散落于这些偏远乡间。

她看过一篇文章，提到两个世纪以前爱尔兰原本有众多人口，超过八百万人住在这块土地上，但那是爱尔兰大饥荒之前的事，后来大批爱尔兰人离开这座岛屿，前往美国、加拿大、澳洲、新西兰，当然还有英国。

她正在考虑之后是否要搬去伦敦。过去的一年，她买了廉航瑞安航空的特别促销机票，造访了那个城市数次，即便只是待上几天，都让她兴奋沉醉。许许多多的剧院及购物景点，许许多多的博物馆，以及特拉法加广场、柯芬园和泰晤士河畔的群众。光是坐在牛津街的麦当劳里，她就足以自得其乐。她坐在那里吃薯条，看着人潮流动经过，看着黑人、白人、亚洲人以及中东人的面孔。观光客、通勤者、学童、流浪汉，还有她，一张匿名的脸孔，观察着所有一切。

在科克的生活之后，多种族的伦敦可以让人歇一口气了。不会有人盯着她，评论她绝佳的英语能力，也不会有男人谈论她"异国情调的外表"并询问她的电话，仿佛这样可以迷倒她似的。光是想到别人以外表评判她，她就怒火中烧。

她试着和几位爱尔兰男人约会，但是运气都不太好，都只持续几个星期，这种状况倒是让人意外，毕竟她大学时和汉卓克就稳定交往了两年。给她这本《寂寞星球》旅游指南的人，就是忠诚又深具魅力的汉卓克。一年前来爱尔兰时，她就和汉卓克分手了，她明白若是将心思系在他乡的男人身上，这个国度就很难带给她深刻的印象。刚恢复单身时，她在爱尔兰吸引到许多目光，去酒吧时会有男人前来攀谈，这让她愉快而诧异。只是，这里面的每一个人虽然各有各的方式，结果却都让人失望，都成了她始料未及的痛苦来源。第二次约会时，她若是不答应上床，那些男人就不会再打电话来了。她心想，他们是否从她的"东方"外表得到许诺，期待会有更充满性欲的情事。

约会就像地雷，太可能受伤，也有太多难以预料的事。

因此，她很高兴那一两天可以远离一切，在这个她从今天早上离开青年旅馆后就没遇见半个人的山谷，将所有的人类抛在后头，只剩前方一条等待被探索的步道。

现在，步道沿着山坡往下，进入空旷葱绿的山谷凹地。她再次检视地图，库玛卡尼山谷的尽头是那两座绮丽湖泊，迪伦纳达沃地亚湖和艾肯诺霍利可汉湖，荒凉偏远，也和它们的名字一样令人屏息。

山谷的谷口在此收拢，孕育这两座湖，而青草覆盖、石南高挺的岩石峭壁形成了它的侧边。阳光下，湖水闪动着蓝银色的光芒，湖畔边缘长着绿草。风儿吹拂时，她见到它穿过草地，接着弄皱湖水，一个潜行的事物很快消失了。她注视着，被催眠了好几分钟，而云朵的影子和阳光的光芒不断交替扫过草地、水面和岩壁。

这里没有别人，甚至没有迷途的放牧羊只。

她发现自己露齿微笑，真不敢相信自己的运气，居然找到这少有人问津的美丽地方，全供她一人独自欣赏，她高兴地笑出声。

她想要往前冲进这片绿茵，但是步道已经崩解，过于茂密的青草难以穿过。她好奇上一个来到这山谷的人到底是谁。

向下的步道会通往下方湖泊流泻出来的溪流，散落的石头之间有溢流的河水，所以她要小心翼翼地走，在奔流的河水上跳过一块块的石头。

她的动作太快，跳到一块松动的石头上，石头滑向水里，最后靠向其他石子慢慢停住。一个跌倒就会扭伤脚踝，幸好她设法站稳，绷紧身体。

若在这里受伤了，可不是什么好事情。

一蹦一跳的，她成功到了河的对岸。

她回头看，没什么好怕的，只是河流一处浅浅滑落。但好笑的是，单独在外旅行，即使是最微不足道的事也能把人吓得半死。

经过草地上一只羊的尸体，她开始绕行第一座湖的外缘。这一次，她更加小心谨慎，一开始相当容易，但仍有几条小细流从山壁流下注入湖泊。等山壁变成峭壁后，水流变得更为垂直，她发现自己必须跳过溅泼入湖的瀑布。

她看不出湖水有多深，但她几乎不会游泳，小时候也不太有机会学。在湿滑的岩石间跳跃行走，很难算得上是足以安全进行的单独行动了。

经过许多趟的瀑布攀爬，她抵达下方湖泊的尽头，也明白她应该就此打住，别再往前了。地势变得很崎岖，她认为就算再挣扎前进，可能也走不了太远。即便如此，她还是充满渴望地凝视这里和上方湖泊间的那片翠绿。风儿吹动草地，让它由葱绿转为银色，然后又复原，山谷鲜绿的坡地从上方湖泊的尽头升起。

总是有更远的地方可以去，有更多地方可以探索。

但是，不，她会在这里休息、吃点东西，也欣赏美景，庆贺自己走了这么远，然后就打道回府。她看看手表，四点十五分，她打算搭乘下午六点从格伦加里夫开往科克的巴士，即使这样，也应该还有一段时间。


现在是五点三十分，她疾步经过倾毁的建筑，顺着道路穿越村庄。

路途中，她知道这可能是她最后一次置身这座山谷。还有多少机会能再次造访，来到这个爱尔兰西南部的偏远角落呢？

不太可能了，她再过几个月就要搬走了。她已经决定了，科克市一星期六十欧元的房租或许比较便宜，但这里缺少伦敦的活力及冲劲。借由在科克电影节担任志愿者，她接触了伦敦电影产业。有一位导演给她名片，说她到伦敦时可以打电话给她。

几个月后，她就和那位女士在苏活馆共进午餐。

她放胆直说："等我拿到学位后，我很有兴趣搬到伦敦，尝试电影或电视产业的工作。"

那个导演说她会问问她认识的几位制作人，或许会有人需要助理。

这太让人兴奋了，像是一条通往新地点的可能步道。

然而，居住在目眩大都会的一切展望，还是得先让她回到科克市再说。现在，她看看手表，知道自己只剩二十分钟去赶搭那趟末班车，但是公交车站还在两千米外，她其实早已赶不上了，除非搭便车。

只是在这偏远的山谷，搭便车似乎是不可能的事。

她继续快步沿着道路行走，也知道不会有车经过了。在这个被人遗忘的小镇，她注定要再独自待上一晚。

她的肾上腺素激增，为此她咒骂自己为何不早点离开山谷。但也不对，光是看到那两座湖就值得了。

就在此时，她听见路上传来车子行驶的声音，从村庄驶出，准备重返文明。

拜托，一定要是正常人，务必要是个正常人。

随着车子驶近，她看得出那是一辆金色的轿车。

她始终记得上次为写旅游指南书，在德国所受到的惊吓。她并不想搭便车，但有时候，时间、地理位置和交通行程就是会串得起来，让人想铤而走险。

轿车经过零星散落的农舍，越来越近了。

就是现在，她心想，她伸出手招呼。

车子减速停下。

车窗摇下，是一个年轻妈妈带着一个坐在前座的女孩，后座上是两个更小的女孩，她松了一口气。

"你需要帮忙吗？"那个妈妈问。

"对，我要赶搭六点在格伦加里夫发车的巴士，不知你是否可以顺道载我一程？"

那妈妈犹豫了一下，瞄了一眼后座的女儿。"好，没问题。"她的声音提高了一度，"安妮、黛朵，挪出空间给这位年轻小姐。"

"哦，真的非常感谢，你真的是帮了大忙。"

她说着，等后座那两个小女生挪动位置，然后她缩着身体坐进去，将背包放在膝盖上。

她知道自己的美国口音听起来明显就像个外国人，她也明白经过这一段爬山健行自己必定满身灰尘，所以为此道歉，但那位妈妈说没关系。"哈喽。"她对旁边两个小女孩微笑。

但是她们只是瞪大眼睛盯着她，露出猜疑的神情。

在她们眼中，我必定像是从不知名的地方，蹒跚走出的沼泽怪物。

她想，住在爱尔兰偏远乡间的山谷中，她们以前是否曾看过亚洲女人。

年轻妈妈倒是很亲切。"你是哪里人？"她问。

她回答："美国新泽西，靠近纽约。"

她问那妈妈她们是否去过美国。没有，英国已是她们到过的最远的地方了。

"你在四处旅行吗？"那妈妈问她。

"嗯，算是。"她回答。她解释说，她今年在科克念书，但是知道这条步道后，就想来这里健行，看看山谷里的两座湖。"你去过那里吗？"她问。

那妈妈回答："不算去过。没人真正去过那里。"

她不解的是，居住在一个拥有如此壮丽景色的地方，怎么会不曾亲眼看到。然而，她们也必定觉得很奇怪，居然有人从美国远道而来，造访这个被人遗忘的山谷，然后实地健行走进她们的后院。

小女孩们仍睁大眼睛盯着她，不过现在车子已开到大马路上，接近格伦加里夫的中心地带。这里真的只有几家酒吧、一家邮局、教堂、学校，还有处于淡季的几家旅馆、一家商店，然后是客运站。

"我放你在这里下车。"看到"爱尔兰客运"的招牌后，那个妈妈说道。

"谢谢你，我真的十分感激。"

"不客气。"那妈妈对她点点头，抿嘴微笑，"一路平安，旅途顺利。"

"你们也是。"她转头对着后座的女孩露出笑容，"再见了。"

她们点点头，眼睛仍瞪得很大，但那最小的女孩害羞地悄悄对她挥挥手。她也挥手致意，接着车子就开走了。

格伦加里夫的街道一片安静，她走向公交车站，没人在等车。她确认了公交车时刻表，再看看手表。

下午五点五十八分，时间还多着呢。

\*

这天是万圣节，她二十五岁，时间是凌晨三点零五分，她在伦敦市中心一场化装舞会中喝醉了。奇装异服，英国人是这么说的。

她的衣装倒也没那么奇异。

她只是穿着上次去台湾旅行时买的旗袍，然后编好头发盘起来，再插着几根筷子，涂上较为鲜红的唇膏，这样就能成为典型的华人女子。

这很容易，如果能派上用场，那就利用这样的刻板印象吧。

这个特别的万圣节派对很不错，它是由一对旅外的美国夫妻所举行的年度活动，一向是大家期盼参加的盛事。厨房流理台上的酒类堆得像路障，还有各种开胃小点心、现场 DJ，再加入精力充沛、来自各地的二十几岁魅力男女。

她和一个相当迷人的英国家伙聊了起来，他叫艾力克斯，在摩根士丹利公司工作，现在是一身吸血鬼装扮。两人站在奶酪盘旁聊天，深夜的饥饿感让他们饥渴地拿起剩余不多的小点心。她喝了很多酒，抽了许多别人递给她的奇怪大麻。这时候，筷子已不在她头发上，早已塞进她的包包里，她的黑发散落在肩膀。

大部分的人准备一起搭出租车去续摊，前往西汉普斯特德，但那里对她来说太接近北边了，而且她知道状况必定差不多，夜只会越深，毒品也会越多。

她脚步蹒跚地走入摆放所有外套的空房间，在滑溜的衣服堆中，找寻她的二手风衣外套。

当她走向出口时，一只手过来抓住她的手臂，是艾力克斯。

"嗨，我们要搭出租车回家，你住在南区，对吧？要不要一起搭车？"

他和他的朋友，还是室友？随便，反正就是和名叫提姆的人在一起。提姆装扮成海盗，只是眼罩已经不见了，海盗提姆画着眼线，但现在已经糊掉了。

"你们住哪里？"她问。搭出租车听起来似乎很不错，不必在寒风中等夜间巴士，也不必和陌生的醉汉同座。

"克莱普汉，我们可以让你在中途下车，但也欢迎你来我们公寓喝一杯。"

她听得懂这个提议，她会考虑看看。这家伙还不错，和许多伦敦人一样，他在财经界工作。不知为何，大部分的人都觉得在电视台工作的她超酷，他们可能不知道她的薪水也很酷，很残酷。

"我们住的地方有一些不错的查理[①]。"他说，补充了额外的诱因。

她不知道自己会不会将它当成诱因。

他们拦到一辆黑色出租车，而且仿佛心照不宣、早有安排，提姆坐进前座，她和艾力克斯坐后座。当车子经过特拉法加广场时，艾力克斯的手放到她的腰际，手指轻轻圈着她的腰。

她一点都不惊讶，她仍在考虑。她喝醉了，他讨人喜欢，而且显然也对她有意思。

他悄悄靠得更近。

"哦，可以请你先走沃克斯霍尔桥吗？"她对司机大喊，"我可能在那边下车。"

"你确定不和我们一起回去吗？"艾力克斯问，现在他的脸凑向她的脸庞，另一只手伸过来拨开她脸颊旁的发丝。

她暗许他这些举动。

"来嘛，会很有意思的，我们可以喝几杯，或是嗅点粉。"

她对可卡因完全没兴趣，但她还来不及说什么，他就靠过来吻她。

她回应他的吻，毕竟最后总会有这样的发展。她闭上眼睛，放任他的舌头找到她。他的接吻技巧不差，但她清楚地意识到他的嘴巴有派对上的奶酪的味道。

她睁开一只眼睛，查看出租车前进的方向，正前往米尔班克区——很好。

---

① 查理（Charlie），可卡因的俗称。

他靠得更近，她可以感受到他的坚挺贴着她的身侧。

老天，这家伙的味道就和奶酪一样。她了解到自己有多饿，也已经知道他的住处会是什么样子。冰箱里可能没有食物，他只想吸可卡因，只想进入她的裤子里面。

她不会和男人在认识的第一晚就上床，交涉这件事总是麻烦极了。

大概到了泰特美术馆附近，艾力克斯终于放开她，他结束这个吻调整呼吸，但是手仍搂着她的腰。

"所以，你会跟我们一起回去吧？"

他的唇再次在她唇上游移，探进舌头以索取更多热吻。

车子开上沃克斯霍尔桥一半了，她抽身。不，这样就够了。

"过桥之后，能不能停一下车？"她问司机。

"你不来吗？"艾力克斯讶异地问。

"抱歉，我真的不……吸可卡因。"她说。

出租车在人行道边慢慢停下，她打开车门："我，嗯，很高兴认识你。"她说，一只手握着门把，一只手搭着他的手臂。

十月底的夜色漫入车内。

"你确定吗？"艾力克斯问。

"很确定。"她回答。在他惊讶的表情中，她随即关上车门，夜里的冷冽空气让她起鸡皮疙瘩，只需要过桥就能到家了。

她脸上浮现微笑，能这么走下出租车有种解放的感觉。他原本期望她会怎样呢？和他一起回家、吸可卡因，感激他提供可卡因而和他上床？这真的没这么吸引人。

她想着，他曾对多少女人施展过这招，好奇这是否会稍稍减损他的自大。

那就减损吧！她很庆幸今晚能睡在自己的床上。然而，当她在月色中穿过空无一人的桥梁时，一种悲哀削弱了她的胜利感。

仿佛一切都得这样收场——醉酒求欢，低级的可卡因许诺，覆住她乳房的手，醉醺醺地和不能更陌生的路人亲吻——在伦敦，这样的勾搭如此稀松平常。

她真的不喜欢这样，她看不出其中的意义，但在这个城市似乎也只有这种可行的状况。在凌晨三点半过马路时，路上完全没有车子，泰晤士河颤动的河水拍打着城市的边岸，而她的高跟鞋在冷漠的人行道上发出回声。

*

他们（他、麦可和老爸）在贝尔法斯特的安顿之处就是这个驻扎地，它在城市极为边缘的一处山坡高地，根本就是荒郊野外。它真的就在荒郊野外，没有多少十五岁少年可以做的事。外头有牛、有羊，还有它们的一堆大便，要是风向不对，这地方就会臭到不行。周遭尽是田野，但朝某个方向往前看，就能将整个贝尔法斯特及大海收入眼底，包括那些爱尔兰共和军、保皇党，还有该死的壁画、巴基斯坦人、亚洲人、观光客，以及任何能在这城市里找到的东西。

可以确定的是，贝尔法斯特是和南方城市非常不同的地方。

但是，这里有个能让人躲避一切的地方。就在底下，要是他站在田野边缘眺望城市，实际说来，那地方就在他脚下。下方是一个陡坡，底下有一条潺潺细流，还有树丛围绕，供人栖身躲藏。他们称之为"幽谷森林公园"，他喜欢它的荒野，那里几乎罕有人迹，只有树木和河流，感觉是全然的封闭、私密，周遭都不会有人打扰你。

但是，要是顺着河流往前一些，山谷就会变得开阔，树木减少、广阔的草地增加，人们会到此散步。如果无聊的话，这里也会是惹是生非、找到消遣的地方。你可以偷偷观察路过的人们，只要悄然无声地待在树林间，然后等待，等着有人到来。

*

星期三晚上，已过了九点半，她却还在办公室。

她二十九岁，人生已只有永无止境的工作，但全是有趣的案子，有进行中的电视制作和提出并发展新点子，而晚上就在放映室、后制室或在业界的各个酒会中度过。但是，在这有如捕捞活力的拖网持续撒向她的工作后，她就没有太多时间留给自己了。周末时，她经常要工作，看剧本或留意她负责制作的案子。

即使就要出城了，她昨天还是和上司开会，并告诉上司这样的工作量带给她多大的压力。

"有这么多事要做，我真的不知道怎么做得完。"

她的上司艾莉卡一向通情达理，看过"薇安的待办事项"之后，说她会分担一些事项，再将其他一些项目重新分配给她们的助理。"熬过这些事，就出城好好去旅行，希望这些事情能在几星期内确定下来。"

她们已经期待这样的状况好几个月了，事实上却永无止境。况且在电视界，忙碌代表好事。如果不忙，就等于没制作出东西。工作本身会带来更多工作，而生意会带来更多生意。目标就是这样，不是吗？

她看向窗外，知道外头天已黑，几小时前大家就都回家了，她却还有日常的行前杂务：发送电子邮件、更新预算、确认提案，并发给老板详细的结案电子邮件。

办公室电话响了。

她皱皱眉头，看看时间，知道会打来的只可能是某人：她的妈妈。

太棒了，又要再多待一小时才能离开了。

她叹息，接起电话："老鹰影视。"她用职业口吻说道。

"嗨，老鹰影视。"妈妈试着以轻快的语气说，"你听起来非常忙碌。"

"嗨，妈。对，我，呃……我今晚想做完一堆事，明天有事要出城。"

"嗯，这样很好，努力工作很好。我只是想知道你过得如何，好久没联络了。"

其实并没有那么久，她们上次通话也才两星期前。

"啊，真抱歉，我最近一直到处跑来跑去的，没时间打电话。"

"嗯，你要做好你的工作呀。"妈妈提醒她。

听到这熟悉的老话一句，她叹了口气，她听过无数次了。大部分父母若是这么晚打去办公室给孩子，应该会叫孩子快回家才对吧。

"你这次行程去哪里呀？"

"哦，只是庆祝北爱尔兰和平进程十周年的聚会。"语气表明这没什么了不起。但事实上，在她看来，他们居然只因为她多年前恰巧在爱尔兰念过书，就邀请她参加如此重大的活动，似乎有些奇怪。

"他们邀请了所有获得米契尔学术奖学金的人。"她向妈妈解释，"你记得芭芭拉吗？那位在华府负责美国爱尔兰联盟的女士，她负责筹备这整个活动。"

"哦，所以你要飞去都柏林吗？"

"不，是去贝尔法斯特，在北爱尔兰，和平进程是为了北爱尔兰。"

"好……和工作有关吗？"

"是，也不算是。在那段时间，我约了几位可能合作的人开会。"

活动时间是星期四和星期五的全天，包括晚上，她星期六没事，而星期日晚上她受邀参加一个电影红毯首映会，因为她协助完成了这部电影的剧本。所以，她订了星期日中午回伦敦的班机，能早点回来休息一下，接着为首映会做准备。

其实，她不太想去那个场合，行程包括一般的社交活动、鸡尾酒派对、晚宴，这是她一直以来都在做的事。但是，若能在星期六完成，那她就能去计划已久的步道健行。

办公桌的遥远角落，放着她的《寂寞星球》旅行指南。她会把它带到办公室，是因为那就是激励她熬过所有待办事项的神秘力量。书中列出贝尔法斯特市郊一条约十八千米长的步道，起点在名叫"幽谷森林公园"的地方，然后往北爬升，翻越几处能收入城市美景的山坡，最后会抵达洞穴山。她想象自己独自站在这些山坡顶点，眺望底下一整座城市，这必定很值得。

撑到星期六，就没事了。

"我星期日回来，接着当天晚上有电影红毯的首映会。"

妈妈说："哦，真棒，那你其他方面如何呢？"

"除了忙碌的工作外，其实没什么好说的。"当然，她的社交生活一直很忙碌。住在伦敦六年，交了一堆朋友，总是有各种生日派对、新居派对、欢送派对，还有最近很频繁的订婚派对。她在想，妈妈是否真的了解她日复一日的生活是什么样子，她的朋友是怎样的人，她怎么度过空闲时光，若有更多时间她想做什么。

"哦，我本来希望你很忙是因为……"

她知道妈妈想说什么，不知不觉恼火了起来："因为？"

妈妈带着调皮又探听的语调说："因为你或许认识了某个人？"

"没有。"她坚定地回答，"我没有，我和你说过了，别再问我这件事，如果有需要报告的消息，我就会告诉你。"

对，在伦敦生活了六年，感情的事只是让她更加困惑。这个城市显然有很多男人，但是他们也总能找到无数理由说自己无法认真投入感情——我还没走出前任带来的情伤、现在对我来说真的不是恰当的时机、我最近才明白我这辈子只爱着一个人，说来说去都是诸如此类的话。与某个男人共度一夜后，最后总会变成误判的信号，不回短信，带来一时的心碎。撤退、恢复、重新启动，再又回到场上，但绝对又是另一个地雷区。

她在电话里没再多说，但妈妈还是继续同一个话题："哦，我真是不懂，你姐姐二十七岁时就结婚了。"

她的视线再度投向那本《寂寞星球》旅游指南，封面上的照片为她带来一种熟悉的渴望：独自站在海角上的一个旅人，灰绿交织的峭壁淹没于下面的翻腾海洋。

只要撑到星期六就好。

她的电脑显示目前是九点五十六分。

她低头看着那些待办事项。

"妈，我该继续工作了。"

\*

这里就是他们所谓的森林吗？

好吧，或许对西贝尔法斯特的居民是吧。地面散落着各种垃圾，有塑料汽水瓶、炸鱼片的纸袋、压扁的纸盒，及捏扁的啤酒罐。

嗯，这里不太像是原始的荒野。

她努力忽视这些事。

等我更深入公园底部，一定会越来越好的。

幽谷森林公园，旅游指南上介绍的十八千米的贝尔法斯特山丘步道就在此。她急躁地迅速走过这段无法激励人心的都市路段。但是，即使身处令人遗憾的大自然中，从某种程度来说，还是能让人精神一振。她呼吸林间的气息，脸上露出笑容，经过林间洒下的一束阳光。

手表显示目前刚过下午一点，所以她有一整个下午的时间。以四月来说，今天天气还算温暖，这应该是她今年的第一次健行。现在，关于伦敦繁重的事务、近两天的忙碌行程，在十周年聚会上的闲聊，以及和平进程中与不太做事的贝尔法斯特政治家握手，这一切全溜走了，全被遗忘了。这里只有她、树木，以及步道。

她查看指南书，她在贝尔法斯特山丘那一页折角作记号，上面写着：从游客中心出发，有几条路面平整的小径通往树龄年轻的混合林地。

这地方并非全然空无一人。在如此温暖的星期六午后，有许多来此散步的当地居民，享受好天气。她和一个带着两个年幼孩子的爸爸擦身而过。

他们对她点头微笑，而她回以笑容。

远离城市的确很不一样，大家马上就变得友善许多，仿佛表明彼此都在享受大自然。

不要走小吊桥，继续沿着河流左岸走一千米，再过桥。

她按照指示，一直走在小径上，直到看到岔路。她选了左边的路，可能是因为那里没有人。她独自在这条小径上惬意地走了几分钟，接着碰到两个正喝着 Tennent's 啤酒的年轻男子，两人和她擦身时正在闲聊，他们继续往前行，完全无视她。

她的左边出现了一条潺潺流动的河流，她暂且走离铺设平整的小径，驻足河边，看着河水在阳光下流过鹅卵石。一群早生的蜉蝣在水面上舞动，对岸草地上点缀着小白花。

她再度展露笑颜，欣赏这一切，然后又回到小径上。

持续爬坡穿过有大量羊齿植物的渐密林地，然后就会到达承载 A501 号道路的桥梁。

桥还不见踪影，但是林地越来越茂密，树下的羊齿植物摇曳着。

一个穿着塞尔提克绿色条纹球衫的爸爸，带着两儿一女迎面走来，他们都有红发，脸色红润的孩子都还年幼，一个儿子牵着一只杰克罗素梗犬在前方引导，这位父亲接近她时露出笑容。

"你好。"她对他们说。

"你好。"他们回应。

他们和她擦身，然后走远了。

＊

现在他身处定居人士之间，身上绝对还有昨晚剩下的摇头丸。但他没什么事好做，所以就来到幽谷森林公园。

他潜伏躲藏着，窥看所能看到的一切。

但是，真的乏善可陈。

那些人不是又老又丑的，就是带着鬼吼鬼叫的孩子。

甚至没几个女人，那里有一对在走，但她可能已经是个奶奶了，就是那么老，而且臭死了。

一个男人带着他的狗，一个男人带着老婆和狗，一个男人带着孩子和狗。

好无聊。

那里有个马子，但她和两个家伙在一起，两个可能会把他踢得屁滚尿流的大男人。他们有说有笑地抬着一箱啤酒，哈哈哈，就是聊一些老人家会觉得有趣的事。他痛恨他们所有人。他凑近看，看到她紧身粉红上衣里的奶子晃呀晃的……啊，他们现在已经走远，走向另一个方向了。

要做什么，他们要做什么呢？

站在草地的边缘，站在草地和树林的交界处，不会有人注意到你的。瞧，大家只在意他们完美的定居生活：遛狗、陪小孩玩，或呼吸新鲜空气，没人会注意站在此处的漂旅人。他并没有恶意。

嘿。

看看那些从小路走来的都是什么人，有一个男人和他的儿子，一对情侣和他们的狗，还有这是……是谁？

这个从小径走来的女孩怎么回事？她竟自己一个人。

一个女人，独自一人。

再往前靠近几步，眯着眼睛，他努力仔细看。

她是个女的，对吧？但不太一样，穿着不一样。蓝色长袖上衣，全身包得紧紧的，这真是太糟了。不过看看她奶子的轮廓，以及纤细的骨架。她很娇小，腰很细，还有黑色长发，是漂亮的黑色长发。

她是华人。

而且长得不赖。

从没想过会在这里看到这样的人，而且还是自己一个人。

想象那乌黑长发，抓在手心里……

有人和她一起来吗？没有，她越来越靠近了，这人走得比其他人快，仿佛在赶路一样。

手中拿着书？

哈，不，她停下来了，弯腰把书放进背包里，包包里面有什么鬼东西？有多少钱？这个女的是哪里的人？

不是这里的人。

来找出答案吧。

*

她走出树冠层的遮阴，柏油小径延伸到露天空地。园区的这部分显得更宽阔，是阳光照耀的一片青翠草地。太阳温暖了她的脸庞，她好想停下脚步，就此沉醉于日光之中，但是这么多人来来去去的，她觉得有点不好意思。

这里有更多人来散步，一对夫妻推着躺着宝宝的婴儿车，另一个孩子在他们脚边蹒跚学步；还有一个妇人遛着两只狗，是一只大型的德国牧羊犬和一只拉布拉多，两只狗看到一个男人牵着可卡犬经过时，都使劲地扯动身上的牵绳。

柏油小径沿着广大的草地外围绕行，走到一半时，她看到那里有一个单独身影。

是个年轻的男人，或者该说是男孩，他看起来有点格格不入，因为……什么呢？因为他的穿着吗？鲜亮的白色拉链针织衫加上窄管牛仔裤，这更像是夜晚外出的打扮，而不是来公园散步。大家都穿着T恤和运动裤，但他不是。

他只是站在那里，双手插在口袋里，没有移动，就像是映着绿色草地的雪白色块。

好奇怪，她心想，但继续往前走。

步道召唤着她，她还要穿过一座桥，然后前往幽谷森林公园。

但是现在他移动了，那个一身白衣的年轻人。他往前几步，绝对是朝她走来。

为何是我？

这是我最不想要的事，我只想继续向步道前进。

*

现在，他比较接近她了，可以把她看得更清楚。对，是个女的，黑发、黄皮肤，眼睛就和所有华人一样，是斜细的丹凤眼。她几岁呢？

谁在乎呀？反正她好纤细，完全不同于那些在幽谷森林公园晃荡、走路的肥屁股。

她不会喜欢"哈喽"这样的搭讪招数，这女的不会，她看起来很坚定地要去心中想去的地方。

那就多花一些心思，就整个人挡在她眼前，使出我史威尼式的魅力。

要和她说什么？她有一本书，她刚刚好像正在翻。

就是现在了。

佯装天真，佯装笨拙。

"嗨，我……我想我好像迷路了，我不知道我要去的地方该往哪里走。"

完成，开始喽。

看看她会怎么说。

*

什么？

她愣了一下，他在和我说话吗？

但这里没有别人，她旁边、身后都没人。

她马上恢复冷静，回到原本乐于助人、见识多广的专业人士，即使这似乎是有点怪异的状况。

"呃，你要去哪里？"

这个男孩（真的只是男孩，比远看时更年轻），他似乎有点脚步蹒跚，有点不太确定的样子。他只是个孩子，几乎是皮包骨，红棕色的头发，长有雀斑。他有点恍神，她心想他的脑袋是否清醒。

"我迷路了，我……我不知道这是哪里。"

或许他昨晚玩得太过头了，但现在已过了下午一点，他怎么会到这个公园的？

"好。"她努力掩饰自己的不快。这真的是她健行时，最不想碰到的事了，"你准备去哪里？"

他举起一只手撑着头，像是十分困惑的样子。

"我想……我想去安德森镇。"他含糊说道，蓝色眼珠不太能对焦，"你可以告诉我安德森镇在哪里吗？"

安德森镇，她记得她在地图上看过，搭车来此的路上也有经过。至少，她有这样的资料可以参考。

但说真的，在所有人之中，我显然不是当地人，为何要问我？

"安德森镇的话，我想你只要从这个方向顺着山谷往下走。"她指着路，希望能说得更清楚，"然后你就会碰到一条大马路，再从那里搭公交车就可以过去。"

她看着他，语气平静而淡然。

坚定地提供信息，希望这样就够了，现在请放我安静地继续旅行吧。

\*

她是美国人吧？还有男人般的低沉嗓音。

没想到她的声音会是这样，不是吗？

哦，反正这样也不会减损她是个女人的事实，不太会啦，只是有点奇怪而已。

他近距离审视她的脸蛋，她很漂亮，唇型不错。还有，不，别看她的胸部，现在还太早，看她的脸就好。

但是，她是个女的、女的、女的，是女的……他感觉到它在颤动，知道她如此接近。

只需要伸出手来……

但不行，附近有其他人在。该死的定居人士和他们的狗、小孩，更何况他们一直盯着看。瞧，那个流浪儿在和中国人说话。

但是，她是美国人，不是爱尔兰人，不是本地人。

她孤身一人。

她还和他对话，回答他的问题，不像其他人那样假装他不存在。

或许这件事很有搞头呢。

\*

为何他还站在这里？我已经告诉他方向，和他说怎么去了呀。

她转身，继续走着柏油小径，这是表示对话结束的明确信号。

这孩子感觉有点诡异。

但现在，他开始和她并肩而行，仿佛他们是朋友似的。他几乎像是在和她搭讪，不过不可能吧，他那么小。

"你几岁？"

她蹙眉，但仍努力保持轻松愉快，可以交谈，但要坚定地掌控局面："你认为我几岁？"

"你认为我几岁？"他模仿她的语气。

这孩子是认真的吗？

"你几岁？"她回问他。

"三十一岁。"

真该死，拜托饶了我吧。

"不对，你没有三十一岁。"她气恼地对他说。

"对，你说对了，我不是三十一岁。"

"你几岁？"

"二十。"

她给他一个怀疑的眼神。

"好、好，我不是，我是二十三岁。"

他对她露齿一笑，她看起来更加恼火了，继续往前走。

"你是哪里来的？"他问。

"新泽西。"她简洁地回答，依旧往前走着，"你是哪里人？"

别对这孩子让步，不管他问什么，就回问他。

但说真的，她根本完全不想和他对话。

"哦，我知道新泽西，我去过新泽西。"

听到这句话，她几乎要停下脚步了："真的吗？不对，你没去过。"

"有，我去过。"

"你去过新泽西什么地方？"现在更加怀疑了。

"我去过莫里斯镇。"

她没料到他会这么回答。莫里斯镇就和所有组成新泽西的郊区小镇一样，是个随意发展且不起眼的郊区小镇，没有多少人会听过这个地方。

"啊？"她大声说，几乎流露出惊讶之情，"你是哪里人？"强调她的重点。

他耸耸肩："哪里都算吧，真的，到处住。我在阿马市待了很久，有时会去都柏林。"

她这时了解到这是事实，他没有贝尔法斯特口音，所以他来自都柏林，他或许是因此才会不熟悉这里并迷路吧。

不管怎样，她都不想再和他说下去了。

*

看到没，看到没？

提到柏尼叔叔的莫里斯镇，她就变得一副"好吧，或许这男孩不是太坏"的样子。

小子，真的要好好称赞你。

但是，老天，这女人真难缠，那么美式作风、直来直去的，其他女孩只会咯咯笑，她却会立刻回击。

这样只会更有意思，我该如何敲开这颗有心防的栗子呢？

他环视周遭，还是有来来去去的人，他们从他和这女人身边经过，但不加以理睬。

太多人了，等等看她要去哪里。

"那你来这里做什么？"他问她。

"我只是来这里走走。"

"你要去哪里？"

"爬上贝尔法斯特山丘附近走走。"她指着山谷上头。

看啊！那可是他的地盘。

继续这个话题，让她保持友善吧。

"你为什么要去那里？"

她耸耸肩："只是想去看一看。"

少骗人了，怎么会有女人为了这种事，独自一人走来走去？她想得到什么吗？

他密切观察她的神情，但看不穿她的想法。或许，这女的独自一人，是想去森林，或许吧。

"你知道的，我还去过其他地方，不只是莫里斯镇。"

"比如？"

前面是连接幽谷路的桥，那边的人比较少，而且就快到了。

*

和这孩子聊了十分钟，她就真的受够了。

他真是完全说不通，毫无趣味，只是在破坏她的行程。

他们经过桥下，就是旅游指南中提到的那座桥。走在阴影中，上面是隆隆作响的道路，她觉得有点冷。他们的声音一下子就在这变暗的空间起了回音，回荡在桥洞的金属边缘。

"啊，我只是，你知道……开玩笑的。"他说。

哦，不好笑，我要怎样才能摆脱他？

走出桥下通道，她讶异地发现公园这区域如此空寂无人。小径开始残破，成了繁密树林间的一条凹凸不平的空地，再往右边爬升一个陡坡，就来到和上方道路相同地面的高度，而他们刚刚才通过那条路的下方。她看到一个瘦削的灰色身影，牵着同样灰色身影的狗，朝他们走来。

"嘿，听着。"她对那孩子说，"很高兴和你聊天，但我现在得打电话给一个朋友。"

那孩子像是听不懂，也可能拒绝听懂，仍旧在她身边晃荡着。

"所以，呃，我现在得去打电话了。"她指着路边的一块大石头，准备坐在那里。

"哦，所以你要我离开吗？"那男孩问道。

"对，如果可以的话。"真的，快听懂暗示吧。

就在此时，遛狗的男人经过他们，她向他点头示意，对方也对她点点头。

"哦，那就这样。"那孩子说。他耸耸肩，顺着小径漫步离去，往山谷上方到其他地方去了，她很高兴能摆脱他。

她没有注意他的去向，只想尽快装作忙碌的样子，所以她就坐在大石头上按着手机，打给茱莉亚。

但电话未接通，在这偏远地方，四处都是树木，两旁还有深谷的山壁，手机信号太弱了。她皱着眉头，仿佛这真是个问题。

不，她只是反应过度了。

但不知为何，她又打了一次电话，然后对着未接通的手机大声说话："嗨，茱莉亚，是我，薇安。只是打声招呼，现在过了下午一点半，我正在贝尔法斯特健行，但我明天会回伦敦。所以，嗯，到时再聊。"

她结束了这通假装拨出的电话。

一辆车子驶过道路经过她，她又坐着思考了一会儿。

现在看不到那孩子的踪影了，但话又说回来，也没见到其他人。路上寂静无声，只有她和前方那条穿梭森林的步道。

终于，只有她一人了。

*

嘿，我就知道会发生这种事。那马子虽然亲切友善，但迟早会摆出那种高傲态度，叫人滚开。

"哦，真的，你现在可以走开了吗？"

我们走着瞧。

没有人可以直接叫我离开。

但好啊，我就躲起来，暂时这样。蹲伏在树林间等待，反正知道她要去的地方，她会爬上山坡，就一直跟踪她吧。

树后的他窥看着，看着她，看着她纤细的黑色身影坐在石头上，耳朵贴着手机。

虽不是大家使用的那种昂贵 iPhone，但还是一款不错的手机。

不过，那也不是你想要的，对吧？

*

四下无人，终于可以独自享有整片森林了，开始来健行吧！

她再次查阅指南书。

现在小径已经没有人工铺设的路面，它穿过令人惊艳的美丽林地，距离其坐落的贝尔法斯特西郊大概数里远。

这里真的称不上是"小径"，随着她的脚步，山谷越来越狭窄，森林越来越茂密，而山谷两侧也更加高耸陡峭。然而，现在流经山谷的溪流变得宽阔、水浅，缓缓经过沙洲及杂草丛生的岸边。指南书中提及一座木栈桥，但她只见到水中央直立着一两个损毁的木柱。她在水岸边来回走着，仔细探查，却显然没找到能渡溪的方式。

溪水算浅，所以她可以试着踩着水花跳过去，但这样的话她接下来的五个小时都得湿着脚走路。她虽多带了一双袜子，但如果鞋子湿了……最好还是别让鞋子湿掉吧。

她得打赤脚过溪。

她感到生气，居然在这件事上浪费了这么多时间。她蹲低身子爬下陡坡，来到布满沙砾的溪边，接着弯腰脱去鞋子和袜子。

"嗨。"上头有人说话了，"我知道怎么过溪，超简单的。"

又是那个小屁孩，他到底在这里干吗？他刚才从树后探头出来，他的白色针织衫在头上舞动。

一股不快的情绪涌上心头，可能还有些不安。她感觉有些不对劲，但是她忽视这种感觉，专注于步道上。

"哦，是吗？"她质疑，回到一般的反击模式。

他说："是呀，只要从那、那，再到那就行了。"

他一边说一边指着那些可以让人跨越的低矮脚踏石，但是不容易。她也注意到他不太说"里"这个字。

她说："嗯，我已经脱下鞋袜了，所以我会直接涉水过去。"

那孩子急急地往下爬至岸边，和她站在同一个高度。

他露齿一笑，像是要在她面前跳爱尔兰吉格舞的样子。

这孩子有什么毛病呀？

他跳上他指着的石头，蹦蹦跳跳过了溪，而且他的脚还是干的。

她不情不愿地说："很棒，但我还是走远路吧。"

但等一下，他刚才不是说他迷路了吗？但这孩子看起来很了解此处的地形。

她涉水而过，她的脚踝泡在冰冷的水中，要不是那孩子盯着她看，她可能会觉得这样很放松。等她和他一样走到溪流另一端，她坐在石头上擦干脚，然后穿上鞋袜。

在这段时间，她注意到他一直注视着她赤裸的双脚。他只是个孩子……

但是在她的内心深处，小小的不安开始膨胀。

*

哈，看到刚才她脸上的表情了吗？

敢说她没料到会再看到我，一个亲切的本地漂旅男孩。

这个马子……在这样的小溪流脱鞋过河？她一定怕水，对吧？

前面还有更多可怕的呢，等我开始对付她之后。

看到没，现在谁才是老大啊？知道怎么过溪的人是谁啊？

不过，那双腿倒真的不错，漂亮平滑。不知道摸起来是什么感觉，然后打开……

看看可以，但不要太明显。瞧，她看到你盯着她了。

她可是很难缠的，不会退缩。

说些话吧，她把鞋子穿回去了，急着离开的样子。

"看，我的方法容易多了。"

她回嘴："你超棒的，我只是不想弄湿脚。"

继续，厚脸皮地继续跟上。溪边只有我们两个人，附近没有别人了。

"或许我们可以一起走。"

*

我并没有报名参加这种行程，我要的是周六午后的单人健行，不想和小屁孩同行。

"啊，你真的很好心，但我还是想自己走。"

那孩子沉默了一下，点点头，但继续用那双淡蓝色的眼睛盯着她。

"你确定吗？我可以带路。"

十分钟前你才说迷路，现在却说可以帮我带路？该死的臭小孩。

"不用了，谢谢你，我还是想自己一个人走。"

他耸耸肩，两人都站在溪流的沙岸边，她接着转身准备离去。

只是，从这里开始没有明显的路径，显然是要上坡，指南书上是这么说的。

她不希望这孩子跟在她身后，她转身，试着让他明白她希望他先离开，但不是充当她的向导。

"女士优先。"他坚持，示意她先走。

对此，她真想翻个白眼，但最后只是恼火地看了他一眼说："好。"

真是该死的荒谬，赶快摆脱他吧。

为了爬上坡面，她拨开身前的灌木。她左腕上的银质手表闪动着，她瞥见他盯着她的表。

那些不安又开始浮动了。

但她仍继续爬坡，这里没有其他能去的地方，没有像样的路径。那么，我就踩着灌木走，尽快摆脱这个小鬼吧。

*

准备开始喽，可以露出真面目，摆明要上这马子了。

哎呀，现在这真的由不得你选了，是不是，贱人？

给她点颜色瞧瞧。

光是看看她那只手表，就知道等一下成果丰硕了。那只表、那部手机、那双腿。

全都等着被我夺取。从来没有人会走到这条路上，也不会走到幽谷森林公园这么远的地方，所以她就任凭你处置了。

让她先走。她不会知道你正在跟踪，隐身悄悄前进。

要处理这马子，就是现在，机不可失。

这么接近，抽动愈来愈强烈了。

最棒的部分总在此时，就在行动前，不断蓄势待发，几乎像是再也承受不住。

悄悄，悄悄前进。

*

不知怎的，也不知什么原因使然，她的步伐比平时更快。这段步道并不轻松，她穿过灌木林上坡，踩过羊齿植物，头发也沾上了刺藤。但是，她只想远离，尽可能走快也走远。

能更快走到宽阔的山丘上就好。

所以，爬呀爬的，不断上坡，没有别的路。她找不到步道了，如果真有步道的话。

指南书上怎么说的？好像说步道在溪流上方高处爬升，接着能眺望深谷。

她大腿的股四头肌在陡坡上卖力移动，她心跳急促，有点喘不过气，但就快到了，再多走几步，没错……她到山坡上方了。停下脚步，调整呼吸，并环顾四周。

没看到他了，对吧？

对，只有一片寂静。斜坡上一片安稳的宁静，这处高原的边缘美得出奇。

然后呼吸，一个放松的深呼吸。

她就是为了这个才到此健行，远离尘嚣，也远离城市的压力。树冠层透进带着绿影的阳光，牛群在前方的田野吃着草，昆虫嗡嗡飞动，粪肥的味道，以及山下溪流潺潺的水声。她微笑，几乎想要畅怀大笑。她摆脱他了，也摆脱城市了。

步道又出现了，她带着再次涌现的活力步行，她的左方有田野，右方则是溪谷的陡坡。再往前，她看到树冠层有一处空隙，那里必定是步道从森林通往空旷地带的地方，就快要到贝尔法斯特山丘了。

她满怀期待地环视四方，欣欣地看着新景色：步道、田野、树林、溪谷，还有……

山坡下那一闪而过的白色是什么？

她停下脚步，以便看得更真切一点。

是他，是那个男孩，那个穿着雪白针织衫的男孩。他爬着山坡，试图躲在灌木后面，然后又换到另一棵树后。

试图躲藏，但她看得到他。

她看得到他。

他在跟踪她，毫无疑问。

她的心脏跳动时，像是少了一拍。

但开始急促跳动了。

然后，她有了一个念头，而且只有一个念头。

快跑。

\*

贱女人开始跑了。

一定看到我了，所以拔腿跑吧，追上她。追呀追，像在追兔子，像你和哥儿们逼近对付麦奎尔兄弟那样。你知道接下来会怎样——你知道接下来会怎样，刺麻的感官，熟悉的涌动。

不管她跑得多拼命，总之她都是你的人了，这里不会有人帮她的。

现在就冲上山坡，跑到步道上，双脚拼命在她后面追呀追。

看看她跑步的样子，背后飘扬着美丽的乌黑长发，背包上下跳动着。跑去抢下来吧，就快到手了。

该死，她已经到了树林尽头。去抓她，当她到那里时直接抓住她，免得她跑得太远。

上气不接下气，但就快到了，摇头丸仍在脑袋里发挥作用。

现在，跑出树林、跑出树林。是阳光，在阳光下调整呼吸，来到田野。她就在那里，就在那里。

她转向你，转向你……

＊

终于跑出树林了，好了，喘息一下。

但，这是哪里？

还是无人地带，附近没有半个人。凹凸不平的小山冈、柏油碎片，及一堆堆的垃圾，只像是一片荒地。

人都到哪里去了？

她听得出田野另一侧是大马路，但是她看不到。她是否该跑向那个方向，以摆脱那个男孩？

但就快没时间决定了。

灌木丛一阵骚动，他出现了。他喘息不已，眼神不太对劲。

她转身面对他，终于正面冲突，抛下所有的礼节。现在，恼火变成了怒气，而不确定变成了恐惧。她的声音坚定，努力隐藏那阵吞噬她、让她反胃的恐慌。

"你想怎样？"

＊

你知道我想要什么。

但先不要说出来，看看能靠多近。

"我……我只是在找回安德森镇的路。"

这贱人生气了，可能这句台词用太多次了。但是，再走近一点，走进一击毙命的距离。

"听着，我已经和你说过怎么去了。回头走原来那条路，往下走至山谷，接着搭公交车过去。"

她在发号施令，想掌控一切。但是，她很害怕，你可以感觉到。

就是现在，问她吧。

"你喜欢打野炮吗？"

*

这句话仿佛无声的一拳，打中了她，像是从她的胃底掉出来，她知道自己现在有个大麻烦。

你喜欢打野炮吗？

但他年纪还这么小，我不懂。

"不喜欢。"她迅速驳斥，"而且当然不会跟你。"

害怕、反感以及某种求生本能立刻让她转头离开他，朝大马路走去，快点离开这里。

但她完全没料到接下来发生的事。

"贱人！给我站住。"那男孩尖叫。

他友善的举止不见了，他突然凶狠地威吓，淡蓝眼睛燃起怒火，威胁地朝她挥舞手臂。

"别动，我只想舔你那里。"

这是什么变态的……他当真的吗？

她本能地绷紧肌肉，举着手往后退，知道他想要的不止这个。

怎么办？

跑到大马路上。

"你他妈敢给我动动看！我有刀子！"

他的左手往后抽，她盯着他的动作，努力分辨他是否真的有刀子。

"我有刀子！我会划开你的喉咙！捅死你！"

他有刀子吗？这小孩是认真的吗？

他几乎像是在装腔作势，像已经失控的样子。

然而，她的心跳快到濒临危险的地步，血液中涌现恐惧和肾上腺素。

我对付得了这孩子吗？可以压制他吗？还是拔腿就跑，直接冲向大马路？

她准备狂奔，但知道她的背包会拖慢她的速度，她跑得过他吗？

他靠得更近了，呼吸更加急促浊重，而她仍在思考：要跑还是打……怎么办才好？

然后，从附近某处一个比马路还近的地方，他们听见了汽车的声音。

那男孩的眼睛警惕地往声音方向看去，她看到了。

附近有人吗？

"救命！"她尖叫。"救命！"她叫得更加大声。

此时，他以迅雷不及掩耳之势抓住她。

该死的贱人，给我闭嘴，他妈的想都不要想。如果有车屋驻扎处的人发现我们……你这下贱的母狗，他妈的别想破坏好事，给我离开这里。

他以惊人的力气抓住她的手臂，把她推入树林的掩护之中。

"救命！"

挣扎，脱身，但他又抓上来，她努力挣脱他对她手臂的钳制。

"救命！"

"闭嘴，再出声，我就划开你喉咙。"

用手掩住她的嘴，不让她再出声——把她拖向树丛，免得被人看见。

逃，快逃离这孩子，挣脱他捂住我嘴巴的手。

她的身子在松动的石子上侧滑，努力挣开他的掌控，但又被拉回树丛，石子在脚下嘎嘎作响。

然后她脚步一跌。

撞到地上。

跌倒在地。

坐到她身上，双手掐住她的喉咙，压制住这该死的贱人——让她躺着，乖乖听话。

"你他妈的别再尖叫，不然我杀了你！"

要命，我跌倒了，我就倒在边缘，然后石子摔进溪谷。

背包卡在身下，一个水瓶滚出来，跌落山坡，但是他抓住我了……

伸出一只手制止他，他抓住我左手的两根手指头往后扳——好痛，这孩子究竟是什么人？蓝眼珠狠狠瞪着我。

揍她的头，用力揍，她就会听话，就像老爸的拳头一样，闻名的米克·史威尼之拳。就像他对妈妈做的事，就像他对你做的事，现在只是轮到她而已。教训她，教会她该死的听话。

"你敢再尖叫试试！"

他只是要命地一直揍我……该死的好痛，我从来没被人揍过。

对，就是这样，看她瑟缩闪躲了吧。好近，好接近她可爱柔软的身体。揍她，再揍她。双手掐住她的脖子，掐住、掐住、再掐住这欠收拾的贱人。

"我会捅死你！"

他压在我身上……掐住我……该死的……没办法呼吸了……目光扫视……他的刀呢？

还是没办法呼吸……我需要空气。

紧紧掐住她，你现在没办法叫了吧？贱女人。

趁现在去拿那块该死的石头……

"我会打爆你的头！"

他的手指掐进了我的喉咙……呼吸不了。

必要时，拿起石头砸她的脸。

用力喘息，但是吸不到空气……全封锁住了……我需要呼吸……

要她听话，欠扁的贱人。

别拿石头……别敲我的头……

硬得跟铁棍一样，等不及要插入冲刺了。

无法呼吸……这孩子会杀了我……

从没这么硬过。

我需要呼吸……

从来没有女孩像她这样抵抗。"快点让我……"

就……随便你，别杀我……放弃吧……不值得……我要呼吸。

"快点让我……"

随便你吧。

"快点让我——"

快点让我……哦，该死的好痛，污泥、瘀青。我到底要怎么
撑过去？快点让我呼吸。

*

氧气再次灌进肺里……但是现在发生的事，又要怎么做才能
撑过去并活下去……不知道这男孩是怎样的人，不知道他会做出
什么事——哦，贱人，现在你任我宰割了……现在可是最棒的
部分，血液奔腾——如果他拉下我的内衣……不……跟他讨价还
价，提供他别的，想，快想……"我这样做呢"……就这样做，看

他会不会停下来——欢乐时光，贱人现在懂事了，就是这样——真是令人作呕……他的味道——很好……就是这样，对，就是现在……但是，别停在这里……这才刚开始呢，我还想要更多——哦，不不不……你知道会发生什么事……所以不要，不要——"贱人！"——该死，该死他又揍我了……别让他这样，别让他这样做，让他以为你对这件事很冷淡……哦，真恶心，这该死的到底会怎样，我们在树林里——对，对，这就是华人女孩。我已经等不及了……"对，我现在就要你，马上要"——不，不要这样。真不敢相信会发生这种事……太令人作呕了……我被钉在泥地上，他真的进入我体内了，真恶心，但我几乎感觉不到，就该死地随他想做什么就做吧，快点了结——对，就是这样，现在一切都发生了——躺在地上，石子嵌进背，抬头看树……他不再注意看了，或许可以拿起石头往他头上敲……但这又能怎样，他已经进入你了，已经太迟了，他只会再度抓狂……就让他做完，赶快了结——我们还没完呢……我现在要这样做——什么？要那样？要我做什么都行吧，直视他的眼睛，你不怕，你不怕，你不会再反抗他，只想要他该死的快点结束——瞧，她要我，我就知道，我可以用力，像这样用力抓着她——他刚刚扯掉我的胸罩了吗……去你的，这是我最喜欢的胸罩……但就让他做完，这样就结束了……跟他说点什么，讨好他，这样很快一切就结束了……"我敢说你可以干上一整晚"……我刚才真的该死的这么说了吗……真不敢相信我说了——对，瞧，就说她想要，"但是现在接着来，换这样"——他到底是怎样的变态呀……现在我双手和膝盖着地，皮肤都被石子磨伤了——用力……"我要你那样"……这不管用，她到底有什么毛病……再揍她一拳……还有什么还有什么，在 A 片上还有看到什么……是的，那样做，就那样……冲她喊，你就要那样——不不不不，不要那样……我从没那样过，肯定很疼——

对，对，在哪儿呢……搞什么……现在就去做——该死的，不要再来了，好疼，膝盖上都是泥……这到底什么时候才会结束——对，现在这有点无聊了，对吧……为什么我还没射——这小孩是不是快结束了……他看起来像是觉得有点无聊，甚至不再危险……就结束了，就结束了，就——"你现在想回家了吗？"

这是什么意思？家在哪里？我们分道扬镳，还是回到我旅馆的房间？这重要吗？他是在提议我们停……我们停……我们停。

"好啊，就这样吧。"

终于，他终于退出来，我们就只是坐在这里，坐在泥地上。

这贱人对我做了什么？为什么我射不出来？现在做完了、做完了，就结束了。刚才是怎么回事？真的是这样吗？为什么我没射？为什么没有……哦，他妈的谁在乎呀，反正进入她了，这才重要。

*

她坐在步道边，穿回了衣服。被扯破的黑色胸罩现在已被蓝色健行衫罩住，她的健行裤磨损了且沾满泥土，遮掩她的瘀伤和擦伤。她缩成一团，就像紧紧躲进壳里的蜗牛，充满警戒和自我保护。

他还在。

他也穿上了衣服，口中絮絮叨叨说着什么，胡乱说着，听起来似乎都没意义。

"我在这边和阿马市之间来来去去。"

她才不在乎，他为何要说这件事？她咬紧牙关，希望他快点走开。

"你再说一次你是从哪里来的？"

"新泽西。"她的声音呆板，情绪早已耗尽。

"好，你说你叫什么名字来着？"

她犹豫了，她应该给他一个假名字。她想不起来他在公园有没有问过她，那只不过大约是一小时前，但现在像是上辈子的事。

她只能猜猜看了。

"珍妮。"

他点点头，不知是名字一样，还是他自己也记不得了。

她有点想要哭也想要笑，这状况像是悲惨而滑稽的一夜情。哦，刚才真是太棒了，你说你叫什么名字来着？

"你叫什么呢？"她问他。

"法兰奇。"他回答。

她才不信，但话又说回来，她也不在乎，她只希望他离开。

然后，他不再那么爱说话了，反而换上那种威吓的气势——就是他在田野和她对峙的那种语调。

他凑上前来，冰蓝的眼睛凶狠地发出光芒，他回头指向她刚走来的步道。

"我要你走下那边那条路。"

但是她不再怕他了，他打算怎么对付她？强奸她吗？

抱歉，孩子，这张牌你已经打过了。

她耸耸肩，如果她要走，才不会从来时的路走回去。健行客不会走回头路，而且她绝对不要转身背对他。天知道他会做什么？将她推下山坡？用石头砸她的头？她才不要冒险。

"我不太想。"她说。

他似乎有点讶异她的不服从，一时不知如何应对。

他又试了一次，以威吓的蓝眼睛怒视着她，手指指向步道。

"你得走回那条路。"

她真想在他面前大笑三声，但知道这并非明智之举。她看着他，毫不退让："我等一下就走，但现在要休息一下。"

她察觉到危险已过，他现在只是个佯装大人的困惑孩子，真是太可悲了。

她想要他离开，但为了拖延时间，她掏出背包里的水瓶——她隐约记得两人扭打时，另一瓶水已从背包侧口袋掉出并滚落山坡，她想象它栖身于羊齿植物和灌木间：纠结的植物中有一瓶闪亮的透明塑料瓶，再也不会被发现。

她喝了几口，就将水瓶递过去。

"你要喝点水吗？"

但是他挥手不要。

她要继续拖延，她从背包里拿出一个苹果开始啃。

他仍旧站在旁边，他为何还在这里？她的心脏仍旧狂跳着，但她会拖到他先离开为止。在这种情绪下，她的愤怒慢慢纠缠成一团死结，有如湖底的坚硬石头。然而，湖面上却笼罩着一阵貌似平静的雾气。

"你说你几岁呢？"她问，强迫自己的语气听来随意而健谈。

"十八岁。"

她隐约记得他当时在公园里说的是不同的岁数。

"不，才不是。"她开玩笑，发出一个半嘲讽半"我根本不在乎"的笑声。

"你觉得我多大？"他问。

"十七。"她说。她不知道，但至少奉承他一下。

"我十六岁。"

她好想吐，她刚刚和一个十六岁的孩子性交了，而且是一个她不想要、浑身是泥又不舒服的性交。

他说："听着，对不起，我一直在做这种事。"

做什么？随机攻击公园里的陌生人？和比自己年长的女人性交？他刚才是说了对不起吗？

她不发一语，任由他东扯西扯的，任由他说出一些日后能追查出他的信息。

"我曾在这树林里强奸过三四个女孩，也在都柏林强奸过妓女。"

这孩子是认真的吗？

"是吗？"她说，但这并不表示她想要听更多的事，比较像是质疑，或公然怀疑。

"对，我有。"他闲谈，"我一直在做这种事。"

她说："别担心，我不会告诉别人的。"

她不知这句话听起来有多真诚，她只想让他安心，让他认为这稀松平常——不过就如俗话说的"在干草堆里打滚"，希望他不要再变得更暴力，做出更坏的事。

他还是说个不停："我非常了解这树林……"

快——走——开。

"我时常来这里，时常来这里找女孩。"

再见，赶快滚开。

但是她只是重复刚才说的话："我不会告诉别人的。"

他又晃了一会儿，她专注地啃她的苹果。

他踢了一颗石子，用白色运动鞋踢翻它，现在这双鞋也沾上了泥巴。他拿出他的iPod，解开缠在上面的耳机线，然后又再次缠好。

她继续啃她的苹果。

"我……我想我现在要走了。"他说。

她瞥了他一眼，什么话也没说。

然而，他也没看她。

"对不起。"他咕哝着，"对不起。"他缩头拱肩，专心走回步道——就是他要她走回去、她刚刚走来的那一条步道。

他掠过尘沙和落叶，变成绿林中的一抹白色，接着就不见人影。

她在原地等候，确定他不会折返。

她看看手表，两点三十五分，这样是过了多长时间？

她又等了一分钟，看向步道，没见到他，他不会折返了。

然后……吐气。

终于，她让自己哭了出来，眼泪滚下来，泪水灼热而困惑，她不懂刚才到底发生了什么事。她刚刚真的和一个陌生的孩子在公园里性交了吗？怎么会发生这种事？

那么，她的健行活动该怎么办？为何她不该继续？她想着这件事，泪水仍旧不止。她还有足够的时间走完那……步道剩下的十五千米吗？十五千米。想想看，沿着山脊一路延伸，位于城市之上，一路到北贝尔法斯特的洞穴山。清新的空气和一望无际的视野，加上春天的午后时分。她能快点摆脱刚才在这里，在这个地面磨损、石头翻起、树枝断裂的地方所发生的超现实噩梦。她闭上眼睛，想象一条延伸到地平线的步道：这不正是今早启程前往这步道时，她心中一直向往的吗？

然而，湖底的石头仍在，怒气悄悄增长，有如未说出口的肿瘤，不断扩大，无法移除了。

理智上，她知道自己应该就医。

纵使她希望摆脱，但仍逃脱不了刚才发生的事。这就是她午后经历的真实事件，强加在她身上、不请自来的残暴行动。

喂，这就是你现在得处理的事。

所以她站起来。

她没有立刻移动，她眺望斜坡边缘，努力评估坡度有多陡。

不是因为她悲伤地想要直接跳下去，而是多少出自好奇：在两人扭打时，她有多么接近边缘呢？要是她摔下去，会发生什么事？或许，她只是在找寻掉落的水瓶，那人工制造的塑料曲线在灌木丛间一定异常明显。但是她没找到——只见到一整片杂草和植物丛生、连绵不断的山坡。完全看不出几分钟前，在山坡上方，就在她现在站的地方，发生了那样的事。

苹果吃完了，果核仍在她手中。她掂掂右掌心里的果核，它已是果肉变黄、只残存种子的一个奇怪残骸。

她往后退了一步，像棒球外野手那样挥动右手臂，奋力往山坡边缘掷出果核，让它沿着坡道，进入溪谷。果核落在她视线不及之处，从灌木丛中传来轻轻的撞击声，接着就毫无动静，成了另一个被浩瀚森林吞没的入侵者。

然后，她不再迟疑，直接背上背包，离开刚才发生的场景。

走上步道，往田野去，往声音传来之处的马路前进。

# 第二部

从步道上走下来后，他的心脏仍因摇头丸和上了那马子而重重跳动着，刚才真的发生那件事了吗？

走在步道上，他想要咧嘴大笑，毕竟他得到他想要的了，但他为什么笑不出来？感觉不太对劲。

树林和太阳一起在他眼前打转，他也一直被地面的东西绊到脚。他放慢速度，一只手撑着树干稳住自己，他低头看着针织衫的袖子——妈的，沾到泥巴了。这是他最好的一件了，是他特地留下来要穿去夜店的白上衣。

他的球鞋也弄脏了，鞋缘都是泥巴。

快点清理干净，不要被别人看到而觉得他可疑。

走下斜坡，回到溪边，他用水洗去球鞋上的泥巴。

妈的，两只脚都弄湿了。

该死的笨蛋。

脑袋快点清醒过来。

脚湿了，头脑混乱，我该怎么办？

坐下来，直接坐在地上吧。岸边的潮湿透过牛仔裤，把他的屁股都弄湿了，但谁在乎呀。调整呼吸，好好想一想。

她想要的，对吧？她当然想要，女人总是这样。

然后，他的脑海又闪现那一幕。

那女人呼喊求救，阳光刺眼。他抓住她，她的喉咙好软，像是能用力地挤，挤出她活生生的气息。

或许她并没有那么想要。

他那里还是有点硬，她说了什么？

"别担心，我不会告诉别人的。"

但是他甩不掉这念头，甩不掉的内心深处的暗爪，像钻进皮肤的蜱虫，一路啃咬他。他开始抓痒，突然间身体每处都好痒，手臂、双脚、脖子，连那里都在痒。老天，他妈的快点离开这里吧。

他跳了一下，凝视山脊上的步道，觉得好像听到警笛声了。不对，是他的幻想。

只是吹过树林的一阵风，还有潺潺的流水声。

他得走了，他得去躲起来了。

暗爪伸来，他那里仍旧抽搐昂扬，脑袋也阵阵抽痛，心脏也重重撞击着。

不能走向拖车区，因为她已走向那个方向。那么就走另一个方向吧，到了转弯处，他差点撞上一个胖女人和她的男伴，他们穿着全套的运动服出来散步。他们看着他，他连忙闪开，很想拔腿就跑。

别跑，别让他们起疑心。

别抬头，打起精神来，走向进城的道路。

他真希望自己能飞，双脚一跃到空中，挥动翅膀，离开贝尔法斯特和这个该死的森林、城市及山坡，直到它们成了小小的斑点，成了下面宽广土地中的一个小小斑点。

现在，她已穿过树林，穿过纠结的灌木林及那条石子翻动的步道，准备越过田野。那片她刚到这里时，一直没能成功穿越的田野。

如果要走步道，她就会沿着溪谷靠右走，但她断然往左转，直接走向大马路。

走出树荫，涌进她视野的是让人顿时失去方向的明亮光线。现在，午后时光只过了一半，虽然她感觉过去半小时像已经过了一天。田野的青草在她眼前有如脉搏般跳动，她脚步蹒跚、精疲力竭，只想坐下来。但是不行，要走到那条大马路上，要缩短到那里的距离。

在脑海里，她不知为何会将大马路和安全画上等号。与外界隔绝的交通工具里坐着不知名的驾驶员和乘客们，一路前往遥远的地方。

在她和大马路之间，有一些停驻在绿地上的露营拖车。有几个人在外头，有一名将洗好的衣物晾到晒衣绳上的妇人和一个在她脚边摇摇晃晃走着的小孩，一名在铲东西倒入桶中的黑发男子。她还没准备好看到这一切，还没准备好这么快就见到其他人。她几乎想要转身回到步道上了。那些住在拖车里的是什么人？若走过去求救，安全吗？她可以相信他们吗？

他们停下动作并看着她，但她继续跟跟跄跄地经过这些人的身边，也非常清楚他们的目光正投向她。她绕着外缘走，和他们保持安全距离。她知道自己格格不入，知道他们可能不希望她出现在此。她入侵他们的后院，不是吗？然而，她心中仍有想要跑向他们的念头，想向那名妇人求救，告诉她自己刚才的遭遇，说出来，将那些话大声说出口。

救救我，我需要你的帮助。

我刚刚被……

我刚刚被强奸了。


这样说对吗？这真的是刚才发生在她身上的事吗？他只是个孩子啊。

她一直走着，直觉告诉她自己在这群车屋居民中不受欢迎，不觉得他们会希望这个啜泣的外国女人将问题丢向他们。

她垂着头，泪水盈眶，就这样一直往前走向大马路。

阳光下，一切显得如此明亮。她需要找个地方休息，但她不了解此处地形，甚至不知道路名。她大概在西贝尔法斯特，一个靠近幽谷森林公园的地方。她的呼吸抽搐成了不均匀的喘息，各种轻掠或闪躲的未成形想法让她头晕目眩，她该怎么办？她接下来该怎么办？

她需要计划。

你是一位制作人，也是背包客，你处理得来的。拟订行动计划，控制你的泪水，控制你的呜咽，控制你的呼吸。只要一直走，走到大马路上，打电话给芭芭拉，走到大马路上就好。

她远离这些人及拖车区，将他们抛在右后方。再走二十步，再走三十步，就这样走到大马路上。

但是，她不想等那么久，她需要立刻找人谈谈，不然她就永远不会告诉任何人了。她需要诉诸语言来确认一切，向自己证实刚才发生的事。

她停下脚步，从背包中拿出手机。谢天谢地，他没有抢走她的手机，甚至从未尝试拿走她的手机、iPod 及钱包。看到手机屏幕上的三格信号，她松了一口气。

芭芭拉，打给芭芭拉，她还在贝尔法斯特。

她打给芭芭拉，芭芭拉接到她电话时感到惊讶。

"嗨，一切好吗？"

她试着聊上几句，不想立刻就吓到芭芭拉："芭芭拉，你好……你现在在忙吗？"

"嗯，我刚完成昨晚活动的一些新闻稿，确认我们的公关活动正常运作之类的。"

电话中一阵停顿，她无法破冰。

"你……你还好吗？"芭芭拉问。

她迟疑了："我……我不是太好，事实上，我……我需要你帮忙。"

说出来吧。

"我……我想我刚才被强奸了。"

好，她说出来了。她泪如泉涌，但是她已经将重担交给别人，不必再独自处理这件事了。

一阵停顿，然后芭芭拉立即采取行动，迅速、果断、有效的行动。

"哦，我的天！你在哪里？他在附近吗？他是谁？你现在安全了吗？"

一连串的问题——符合逻辑又务实——这正是她所需要的，以便将她拉出这团混乱之中。已经有一条安全绳索丢下来了，她只需要抓牢，按照指示去做就好。她领会问题，努力回答，尽管她的回答都成了泪水。

"对、对，我现在安全了，我不知道这是什么地方。"

然后，她又流下更多泪水。但是她必须实际一点，她克制她的哭泣，平复呼吸，努力说出她所知道的一切。

"我是来健行……我来健行的，而这孩子就走到我身边。我现在在幽谷森林公园，或是在附近。我现在不在公园里了，在一条大马路附近。我不知道路名，这里都是田野，必定是这区域唯一的马路。"

芭芭拉声音很坚定。

"薇安，我先报警。你保持通话，不要走开。我马上回来，但我要先报警。"

她拿远手机，不想听到芭芭拉打电话通报强奸案，太多精确的细节了。

再走两步、三步、四步……她终于走到了大马路上。车流不多，事实上，此时空荡荡的，马路往地平线延伸，有如横过田野的一条宽阔灰带。这里宁静又安全，行经的车辆会看得一清二楚，她不会有事的。

她过了马路，仿佛那是一道无形边界，隔开她及身后的地方。那里有一处高及腰际、覆着青草的小土堆，她颓然地坐在上头。

等待，现在她只能等待。

芭芭拉的声音又回来了："撑住，别走开，警察要去找你了，我也会过去，但是警察需要和你通话才能得到更多细节，确认你人在哪里。"

她的手机传来哔声，电话插拨，一定是警方。

怎么插拨？要按哪一个键？

然后，她就和警方通话了，是个男性的声音，有浓厚的贝尔法斯特口音，很难听懂，但至少他很友善。她人在哪里？

她再次描述了一下，幽谷森林公园，她搭乘往西的公交车，经过安德森镇，沿着瀑布路，走上溪谷……

警察说："我们会尽快赶去那里，你可能要等一下子，但我们一定会到，我们很抱歉，但请保持耐心在原地等候。"

如果必要，她会在这里等上一整天。她没力气走去其他地方，甚至没有起身的力气。

她又喝了一口水，视线朝下盯着地面。阳光太强了，她没办法抬头，她只能看着地面等待，再等待。

车辆快速驶过大马路，经过她身边。他们看见她了吗？看到这个低头坐在路边的女孩了吗？他们觉得她在此做什么？她不想要他们停车，不想要他们问是否需要帮忙，问她好不好。

她不好，她刚被强奸了。

对，她现在可以使用这个字眼了，已经用了这个字眼了，未来会一再地使用这个字眼。

强奸强奸强奸强奸强奸。她刚被强奸了。

她从没想过她用得到这个词，从没想过这适用于她身上一辈子。

当然，她听过这个字眼。对于这字眼所代表的意义，她就和所有女性一样，某种程度上总抱持着恐惧。

其他女性被强奸了，新闻报道中的女性，不知名的朋友的朋友的朋友，但不会是她。不是她，这不是会发生在她身上的事。

但是，现在是了。

现在，她已经……

被强奸了。

这个词本身就够糟糕了，而这个标签一打在她身上，就有如廉价俗丽、撕不干净的广告海报。一个炽热的烙印，十分痛苦地戳进她的血肉，炽热炽热炽热炽热，永久地。

被强奸。

今天下午，这个地方，在如此明亮的阳光下。日光还是好刺眼，她只好将目光投向地面。

尖锐的警笛，她抬起头。

警察到了，一辆车、两辆车。车身两侧呈蓝色的黄白相间的厢型车映入眼帘，车顶上的蓝灯在阳光里闪动。

他们下车，两男两女，他们到了，在地面上投下细长的影子，仿佛西部片的警长现身。

你是薇安吗？

她点点头。

一名女警蹲在她身旁，直视她的眼睛。

你还好吗？我可以协助你站起来吗？

她眯着眼避开阳光，然后点点头。

其中一人弯下身来，对她伸出手，她接过对方的手，借力起身。


女警有着浓厚的贝尔法斯特口音，她听不太懂。

走样的字音组成官方的问题，元音全都扭曲了："你可以描述一下他的外表吗？身高多高？眼睛是什么颜色？"

他的眼睛是蓝色的，冰蓝色，她绝不会忘记这一点。

至于其他方面，像身高、体形、年龄……这些事实全在黏稠的泥潭中游移，难以攫取。她猜想着，承认自己不擅长估计距离和人的身高。

雀斑，红棕色的头发。

不高大，身材中等、偏瘦。

年龄呢？还有年龄。

她不知道他几岁，他对她说了太多种版本了。说实在的，他到底是几岁？

十六？十七？

他说他十六岁，她再次觉得想吐，她刚被迫与一个十六岁少年在泥地上性交。

当他们问她这些问题时，她坐在警车里，一名女警拿着写字板填写表格。外头的阳光依旧令人目眩，但是芭芭拉到了，在有遮阴的厢型警车内，她坐在她身边握住她的手。

她一直描述细节，努力提供信息。她就像开放式的证物收集柜，摆出任何她能提供给警方搜查的资料。拿去吧，需要什么请自便：是要描述，还是要评估。没有情绪、没有一点人类的情感。

他有说他从哪里来吗？

他说了一大堆事，但可能都是假的。他说他在都柏林和贝尔法斯特之间来来去去，但又说他常去阿马市，他说他在这森林里强奸过好几个女孩。

他有都柏林口音吗？

没有，听起来不是很都柏林。

所以比较像是贝尔法斯特口音？

呃，不，不算是，不是这里的口音。

所以不是贝尔法斯特口音？

我认为不是，不是的。

那么，是阿马市的口音吗？还是比较像奥马市的口音？

什么？我……我不确定。

芭芭拉爆发了："我的天，你们怎么能期望她分辨得出这些不同口音啊！"

她好感激她这么说了。

听着，我只知道他不算有北方口音，他卷舌的方式和你们不一样。

她只能做到这种程度。

女警点点头，匆匆地在表格上写东西。

好，你现在可以和我一起回到犯罪现场吗？可以说明那里发生的事吗？

犯罪现场，就在树林里，沿着步道一直走，还没到田野的地方。

是，她可以去，其实她别无选择，不是吗？

树林里的那个地方，如果必须，她会回去。

所以她低着头，走下警车时以手护着眼睛，再次走入明亮的阳光下。


她和警方穿越田野原路走回时，再次注意到站在拖车屋外的人们。现在人数看起来更多了，不只是那名身边跟着小孩的妇人、黑发男人，现在多了许多女人和一个年纪较大的男人。他们全站在外面，凝视着他们。

他们盯着陪同的警察，这个犯罪调查行动闯入了他们的后院。

横越他们的后院，进入树林之中。

这里就是他在她面前现身的地方。

她向警察指出地点，努力说明事发经过，她当时在走路，而他从树林出来。

然后在这里，他变得……正确的字眼是什么呢……有威胁性。

接着，他在这里抓住我，将我拖进树林。

然后就在这里，在这个地点。

你们可以看到那里的石子被踢翻，泥土有磨过的痕迹。

警察拿出熟悉的胶带——就是在电视节目中看到的那种——警方封锁线，他们封锁了这个区域。

鲜艳的荧光胶带绕着细细的树干环绕，再继续封锁一段步道。

在那边，他掐住我的喉咙，我倒在地上，之后衣服被扯开了。

在那里，他要我摆出这个姿势。

然后在这里，是这个姿势。

一直一直持续着。

这里是……他要我趴在地上。

在这里，他……嗯，想要肛交。

警察点点头，表示了解。她很高兴芭芭拉被要求留在警车里，没跟过来。

女警说："我们会带警犬过来，看看能不能追踪到气味。"

警犬，她想象一群警犬，沿着步道一路嗅闻。吠叫、嗅闻，使劲将狗绳往前拉，因为前方有一个逃窜的身影，慌张绝望、上气不接下气，那个可怜悲惨的卑鄙男孩被一群警犬和警察紧追不舍。

它们现在还追踪得到气味吗？

她看了一下手表。

现在甚至还不到下午四点，却又仿佛持续了一个世纪那么久，时间过得真慢。

她突然好累，她能离开了吗？

好，我们会带你去我们在拉达克街的性侵危难中心。

拉达克不是在印度吗？还是西藏呢？她点点头，就算西藏也行，只要可以坐下来就好。

她转身要走。

"哦。"

还有一件事。

"在挣扎的过程中，我有一瓶水从背包里滚了出来，掉到山坡下面了，你们应该会在那里找到水瓶。"

她指向山谷那侧覆有野草及灌木的陡坡。

警察咕哝说着标准的回应，他们会去看看，或许可以找到。

或许，这对他们来说不重要。

她转身，而那瓶还没喝就掉落的水，现在栖身在她心底的灌木丛中。

她回头看自己需要走的那段路——再度穿过田野，经过站在拖车屋外观看的那群人，她暗忖他们心中在想什么。

*

他现在走在通往城里的道路上，一路上都没有公交车，何况他也没钱搭车。他妈的走了好几里路才穿过安德森镇，然后顺着瀑布路进入市中心，现在他到了城堡街。街上满是周末外出购物的人，还有哭个不停、和爸妈拉扯的小孩。"妈咪，我要这个、我要这个……"啊，该死的给我闭嘴。

他从未大白天时进城，但他来了。市政厅矗立在眼前，他从没见过这巨大得要命的建筑，这是第一次看见。

他不该来这里的，做过刚才的事之后，他还可以他妈的走在市政厅前吗？

但他做了什么？没做什么坏事，对，只是稀松平常的事，不是我。

不、不，没事的。你没事的，看看这些人，看看他们的表情。有人怀疑吗？没有，你只是个孩子。

你只需要混入人群，你只是个无名小卒。

*

在警车里，在前往性侵危难中心的路上，她的怒气开始涌现。"那个混蛋东西，我要扭断他的脖子。"她愤恨地对芭芭拉说。

她眼前浮现他的脸，那双冰蓝色的眼睛，那厚颜无耻的表情。她想对着那有雀斑的得意笑容狠狠揍上一拳，撕烂他的脸。

她从未揍过人，也从未有过这种冲动。但是，现在她感觉到了，就这么熊熊燃起，不肯停歇，而且难以平息。

该死的怎么会发生这种事？星期六傍晚就要到了，而现在她浑身脏兮兮，一堆擦伤，困惑又精疲力竭，只因为某个可恶的青少年侵犯了她，而她本来只不过要去健行而已。

他怎么可以这样？

现在她坐在警车里，要去一个未知的地方。她的计划全毁了，支离破碎，而且突然间打开了一个新领域，那是她始料未及的，也是她不想要的。

然而，心中有个声音说：这还只是开始。


到了拉达克街的性侵危难中心了。

这里光线昏暗，全是柔和大地色调的家具。她坐在一张浅棕色的沙发上，像是到了一个SPA会馆，有一排排的妇女杂志，花瓶中放着插好的干花，她几乎要期待有人为她送上一杯黄瓜水了。

但是，没有，没送来任何给她吃的东西，必须等到她的身体验伤采证完毕才行。

哦，她说，我已经吃过一个苹果，喝了一些水了。

他们说，没关系。但最好不要再吃东西，直到检验结束。

她暗想，那会是怎样的检验呢？但是她无暇细想，他们问了她一个又一个的问题。再跟我们说一次事情的经过，就你记忆所及，尽可能仔细一点，即使是最细枝末节的事也可能有助于找到他。

所以她告诉他们，从一开始的事说起。从那天早上，她起床后去大学附近吃早餐，以及她买了健行的补给品后所搭的公交车说起。在公交车上，她给几个熟人发了短信，安排当晚在贝尔法斯特的行程。

她下了公交车，开始穿越公园。她和一些人擦身而过，然后看到他，他穿着映着绿地的一件雪白针织衫，就站在那里，然后走向她。

等她说完后，名叫乔安娜·彼得斯的女警向她道谢："你做得非常好，你给我们提供了许多可以调查的信息。"

是，信息。这就是她供你们下载证据的数据库。

他们有一张地图，她能不能指出事发地点？他接近她的第一个地点，以及第二个地点，然后最后的地点？他在哪里将她拖入灌木丛里？

那是一张幽谷森林公园周遭的区域放大图，她很会看地图，但这张地图却不怎么样。虽然街道很清楚，公园本身却拼拼凑凑的，只是一堆绿地和树林符号，没有标出任何步道。没有任何等高线的标识，溪流也只是一道蓝色细线。

她觉得气恼，不知是气自己的地图辨识能力失效，还是气地图本身不清不楚，又或许两者都有。

"这张地图不够详细。"她气馁地说，"可不可以给我一张有等高线的地图呢？"

她根本是在要求了，地图！要有等高线的！这得多困难呀！

警察犹豫了一下，说他们试试看。她知道，这些人一定觉得她疯了。

但是，他们不明白，地形才是关键。山谷本身的低凹处，还有地势沿着山坡高度急遽上升，一路到了平坦的高原。

没有等高线，她无法回溯事发的过程。

这张地图描绘的一切，就好像它们只是个平坦的操场，平坦、毫无活力，而且静止不动。但事实上，那里有弯道、下坡、山脊，以及山谷，许多可供人躲藏、让人迷失的地方，甚至让人永远无法寻得它们。

他现在已经不在市中心了，他远离了那些笔直的街道、有光滑玻璃门面的商店、吵闹的家庭和古老巨大的市政厅。现在，他顺着河流，沿河岸行走，他行经灰蒙蒙的仓库，车辆行驶的桥梁，缓缓流过的灰暗河水。

走呀走、走呀走的，大半的时间里，他忘了他要远离的是什么。

然后，他心中又会突然浮现那个女人，她的乌黑长发，她被压制在泥地里，她柔软的喉咙在他手指下，以及林间闪耀的阳光。

但这没问题的，她并不介意，她直到最后都没生气。

她想要的，就和所有贱人一样。

不，就一直走，别让这件事追上你。

一直走。

验伤取证，她从未想过这会成为人生的一部分。

这是影视剧中的情节，是在光线沉重的电影中、在严寒的北欧国家才会发生的情节，不是该由她来体验的事情。

然而，她就在这里，在验伤室里，灰绿色的墙壁映着明亮的日光灯光线。

验伤取证的医生名叫波娜迪特·费蓝，是个温暖如母亲般的女性，六十岁上下，双手厚实，说话轻柔。

"首先，我要请你用这把梳子，很缓慢地梳头发。"

费蓝医生递给她一把素面的塑料长梳，就是学校会发的那种款式。她要用这把梳子非常彻底地梳过头发，下面铺有一张灰色的硬纸，会接住泥沙或其他可能的证据。

她盯着梳子，从小学三年级后，她就没用过这种梳子梳头发。她缓缓且疼痛地拿梳子梳过她浓密的头发，她的发丝纠结着，天知道在被迫倒卧于森林地面时，上面还缠到了什么东西。细细的梳齿滑过她的头发，梳下几根发丝，也抖落少许灰尘和泥沙。她一梳再梳，泥土碎屑不断撒落在纸上。

费蓝医生迅速卷起纸张，将上面的证据倒入一个贴有标签的袋子。

"现在，我们要用棉棒在你身上采证，这样可以取得他可能留在你身体上的基因物质。"

他们已经记下她说他曾碰触的地方，所以他们拭过她的脖子（当他开始掐她）、她的双手和手腕（当他将她拖进树林）。她的嘴唇、她的指尖、她的嘴巴，他们仔细地拭过她的嘴巴，棉棒来回进出。

现在，她终于可以喝点水了。

等一下还会有更多棉棒。

"现在，摄影师得拍几张你的照片，供证据使用，记录你身上的伤势。"

医生抱歉地说摄影师是男性，因为目前只有他有空，问她是否能接受。

她点点头，也没太多选择。

她站在这张纸上，身后是一片白色背景，空白冷漠。

众多闪光灯对着她的脸一闪，她顿时目眩，看不见东西。一闪再闪，正面拍几张，现在转身到侧面，然后是另一面。

现在，小心翼翼地脱掉你的衣服。慢慢来，这样我们才能让你脚下的那张纸接住证据。

她脱掉长袖的蓝色健行衫，只是很难从头上拉掉它，她的脖子、背部像是扭伤了，她的身体僵硬。但是，她必须自己来，没人可以帮她，免得在收集证据时，不小心在她身上留下他们的物质。最后，她终于脱下健行衫，放在另一张灰色厚纸上。

上衣脱下来后，露出已被扯破的胸罩，她被拍了照。往前看，神情淡然、极度疲倦，真希望人不在这里。

她很少拍照不笑的，拍照时不就应该笑吗？要回答"西瓜甜不甜"。自从五岁在幼儿园第一次拍照开始，她一向会说"甜"。

但是，现在的她绝对没有笑意。

她直视前方，眼神呆滞且空洞，就这么盯着墙壁。或许，她应该在身前举起写有一串号码的标示牌，就像大屠杀的受害者或被逮捕的犯人一样，等候未来一切的到来。

*

"盖瑞。"他在门阶前打着哆嗦说，"盖瑞，我想我出事了。"

后来，那天晚上，天色终于暗了之后，他总算找到了通往盖瑞家附近的路，接着到了盖瑞家。他不知道盖瑞是否从建筑工地下班回来了，他在窗外窥看，看到他跷着脚在看电视，没见到盖瑞的家人。很安全，他敲敲窗户。

"天哪，你的样子真惨。"盖瑞推开门后说道。

他东张西望，房子里没有其他人。他走进屋内，里面温暖明亮，还有一股混合着廉价空气芳香剂、烟味及炸物的油味的气味。

"你怎么了？"盖瑞拿来一罐嘉士伯啤酒及一袋洋芋片。他开始狼吞虎咽，摇头丸的效力终于开始减退，他这才发现自己走了一整个下午，走遍了贝尔法斯特，现在他又冷又饿，而且双脚仍湿答答的。

他不发一语，所以盖瑞指着他针织衫上的泥巴说："看看你这样子。"

"我想，我想我出事了，但又不确定会怎样。"他边吃洋芋片边说。

盖瑞一脸好笑地看着他说："哦，那你说来听听。"

他坐在沙发上，沙发嘎嘎作响。

"有个女孩……"

盖瑞大笑："故事都是这样开始的。"

"不，呃，这次不太一样。"他没办法好好把话说清楚，这件事有什么奇怪的呢？她又有什么奇怪的？

"这个不一样。"

盖瑞哼了一声："你在说什么呀？"

他和哥儿们通常将女孩分成三种类型：我们的女孩、定居者女孩，还有观光客女孩。

我们的女孩：就是指住在隔壁的车屋里、那些和我们一起长大的女孩。她们的童贞受到脾气暴躁的妈妈和玛莉亚的祥和肖像严格看守，尽管我们的女孩可能会化着浓妆、露出肚脐、穿着紧身短裤，但我们的女孩碰不得。要到结婚后才行，至少麦可一向是这么跟他说的。

定居者女孩：目标猎物。和她们应对，得够聪明。如果要在一个地方待上好几天，或是要离开一个地方前，都要锁定同一个女孩——接着，就迅速离开，别留下任何痕迹。你永远不知道定居者女孩何时会告发你，只因为她们后悔和那些流浪孩子厮混，就会哭着找爸爸。然后，你最不想要发生的事，就是条子追着你跑，条子向来痛恨我们。

观光客女孩：这可是你的王牌门票。她们来度假时，会像傻瓜一样乱花钱，像是钱多到不知道怎么处理一样。她们外出旅游就是为了欢笑、为了好时光。确保她们喝醉之后，对她们施展一些爱尔兰魅力，抛一两个媚眼，她们就是你的了。

"为了这档事，观光客女孩就连躺在荨麻上都愿意。"唐诺曾经这么说过。

的确如此，这几年夏天，他们真是好幸运。在那些英国准新娘的单身派对中，麦可大有斩获。那些妆感太浓的愚蠢女孩，像一群叽叽喳喳、说个不停的白痴，只要请她们喝一两杯酒精饮料，就能到手。

在接下来的过程中，即使她们抗议、想要脱身，那也没关系，因为已经来不及了，你还是能得到你想要的。更何况，麦可说，她们永远不会报警的。她们不想搞砸自己的假期，几天后就离开城里，飞回原先在曼彻斯特、利物浦等大城市里的上流生活，而你永远不必担心她们的事。完毕，轻松入手。

"观光客？"盖瑞问，把他拉回现实。

"对，当然。"但他记不得让她如此与众不同的点是什么，所有事都混在一起。当他对她大吼、伸手扑向她的上衣时，他仍因摇头丸而头昏，且阵阵抽痛。

"这个是华人。"

"华人？"

"对，就是乌黑长发那种。"

"真性感。"盖瑞赞同地点点头，"就像你A片里那个吗？"

他也点点头，灌了一口啤酒。对，但又不尽然。

*

她一件一件地脱下衣服，以便接受拍照，闪、闪、闪。现在脱下长裤，身上只剩下她被扯破的内衣裤。她转身到侧边，再转向另一侧，这样才能拍出她身上瘀青及伤口的最好照片，闪、闪、闪。

"右脚拍特写。"

她低头一看，发现右脚满是干掉了的泥土，还有许多割伤和擦伤。

他们没要她脱下内衣，至少在男性摄影师面前没有。

最后，他离开了，然后，她们就开口了。

她将内衣脱在地板上，验伤室好冷，她就这样赤裸裸地在证物收集纸上站了好久。

她低头看自己的身体，此时才注意到那一大堆瘀伤、擦伤，及浅浅的伤口。她的右大腿有一大片瘀青，一直延伸到小腿肚上；腹部有一大道擦伤，两只手臂全是瘀伤，而双腿的膝盖一片棕蓝色，几乎难以辨识。

她仿佛在看别人的身体，没办法将这些伤痕对应到自己身上，她几乎感觉不到它们。

她的内衣和所有衣物都被拿走作为证物，她刚才站立的那张纸也被带走取证，另外还需要用更多棉棒保留更多证据。她的胸部、手臂和双脚上，有许多因为被他抓而造成的手指形瘀伤，全由费蓝医生以棉棒擦取采证。

她得到一件能套在身上的薄薄纸袍，却无助于隔绝房间里的寒意。

现在，她坐在检查台上。

她想起过往，子宫颈抹片检查对她曾是多大的创伤，金属的搁脚架、令人惧怕的鸭嘴钳。每次她约了检查，都会畏惧好几天，每当不得不张开双腿让鸭嘴钳探入时，她就会哭喊出声。

在她刚经历过那些事之后，想到要让冰冷的金属器具插入那里……她本能地退缩了。

费蓝医生卸开检查台两边的搁脚架。

她的反胃感终于到了临界点。

"等等。"她说。

她知道自己不能逃避这件事，知道这是必要过程，是她几小时前决定打电话求救时，就已经启动的必然过程。但是，如果非得屈服于这件事，任由她身体最脆弱的部位接受彻底检视和器具刮拭……

她努力地想平静下来："我可不可以……可不可以请我的朋友进来坐在这里，让她握住我的手？"

这是现在的情况下最好的指望了。

"亲爱的，当然没问题呀。"费蓝医生回答。

所以芭芭拉就进来坐在她身边。"亲爱的，随你需要，尽管用力握紧。"她安慰她。

所以她紧紧握住，比她这辈子所能想象的紧握更用力。

在森林的那个地方，在那男孩在场时，她整个人感到麻木，缺乏感觉和知觉，因为即将发生的事，让她分泌了太多肾上腺素，充满了太多的混乱和恐惧。

但是，在这个冰冷安静的验伤室里，她却感受到一切。

鸭嘴钳滑了进来，迫使她的两腿之间展开更大空间，她闭上眼睛，无声无息地流下眼泪。

\*

"我从来没上过华人女孩，感觉怎么样？"

盖瑞咬着洋芋片问他，但是他没心情开玩笑，在闪现的记忆中，他还记得她的柔软，却不再有欢愉。内心深处反而有一种像爪子的东西，刺进他的记忆，挥动并且封锁了光线。

"别说了，盖瑞。我想，她还不错，只是事情不太对劲。"

盖瑞耸耸肩："别担心，她是华人，她不会张扬的，可见过华人对什么人发过警报吗？"

"是没见过，但是，她不只是华人，她也是美国人。"

盖瑞顿住了，他放下啤酒，脸上出现一种可笑的表情，像是他正在努力想象这个也是美国人的华人。

"美国人？"

"美国人。就像是……她很清楚自己要什么，她的声音低沉，说话直来直往。她不哭，不哀求，也不会咯咯笑，全都没有。"

"你在哪里找到这个的？"

"公园。"

"她去公园做什么？"

"我不知道，只是去健行吧。"

"有人看到你吗？"

"没有。"附近没半个人影，他事先确认过了。

"那么，这有什么不对劲的？你认为她可能会到处说吗？"

"她年纪比较大一点。"他补充。

"大多少？"

他记不得了，他印象模糊，那像是上辈子的事。他知道她年纪比较大，他也喜欢她这一点；他知道他问过她几岁，她也直接回答了，不像其他女孩总是支支吾吾的。只是，他就是不记得她是怎么回答的。

"我不知道，二十几岁吧。"

"那是二十一岁，还是二十八岁？"

"老天，盖瑞，我不记得了！那时我嗑完药还很嗨，她外表看起来很年轻。"

"而且看起来冷静自制吧？"

"嗯，对，算是，只是以很奇怪的方式。"即使他不得不揍了她几下，掐住她要她听话。

盖瑞没回应，啤酒罐已经空了。他又从冰箱里拿了一罐，但现在只剩一罐了，所以他把啤酒放在桌子中间，两人分着喝。他打开啤酒，溢出细致的泡泡，流到啤酒罐的一侧。

"你有拿她的东西吗？"

"没有。"这下子，他才觉得丢脸。他让她躺在地上，随他高兴怎样就怎样，却忘记拿走她的钱包。现在他想起她左手腕上的银表，在她拨开灌木时，闪耀得有如钓不到的小鱼。他真后悔没抢走，占为己有。

"你连试都没试啊？"盖瑞一副他疯了似的表情。

"我忘记了。"一切如此混乱。

盖瑞摇摇头："我想这样也比较安全，她可能比较不会说出去。如果你拿走她的钱包，那些美国人可能就会报警。上完她之后，你怎么结束的？"

"真的很奇怪，她就拿出苹果，坐在那里开始吃了起来。"

盖瑞大笑。

"我对她说，我要她走回步道，她却不那么做，就只是坐在那里吃苹果。"

"你说她没有哭？"

"对，她没哭，似乎也不生气，只是坐在那里。"

"她说了什么吗？"

"没说什么。"然后，他想起来，"她的确有说，她说'别担心，我不会告诉别人的'。"

这不对劲，她为什么要这么说？

盖瑞似乎也有点提防。

"你不相信她吗？"

他迟疑了一下，然后点点头："我也不懂。"为什么要相信她？或任何人？

盖瑞吸了一口气，仔细研究着放啤酒的杯垫："小子，我不知道，你可能会没事，她可能明天就搭飞机走了，这样你就永远不必担心这件事了。"

他点点头，但不太确定。

"要我说呢，暂且按兵不动，看看接下来几天有没有人谈这件事。"

"如果她说出去了呢？"

"那么，我想你就该逃了。"

但要逃去哪里？回都柏林？他在城里一直走，像是走了一辈子，他突然好累，他妈的这一天真是累死了。麦可和老爸去哪里了？他没钱，要怎么去都柏林？

盖瑞把一只手放在他肩膀上："天哪，小子，你快累惨了吧。我不是有意让你烦恼的，不过是个女孩，别担心。我想，她不会吭声的，你不会有事的，一定没事的。"

盖瑞看看四周，然后带他走出门。

"听着，我老妈和我几个兄弟姐妹在睡觉。所以你回家去，好好休息一下，明天早上就会好多了。"

"我累惨了。"

"对，我想一定是。在公园搞上有钱的华人女孩，这真是了不起，我敢说她其实爱死这件事了。"

他露出笑容，拍拍他，给了他一个哥儿们的拥抱。

"该死，你一定爱死了，我敢说很值得，你一定射超多的。"

盖瑞送他离开，挥手道别，而他只是默默走进夜色。

因为他有一件事无法向盖瑞坦承，那就是他没高潮。尽管他试了许多不同的姿势，还有那柔软的身体、丝缎般的黑发，但他就是没射，他没有射。

*

疼痛将她扭转成牢牢的死结，她想要解脱，但是她没办法，只能任由这感受侵犯她。

再一次，对她有如永恒般长久的体内刮拭后，鸭嘴钳终于滑出来了。

她的身体颓然放松，不争气地默默流下泪水，检查结束让她松了一口气。

费蓝医生说："很棒，你非常棒。我知道这对你而言一定很困难。"

她解脱似的呼出一口气。

费蓝医生开口说："只是，很抱歉。鉴于性侵的经过，我们还必须用肛门探针来采证。"

肛门探针，不，别这样。

恐惧和反胃感再次膨胀，她的眼泪流个不停，采证也永远不停歇。

她办不到。

她只想抹去过去六小时发生在她身上的一切，重新来过。在贝尔法斯特的星期六早晨，她醒来，决定不去健行。她可以留在市中心，可以只是去逛街，或是去博物馆。她用不着去健行，她永远不必去健行，永远不必踏入那公园。

验伤采证终于结束了，医生再次向她慢慢地解释情况。

这次法医检验是为了帮警方搜集证据，她现在还是得去医院找医生看诊，以确保她没事。她会拿到一张说明她状况的信笺，直接交给下一个医生。

到了医院，他们就可以进行性病的检测了，有一种叫"暴露后预防性投药"的处置可以有效防治艾滋病病毒，但要在接触的七十二小时内施行。她需要事后避孕药吗？可能不用，如果你说他一直没射精的话。

不过，她还是拿了洛芙妮避孕药，这是一个小小的薰衣草色盒子，有个柔和的女性名字。

芭芭拉帮她追问，那其他伤势呢？瘀伤？扭伤呢？而且，她还撞到了头。

这些问题，医院的医生都会处理。

芭芭拉已先打过电话，得知贝尔法斯特最好的医院是皇家维多利亚医院，警察可以护送她去急诊室。然后，在抵达医院时说明状况，确保她可以立即受到照护。

但是，在她离开之前，她终于可以冲澡了。

她的衣物被取走当证物，她必须换上其他衣服。已有一位警察去过她下榻的民宿，找管理人谈过，将她所有东西设法打包带来这里。她突然想到那家民宿，想到那张她再也不会去过夜的床，以及羽绒被上阳光的斜射照耀。

她今晚无法独眠，她很清楚这点。芭芭拉说，她当然可以一起去住她的饭店房间。

所以她的行李箱现在在这里，她匆匆地翻找可以更换的衣服。里面的职业行头，就像是别人的生活：一件时髦、有绣花图案的休闲西装外套，一件黑色铅笔裙，一双高跟鞋，以及前几天晚上穿的那件鸡尾酒宴黑色小礼服，这些都不合适。

她找到一条牛仔裤和一件长袖衬衫，干净的胸罩和内裤，加上袜子及另一双休闲鞋。

中心人员还给了她一块香皂、一包洗发精，及一条毛巾。

费蓝医生准备和她道别，但她不希望她离开。她还有一个问题，一个在她心中一直困扰着她，却让人尴尬到几乎说不出口的问题。

"要是……要是在事件中，有污泥进入我体内，我要怎么洗干净？"

好多泥巴，在挣扎扭打中沾上许多泥巴。

医生点点头，用双手轻柔地握住她的手臂说："你的身体终究会自行冲洗干净的。"

她不知道身体有这样的能力，但很欣慰地知道，泥沙会自行冲出。

"你非常勇敢。"医生说，"我知道你未来也会非常勇敢，只是我现在恐怕得离开了。"

她像是抱住妈妈大腿的小孩，紧紧依附着费蓝医生，知道自己将会想念如慈母般温暖又善解人意的医生，她让刚才噩梦般的几小时变得稍稍让人能忍受。

"我现在需要去检查另一位被害人了。"她解释。

常会有许多被害人吗？她一向这么忙吗？

"你是我今天检查的第三位性侵被害人，现在天都还没黑。"

她点点头，医生就离开了。

淋浴的时候，她脑海里只萦绕着医生临走前的话，今天目前已有三个案例了，而且只会更多。

她将水温调高，感觉滚烫的水流冲刷着她的肌肤，看着尘沙、泥土及脏污从身上冲走，然后打着旋儿流入排水孔。

*

在一条大街上，他偷偷摸摸地潜入一家商店。离开盖瑞家后，他还不想回家，所以就走了更多路，现在到了城市的另一头。这里显然是新教徒的住宅区，但谁在乎呢，重要的是，这里没人认得他。

天黑已几个小时了，但他的脚仍是湿的，还冻僵了。该死，他的球鞋像是蓄水的湖泊，他可能已留下能让人追踪到这家店的水迹。

他的头已经不如之前晕眩或抽痛了，但盖瑞家的洋芋片没什么帮助，他还是饿得要命。

这家店灯光明亮，天花板下的一台小小的电视发出刺耳的声音，一排又一排的闪亮包装，有洋芋片、巧克力棒、罐装意面酱及咖喱酱。玻璃柜后头是碳酸饮料和罐装啤酒的要塞。但是不行，他的口袋里没有半毛钱，他还是得用他的老招。

手脚快速，加上一如往常的史威尼式魅力。

他走近那些巧克力棒，要哪个呢？士力架？或玛氏巧克力？

他望向收银台，只见店主人眼睛盯着电视，一脸无聊地坐着。他是个头发渐秃的中年男子，常见的巴基斯坦人，可能会也可能不会太棘手。往北走到这里，总会看到顾收银台的巴基斯坦人，但南区就不常见。

晚间新闻开播，巴基斯坦人精神来了。

"近日，政界持续庆祝受难日协议①十周年，来自都柏林、伦敦、德里和贝尔法斯特各界的知名立法人士纷纷前来，共同纪念

---

① 受难日协议（Good Friday Accord），即一九九八年的贝尔法斯特协议，于四月十日耶稣受难日签署，因而又称"受难日协议"。

十年前历经漫长且艰辛过程所达成的协议……"

一声铃铛声响起，店门开了，一对男女走了进来。男人牛仔裤的右后口袋被他的皮夹撑得鼓鼓的，而女人开怀笑着。

他们不是来闲逛的，直接拿了冰柜里的即食餐盒、架上的一瓶葡萄酒。

"经年累月的辩论和争论，是我们的确有过一段非常艰苦却至关重要的奋斗过程。但是，我们应该为十年前所取得的成就感到骄傲——可以让所有党派同处一室，为北爱尔兰的未来，取得共识。"

电视新闻里有一个灰发的政治人物，西装笔挺，戴着眼镜，有着上流口音。

那对男女走向收银台，店员开始帮他们结账。

他正打算将几支狮子巧克力棒塞进口袋时，却因为电视接下来所播报的新闻而吓呆了。

"今天下午，在西贝尔法斯特的幽谷森林公园，发生一名外国女性遭受暴力攻击和强奸的事件，警方呼吁大众，提供任何相关信息……"

那个该死的贱人。

他不敢相信，肾上腺素立即涌上他的血管，他开始流汗，甚至无法动弹。她明明说过她不会告诉别人的。

老板结完账，男人拿出钱包付款。

快点呀，他到底是怎么回事？偷拿巧克力棒这种事他都做了大半辈子了，对他而言是天底下最简单的事了，只要拿起那该死的巧克力棒，接着塞进口袋就好。

"这名女性单独健行时，被一名青少年攻击，她被拖进灌木丛里强奸……"

新闻怎么这么快就出来了？那贱女人做了什么？等他一转身，

就立即打电话报警吗？

他僵住了……他真的僵住了，他这一生从未这样吓傻过，他的脚程向来非常快，他向来知道何时要立即逃走。

但是，跑走就会引人注意，就留在一个地方吧。

那对男女就要付完账了。

"据描述，那男孩年约十五到十八岁，中等身高，身材瘦削，蓝眼红发……"

快拿走狮子巧克力棒，塞进口袋。

他们转身，在柜台结完账。就在此刻，他总算从吓傻的状态惊醒过来，悄悄将两支巧克力棒藏进口袋。

他背对收银台、缩着头，准备立刻走出去。现在，趁那对男女未离开，快走吧。

"嫌犯最后被目击时，身穿白色针织衫和牛仔裤……"

那对男女走出店家时，和他擦身而过。男人吹着口哨，开心轻快地晃着塑料袋，却不小心撞到他，酒瓶敲到他的腿，他闪躲了一下，结果擦碰到架子，几袋洋芋片掉落下来。

那家伙说："年轻人，真抱歉，都是我的错。"他跪下来边捡拾掉落的袋装洋芋片，边瞄着他的白色针织衫。

冷静，镇定。

发挥史威尼式的魅力。

"先生，没关系、没事的。"他露齿一笑，像上流人士一样挺胸，"看样子，你已经准备好一顿美食了呀？"他指着对方的购物袋。

"啊，没错、没错。"那家伙回答，然后把最后一袋洋芋片放回架子上，"今天真是漫长的一天，我们累惨了。"

"就是说呢！"他点点头，模仿那男人的口气。

电视屏幕上出现了一张警方发布的强奸犯素描。

"再次提醒，如果有人知道这名施暴者的下落，请拨打以下电话和警方联络……"

那男人指着电视笑着说："嘿！那人可能是你哦。"

他转身，匆匆瞥了屏幕一眼，脸上摆出大大的笑容："哦，哈，没错！可能是！事实上，那就是我。"然后，他压低眉头，佯装凶狠的模样，那男人和他一起哈哈大笑了。"那可是我的分身肖像。"

"我要送你去警察局！"那人开玩笑。

"我去，我去，我现在就去！"

有了更多笑声，这不是很有趣吗？和新教徒说说笑笑的。

"哎呀，祝你和你女友有个轻松愉快的夜晚。"他拍拍男人的肩膀。

那男人大笑，对他点点头，那女子瞪了他一眼，两人就快速离开了。

铃铛声响毕，一切归于平静，他仍站在走道中间，牛仔裤后口袋塞着两支巧克力棒，傻瓜般愣在原地。

"需要帮忙吗？"收银台后的巴基斯坦人问，声调有点好笑，他们说话时总有唱歌的那种感觉。

"不用，先生。"他转了一下头，"没问题的。"

他仍注意听着电视新闻的内容，但刻意背对着电视。

"受害人据称是一位纤瘦的华人女子，年近三十，有黑色长发。遭受攻击时，她身着蓝衣、灰裤。现在，她已接受警方照护。"

妈的，她在警察那里了。

他抬高声音对收银台那个巴基斯坦人说："先生，不好意思，没找到我要的东西，我改天再来。"

老板对他轻轻点头，目光又回到电视屏幕上。他距离太远，所以看不清楚那张棕色脸庞的表情，但知道自己得快点离开。

所以，他推开店家大门，耳中传来铃铛声，夜晚的空气迎面而来，他突然觉得好冷。

他的双脚冻僵，这他妈的来得真不是时候，因为现在他最需要做的是快跑。

*

到了皇家维多利亚医院的急诊室，她和芭芭拉坐在候诊室等待。一开始，他们不希望她带着同伴，但她需要身边有芭芭拉的效率和坚持，因为她现在几乎无法自行思考，她只是一具空壳，壳内是她过去的自己，已变得空洞、贫乏，不再有任何感受。

受理人员的目光从她转移至芭芭拉身上："哦，你需要翻译吗？"

"我的英文没问题。"她简洁地回答那名女子。接待员略感惭愧，便领着她们到一个私密的候诊室。

护送她来的警察已和受理人员解释过她的状况，确保她不必在一般候诊室等候。想到要在那里等候，周遭满是星期六晚上随机来到急诊室的病患，她知道自己应付不来。她觉得极为脆弱，像被剥了一层皮，整个人暴露在外，成了一团几乎不太能够好好运作的神经、肌肉及骨头的集合体。

候诊时，她听芭芭拉说皇家维多利亚医院在"北爱尔兰问题"期间，素以不带偏见，又同时向天主教徒和新教徒受害者提供医疗服务而知名。她想象这家医院在那段时间的景象：受到暴力攻击和被炸伤的男男女女，遭到任意炸弹攻击的受害者，血迹斑斑的地板。她瑟缩着，这个时刻，她无法应对任何关于暴力的念头。

终于，有一名护理师走进来了。她有一头刺猬般的金发和明显的贝尔法斯特口音，她量量她的体温、血压，及身高体重。

她心想，这名护理师是否已得知她的状况，受理人员必定已传达过：那个女孩，外国的那一个，要对她温柔一点，她刚经历了恐怖的事件。

但是，护理师的态度几乎像是不知情，她只是进行着标准程序，专业地做她的工作。

护理师说："不巧的是，我们周末没有性病照护门诊，所以性传染病的检验，要等你星期一回伦敦后才能进行。"

芭芭拉不敢置信："等等，你是说，她必须等到星期一？你是认真的吗？"

护理师十分坚定，今天没有性病照护门诊，没有人能进行这些检查。

"所以你的意思是说，女孩若是在星期五晚上被强奸了，还要等到星期一才能检查是否被传染性病？"

护理师点点头，对，就是这样。

她和芭芭拉交换了一个眼神，她们对这件事确实也无能为力。

"好，那么医生很快就会过来看你。"

等了五分钟后，医生进来了。

医生是一名严肃的男人，比她预想得更年轻，戴着眼镜，有淡棕色的头发。就算他知道她的状况，就算他非常清楚她刚被强奸了，他也完全没提及这件事。

"可以看到你有非常严重的瘀伤。"他检视她的脖子和肩膀说道。

他的双手试探地碰触她的双肩。

"这些瘀伤应该几天后就能痊愈了。"

他拿明亮的笔灯照了她的双眼，然后看她的喉咙，测试她的反射动作。

"好了。"他挺直身体以权威的语气说，"一星期内瘀伤就会痊愈，除此之外你只需要好好休息，便可以康复了。"

但是，芭芭拉不会这么轻易让他脱身："那她的扭伤呢？而且她头部也可能受伤了，你知道她撞到头了吧？"

"我请护理师开一些治疗这些伤势的药物。"

然后他就离开了。

她和芭芭拉顿时困惑不已。她问："这是什么意思？医生来这一趟到底在做什么？"

"开什么玩笑啊！"芭芭拉难以置信。

五分钟，他只出现五分钟，然后就走了。仿佛他不想留在这里，仿佛处置强奸被害人很不舒服，他宁可去看别的病人，像是醉汉、车祸受伤者，或是和别人打架的暴徒。任何人都好，就是不要强奸被害人，不要这个虚弱又受惊的女人，这个女人的存在及脆弱，是他宁可漠视不理的东西。

过了一分钟，刚才那位护理师又出现了，她们追问了一大堆问题。

"医生非常忙，现在可是贝尔法斯特的星期六晚上。"

那她的头怎么办？她被攻击后可能有脑震荡。

"如果医生认为你不需要治疗，那你就不需要。"

能不能给她舒缓扭伤的东西？

护理师离开了一下，回来时带着一个透明包装袋，只见粉红色的圆形大药丸装于白色塑料袋里。

布洛芬，他们竟给她布洛芬止痛药，根本就是随便到转角的商店就能买到的药。

不能给她更强效的东西吗？

"如果她明天要搭飞机，就不该服用强效药物。"

你看得出来她心神不宁吧！能不能开一些让她镇静下来的

药物？

护理师犹豫了一下，试着表现出更有同情心的样子："听着，我知道你经历了非常难熬的一天，真的很难受的日子。你一定也很累了，不如你就直接回去，冲个长长久久的舒服热水澡，在热水中稍稍扭转脖子。然后，只要放轻松、喝一些茶、找朋友陪伴，或者再喝一两杯酒吧。"

护理师笨拙地伸手碰碰她的手臂，光鲜的亮粉红指甲映着她的瘀青，显得荒唐又可笑："好好休息吧。"

然后，她就离开了。在检验室的蓝色墙面上方，日光灯发出滋滋的响声，现在没什么好说的了。

*

他回到家了，或者说是接近家了。现在已经过了午夜时分，他累惨了。他从东贝尔法斯特那家巴基斯坦人的店，一路走回到这里——走上瀑布路、经过墓地、经过安德森镇。夜色暗到无法穿越公园，而且他也大概知道要尽量避开那里。

要是她已经告诉警察，天晓得那里会有什么事。

不，他要沿途绕远路走回去，经过房子、田野以及更多的田野，走那些晚间没人会开车经过的地方。

或许老爸和麦可会回来，但他觉得不太可能，反正那些王八蛋也不会鸟他。

除了盖瑞之外，他今天还没真的和别人对话。只有偶遇的那些人——巴基斯坦人和去那家店的那个男人。

哦，还有那个女人。

那个贱人。

她就是没办法闭上嘴，对吧？

他明天会想想怎么处理这件事，现在真是该死的好累又好饿。

今晚的月亮半圆，所有东西都蒙上了银色的光芒，包括道路、街道标志，就连伸出手时，他都能在月光下看出手指的形状。

在城市的边缘地带，悄然无声。然而，在城市里，他经过一大堆夜店，里面传出震耳的音乐和聊天的声浪，那里的人全都他妈的过着快乐又完美的生活。

星期六晚上，他却独自一人在月光下走回家。

真是个失败者。

球鞋里的脚已冻成冰块，也起了水泡，但他不在乎。

随着路面爬升，他走到车屋的驻扎处，呼吸越来越急促。这里是最佳位置，后头是城市的灯光，而田野在眼前扩展开来。

他闻到了附近有牛羊的大便味，但他不介意。

他停了一下，呼吸这片田野、月亮和黑暗山坡交织出来的气息。

但是，他只想回家，好好躺下来睡觉。

不远了，现在离车屋不远了。

*

芭芭拉下榻于一家舒适的精品旅馆，远离观光客聚集的欧罗巴饭店，她对此再次心怀感恩。

她已洗过澡，努力吃了一些食不知味的客房晚餐，现在躺在床上，试着借由看报纸来转移注意力，标题是"政治领袖纪念'受难日协议'十周年""泰坦尼克号片场欢迎新的好莱坞制片公司"之类的。

扭伤的痛楚越来越严重，脖子和肩膀已僵硬到拒绝移动的程度。

芭芭拉打电话给柜台，问能不能借热水袋，但他们只有用来装矿泉水的大玻璃瓶。

所以，她将玻璃瓶装满热水，这看起来近乎滑稽。拿硬邦邦的玻璃瓶压着她僵硬的肩颈，努力从中挤出一些舒适感，这跟贝尔法斯特实在太相称了。不过，这确实有帮助，虽然只是一点点。

当她去泡澡时，芭芭拉替她打了电话。

"你要我打给你爸妈吗？"她曾这么问。

不，不，绝对不要。

"打给我姐姐和我的老板。"她这么回答，"你可以用我的手机打给她们。"她的老板在伦敦，姐姐在加州。

"跟我姐姐说，不要告诉我爸妈。"现在已是律师的瑟琳娜一定可以理解，但爸妈一定没办法承受这个消息，而以她目前的状况根本无法处理他们的反应。

至于她的老板？艾莉卡会期望她出现在明天的红毯典礼上——打扮得漂漂亮亮，展现以往那个自我，开朗又善于建立关系。总之，她知道自己可以信任芭芭拉，她会以平静的语气传达事实，提议最好的行动方案。

"告诉艾莉卡，我还是会回去参加首映会，我只是……"

不再是她所认识的我，不是上星期三离开办公室时的那一个我了。

我不再是那个人。

我不一样了。

我现在是个强奸被害人。

她还不太能承受自己得使用这些字眼：我被强奸了，我被强奸过了。

她关上灯，笨拙地在羽绒被下躺好，扭伤让她的身体有如残骸。这句话一直回荡在她心中：被强奸，已经被强奸，现在是强奸被害人。

透过这各种时态，召唤而来的是噩梦一场。她不知道这个动词还能如何使用在她身上，万一是未来式呢？

我会被强奸，我将要被强奸。

要是那天早上她踏上步道时，出现这个预感就好了。

但是，即使是那时候，是否也已经太迟了？

为何她不跑快一点？或更加奋力对抗呢？或者，若可以提前一刻了解到接下来的遭遇呢？

"你别无选择。"芭芭拉一再这么对她说。彼得斯警探，就是那位女警也这么说，你不得不这么做。

这么说，她为何觉得自己当时应该要，也能够采取其他行动呢？在哪个时刻，她其实可以停下脚步、将背包扔到地上，然后拔腿跑向马路，拼命跑过田野，到达安全之地，要是能这么做，情况会变得如何？

展开的可能是一百万种不同的情节。

在某个平行宇宙中，她不曾被强奸，也从未遇见那个男孩。那个午后，她扬扬得意地走完步道，接着搭公交车回到她的民宿，现在正在夜店和朋友聚会。

在另一个平行宇宙中，她会扔下背包，确实跑到了大马路上。即使没皮包、手机以及旅游书，她还是可以步行，还是能找到回民宿的路，她只需要挂失信用卡、买部新手机，然后就没事了。只要喝一两杯酒压压惊，就可以舒服地窝在民宿里，而且不曾经历被强奸的事。

在她慢慢坠入梦乡，僵硬的肌肉更加僵硬时，这些平行宇宙碎裂了，散落成无数的可能性及将会发生的事件，但精疲力竭的她很快就失去了意识。

那天晚上，她梦到自己狂奔着。

直接穿越明亮的田野，竭尽全力跑向大马路。两脚拼命踩踏，心脏狂跳，肺部不断换气。

她像是在逃离什么，但梦中却看不见。在她前方，有其他生物伸手抓住她。

它们有着幽灵般的面貌。

冰蓝色的眼珠盯住她的眼睛。

骸骨般的手指圈住她的喉咙，陷入她的脖子中。她几乎无法呼吸，脑袋一片模糊。

她好渴，口好渴。

她只需要喝水，而她知道附近正好有一瓶未开封的瓶装水，在灌木丛里的某处闪烁着，要是能找到就好了。

但是，她却无法移动，她挣扎着，努力要甩开那些掐住她喉咙的手掌。在梦里，她知道她还没被强奸，还有时间离开这里，只要跑到大马路上。

只是，她动不了，她被困住了，她觉得窒息，而骸骨般的手指不断地掐紧，最后彻底封锁了她的气管。


她被惊醒了，汗水淋漓，她的肩背被疼痛的厚墙掩埋了。她无法移动，心脏在胸口狂跳。

她的喉咙好干。

她被黑暗包围，在一个不熟悉的地方，她好一阵子想不起自己身在何处。

然后，她记起来了。

那条步道、那片森林、那个田野、那个男孩。

这家旅馆位于贝尔法斯特的宁静区域，在她隔壁的床上，芭芭拉正沉沉睡着。

她需要找水喝，她轻轻转动头部，面向左边的床头柜。她酸痛的肌肉仿佛瘫痪了，一开始还拒绝移动，但是她瞥见玻璃水瓶就在收音机和闹钟旁。

数字时钟亮着两点零四分的蓝色数字。

她等了几分钟，她仍需要聚集所有力量才能拿到那瓶水。她的身体从未这么不听使唤，就好像在一团凝聚的糖浆中，设法移动肌肉。

她咬紧牙关，将身体转向左方，在一阵刺痛过后拿到了水瓶。

就连吞咽也好痛，她摸摸喉咙旁，知道那里也有瘀伤。

她抬头望着漆黑的天花板，她应该继续睡的，却不想回到那些梦中。

她的眼角滑落一滴泪水，在左太阳穴的弧线上留下一道泪痕。肩膀太僵硬了，她也懒得拭去眼泪。

她怎么会落到这种地步？她怎么可能会落到如此地步？

＊

星期日早上。

有人敲着车屋大门，吵醒了他。他做了一场该死的让人毛骨悚然到极点的梦（有一群没有脸的女人朝着他张牙舞爪尖叫，在他面前哀号），然后他就听见了外面的声音。

叩，叩，叩。

一开始，他以为是隔壁那个蠢蛋，但敲门声太大了，小孩不会有这种力道。

快走开，他只想好好睡一觉，忘记一切。

叩，叩，叩。

敲门声不肯离去，他只有坐起身子。

该死，可能是条子找上门了，可能这么快就找到他吗？

他起了一阵寒意，当场动弹不得，将他的内脏扭拧到几乎要爆开的地步。或许，这就是所谓的恐惧。

他紧紧缩成一团，希望可以隐形。

走开，我不在家。

不管来人是谁，对方都没有开口。过了一会儿，敲门声停了，他听见脚步声走离车屋。

隔了五秒钟，他蹑手蹑脚地悄悄移至窗边往外看。是盖瑞，背对他站着，眺望田野和其他车屋。这又是个晴朗的天气，只是不像前一天那样阳光灿烂，地面上不时有云朵的影子。

他正打算张口叫盖瑞时，隔壁卡拉汉女人走过来了，这真是他最希望发生的事了。

"早安，盖瑞，你好吗？"

"不错，诺拉，你呢？"

她没回答他的问题，只是点点头："你怎么来了？"

"哦，刚好在这附近，想看看他们在不在。"盖瑞往后指着车屋。

"我昨天有看到钱宁在这里，但没见到他哥哥，也没看到米克。"

"哦，是这样吗？"盖瑞装作不知，"那么他们大概都离开了。"

诺拉耸耸肩："你知道史威尼一家是什么样子，这时还在这里，下一分钟就离开了。但那年轻的孩子，身边都没人能照顾他。"

"哦，钱宁真的已经长大了，我相信他能照顾自己。"

盖瑞，真是我的好哥儿们，好好纠正她吧。

"嗯，我尽量帮他了，代替他那随时不在的爸爸看顾他。"

盖瑞咳了几声："那你家的男人布莱恩呢？最近好像都没看

到他……"

她收起笑容："现在情况不一样了，我家的布莱恩出去赚取正当合法的钱，再回家交给我，不像史威尼他们家那样到处乞讨诈骗的。"

盖瑞举起手："诺拉，我刚刚只是在开玩笑。"

但是她生气了："你当然是啊，你想知道你朋友在哪里吗？去问问昨天来这里的条子呀！"

她愤愤地说着，转身准备离开，但盖瑞却像看到田间老鼠的饿猫，缠着她不放。

"条子？来这里？"

诺拉转过身，仍是气冲冲的模样。

"他们有找这里的人谈话吗？"

"没有，没找我们这里的人说话。但是他们大步走过田野那侧，进入树林，接下来整个下午他们都在那里搜查——你看，警方在那里围上了封锁胶带。"她指向田野的尽头。

他眯视那个方向。

居然什么也没看到，难道眼睛是瞎了吗？他可以想象，警方的鲜黄色胶带在那里闪动着。不过，他还是留在室内不动，却努力想听到诺拉说了什么。

盖瑞佯装冷静："天啊，你觉得这是怎么回事啊？"

诺拉耸耸肩："不知道，他们没走过来，也和往常一样没和我们说话。但大概在那之前的半小时，我看到一个年轻女孩从树林里走了出来。不是看得很清楚啦，但她背着背包，一头黑色长发，就是这样。"

盖瑞点点头："然后呢？"

"然后，那个女孩后来和警方一起出现，他们走进那个区域，然后就开始用胶布设封锁线，还带狗过来。"

"狗？"他惊慌地挺起身子。

"对，就是那些东闻西闻的小狗，但我没看清楚它们在做什么。"

"狗有走到这边来吗？"

"不，没过来。"

"那女孩呢？"

"她和警察回去了，她搭上警车，车子就开走了。"

盖瑞说："天啊，你觉得是发生什么事了？"

"不知道，那可怜的小女孩，可能被人家施暴了吧？但愿她没事。"

"对，但愿如此。"盖瑞附和着。两人就站在那里眺望，脸庞沐浴在清晨的阳光里。

"那么……要是条子过来问话，你觉得你会和他们说什么？"盖瑞放胆地问。

诺拉说："就是我刚才和你说的呀！没其他的事能说了。"

盖瑞露齿一笑，环住诺拉的肩膀给了她一个熊抱。他说："诺拉，你真是太棒了。你男人布莱恩一定不知道他有多好运啊。"

"哦，我想就是这么回事吧。"她停顿了一会儿又说，"要不要喝点东西？"

"不，谢啦，诺拉，我该走了。但是，呃，要是你见到他们兄弟，能不能转告他们我在找他们？"

诺拉点点头就走开了。盖瑞在原地站了一会儿，看着她回到了车屋中。

"盖瑞！"他稍稍推开门，嘶声低吼。

盖瑞溜进车屋，门关上后，他低头凑过来，轻声地急急问他话。

"你这该死的白痴，怎么回来车屋啊？"

"是你叫我回家睡觉的！"

"是，呃，我想你应该逃了。现在条子就在田野的另一头，警车全都不断闪着警灯。"

"妈的！那个臭婊子！"

"她骗了你，看来你一离开，她就报警了。"

他不懂，他脑海里仍有她坐在步道旁边的画面，她正啃着她的苹果。

别担心，我不会告诉别人的。

他起身，开始来回踱步。他踢踢橱柜，心跳急促，怒气冲冲。他们放狗来追踪他了，该死的狗。

"镇静、镇静，来——深呼吸。"盖瑞伸出双手要他平静下来，"不管她对你说了什么，她都没做到，你得想想怎么脱身。"

他深呼吸，努力镇定下来。

盖瑞说个不停："如果条子查出你的身份，现在就成了漂旅男孩的开放狩猎季了。"

开放狩猎季，他不喜欢这个词听起来的感觉。

他坐下来，双手捧着头。头部又开始抽痛，而且那只暗爪又在他内心深处搔刮，努力提醒他想要忘记的事。

盖瑞站了起来。

他急速说道："我们要处理掉那件白色针织衫，你带着，接着要丢掉。你要换套衣服，快点离开这里。"

"我们要去哪里？"

"我带你到我家，在还没想出办法前先躲在那里，希望我妈暂时别发现这是什么状况。"

"麦可到底去哪里了？"他大叫，非常气愤麦可和老爸都不在他身边。在他需要的时候，他所有的家人都到哪里去了？

"是呀，麦可到底去哪里了？别担心，我来找他，我会找到他的。"

他脱下白色针织衫，到处翻找其他的衬衫、针织衫，以及干净的袜子和内裤。

盖瑞说："也换上另一件长裤吧，这件都弄脏了。"

盖瑞在厨房里找到一个购物袋，把脏衣服塞在里面。

"除了阿马市和都柏林之外，你说你哪里还有亲人？"

"啊，我不知道……大家都不断换地方住。科克？基尔肯尼？威克洛？麦可和老爸才有他们的电话。"

"我们会查出来的。"

他穿上 T 恤、灰色连帽外套，以及另一件牛仔裤。盖瑞弯下腰，帮他擦去球鞋上的泥沙，接着退后看着他。

"戴上球帽。"他说。

他找到一顶纽约洋基队的帽子，是一位叔叔给他的。

"麦可有须后水吗？如果他们找警犬来追踪你的气味，你就该掩盖掉你的味道。"

他翻找麦可的东西，找到一瓶写着 Hugo Boss 的时髦罐子，这一定是哥哥从哪里顺手牵羊拿回来的。他往身上喷洒，打了一个喷嚏。这东西不是该让人变得老成、更有男子气概吗？他只觉得不自在，像一个装模作样的小屁孩。就算喷了这玩意儿后，他不被警犬注意到，也一定会被其他人注意到的。

"很好，太完美了。"盖瑞很满意，"你现在就是另一个人了，好了，我们他妈的快离开这里吧。"

他在门旁蹲下身子，盖瑞从另一端的窗边窥看。

"你看到了什么？"他问。

"有三四辆警车，就停在路边。条子牵着那些警犬，从森林里来来回回的。"

那只暗爪已一路撕扯，现在来到心口，但他抵抗着，现在

144

不行。

"可以避开他们吗？"

"嗯，他们全都在树林那里忙来忙去的，只要动作快，赶快离开。不过，行动也不能太快，我们不能引起他们的注意。"

还好大门在车屋另一侧，背对着那些条子，他再次环视车屋内部："啊，等我一下。"

他跑回他和麦可的房间，抓起一个东西跑出来。那是爷爷的戒指，妈妈在多年前爷爷过世时给他的，他把它塞进口袋。

"忘了拿东西？"盖瑞问。

"嗯，不太重要，我们走吧。"

他再次深呼吸，盖瑞推开了车屋大门。

外面比他预想的更冷，尽管阳光普照，寒意仍直透进骨子里。洋基队帽子的帽檐为他的眼睛遮挡阳光，他听得到警方无线电的哗声和沙沙的对话声，及警犬的叫声。

他迟疑了，但盖瑞的手放在他的肩膀上，推着他往前走。

"一直往前走，不要回头。"

他们迅速穿过田野，远离那些条子、树林，以及空旷地带的交接处。他们沿着坡脊往北走，右侧下方是溪谷和潺潺溪流。

在他们消失于一处山坡前，他回头看了最后一眼，接着转身回来。在翠绿的青草地上一群白色车屋中，他眯眼避开刺目的阳光，然后看到两个身影站在老爸的车屋旁。诺拉注意到他们，她的视线望向警察，但是她的小孩却在他们身后追了几步，对着他和盖瑞招手。

他几乎就要挥手回应了，但他不能。

*

星期日早上，她再次造访警方，在性侵犯罪小组进行正式笔录，而昨晚还只是验伤采证。

"这应该会进行三小时，你要尽可能地详细陈述，这非常重要。"彼得斯警探看看手表说，"所以，如果我们中午结束，你应该可以赶上一点二十的班机，机场就在同一条路上。"

这听起来，就好像她得到了一份从未申请的新工作，一个新任务及责任，只要按照吩咐去完成即可。

"告诉我昨天发生的事，从你一早的行动开始说。"

"我去参加一场会议，在欧罗巴饭店住了几天之后，当天入住一家民宿，我早就计划当天要去那里健行了……"

早上的阳光从百叶窗的木片间斜射进来，她再次叙说她的故事。她盯着在光线中舞动的尘埃，保持超然地说着细节。

*

星期日大部分的时间，他都龟缩在盖瑞的房间里，盖瑞的家人现在不住车屋了。他们搬进了一栋正常的房子，这感觉好诡异，房子里有太多直线、太多家具，甚至有楼梯。

盖瑞站在走廊里，试着圆滑地对他妈妈解释。

"你认识史威尼家的小儿子吧？他不太舒服，所以来这里住几天，因为他老爸和哥哥都不在。"

他妈妈咕哝着说了几句。

"用不着去找老托马斯或谁来看病啦。大家都不在，他只是需要有人陪而已。"

又一阵咕哝。

146

盖瑞伸头探进房间。

"你要吃早餐吗？我妈要开始做早餐了，但要和我所有兄弟姐妹一起吃哦。"

也不是所有人，只有其中五人。餐桌上有盖瑞、他的姐妹葛瑞丝、费欧娜，以及兄弟艾蒙、达拉，以及年仅三岁的老幺妹妹奥娜。多诺霍太太在炉子和餐桌之间忙碌着，煎蛋、煎火腿，然后再盛盘。

他早就忘记身为大家族中的一员，大家齐聚一堂，彼此好好地聊天是何种光景了。他们家最后一次全员到齐，是……四年前吗？在都柏林吗？

"你有姐姐或妹妹吗？"费欧娜问他，也可能是葛瑞丝发问的。

"嗯，我有。"他急忙将火腿塞到嘴里，但还是努力要开口说话，"有一个叫克莱儿的妹妹，现在……好像十二岁吧？还有一个更小的妹妹布莉琪，她八岁。"

"我们怎么都没见过她们？"

"哦，她们和我妈住在都柏林，她们没来这里。"

"钱宁，你上次见到你妈妈是什么时候？"多诺霍太太问。她在炉子那里忙着，厨具相碰发出当啷啷的声音。其实每个妈妈都会问同样的问题。

"哦，已经有一阵子了。"事实上，比一阵子更久。

"你爸妈怎么没有住在一起？"这句不知道是艾蒙还是达拉问的。

老天，这比学校烦人的儿童咨询师的拷问还糟糕。

"而且，你有个叫麦可的哥哥，对吧？"不知是费欧娜还是葛瑞丝问的。听她提及麦可的语气，他看得出来她喜欢他。他很好奇，麦可是不是亲过她了。她还不错。有一点瘦，但还算漂亮。

"对，麦可是我哥哥，没错。"

门口传来一阵声响，盖瑞的弟弟瑞安走了进来，他大约九岁或十岁。

"瑞安·多诺霍，你到哪里去了？"多诺霍太太问。

瑞安上气不接下气，一把抓起艾蒙的玻璃杯，咕噜喝下半杯的橘子苏打。

"妈，对不起。"瑞安边说边伸手去拿火腿，"真是太疯狂了，你们有听说幽谷森林公园采石场附近发生的事吗？"

"发生什么事了？"

除了他之外，餐桌上所有人都异口同声地问道。他恨不得陷入漂亮的瓷砖地板中，整个人消失。而且，又来了，那愚蠢的暗爪，已伸向他的脑袋。

"显然是有个外国女孩在那附近被，呃，强奸了。"瑞安说"强奸"这个词时，瞄了他妈妈一眼，还忍不住傻笑起来。

餐桌上有一片尖叫和惊吓声。

"太可怕了！"不知是葛瑞丝还是费欧娜说的。

"他们知道是谁做的吗？"

瑞安摇摇头，嘴里嚼着满满的火腿："不知道，他们没有线索。不过，条子倒是在那里的漂旅人驻扎地到处探查。"

盖瑞看着他，然后转开视线。

"他们开始查问漂旅人了。"

"哦，他们老是找上我们漂旅人。"盖瑞嘀咕着，"每次发生犯罪事件，他们就会直接找上门，好像理所当然就是我们做的。"

"嘿，你和你家人不就住在那里吗？"葛瑞丝或费欧娜开口了，就是喜欢麦可的那位。

他感觉到脖子上沁出了汗珠，他妈的快控制自己的情绪。他想吞下口中咀嚼的叶司，却发现干涩到让他难以下咽。

"对，我们就在同一个驻扎处，在幽谷森林公园上面。"

"你没看到什么吗？这么多条子到处探查呢！"

"我今天早上离开时，的确有看到人，只是根本不知道是怎么回事。"

"真可怕，太可怕了。"多诺霍太太摇着头说。她来到厨房的餐桌边，把剩下的煎蛋盛于盘中，煎蛋马上被一扫而空，"居然有人对女孩做出那种事，真是太可怕了。"

"是呀，那女孩后来怎么了？"（另一个不知道是）葛瑞丝还是费欧娜问道。

瑞安耸耸肩："没人知道，他们只说她是华人。"

餐桌上的人开始交头接耳。

"不知道她到那边做什么。"盖瑞其中一个姐妹说。

多诺霍太太说："嗯，不管是谁做的，但愿他们逮到凶手了，这种事太可怕了。"

她开始收拾脏盘子，葛瑞丝或是费欧娜起身，拿煮水壶在水龙头下接水。

他看着水龙头，这样子就不用勉强自己到外头汲水了。

"钱宁。"多诺霍太太转向他，"你要喝杯茶吗？"

他看着她，他当然想要喝茶，但是他也想尽快离开这个厨房。

"我不太舒服。"他含糊说着。

她说："哦，没关系，亲爱的。你快去盖瑞房间好好休息吧。"

到了房间里面，等房门关上后，盖瑞转向他。

"你保持低调，留在这里，别和我的兄弟姐妹说话，我会叫他们别来吵你。"

盖瑞穿上夹克。

"你要去哪里？"

"去商店和夜店，看看能查到什么。我也会去找找麦可，我不知道他在哪里，不过我们现在需要他。"

*

她们来到乔治贝斯特机场，准备办理一点二十起飞的班机登机手续。

但是，笔录比预期花了更长时间，她们十二点四十五才抵达机场，而十二点五十二才找到正确的登机报到柜台。

柜台人员说，现在已来不及办理该班机的登机手续了。

她断然地摇头："这里的指示牌注明，严格规定起飞前三十分钟不受理登机手续。"

芭芭拉跟她争辩："你不知道她经历了什么事，她必须搭上这班飞机。"

"我才不在乎她经历了什么事，她来得太晚了，我不能因为一个不能准时前来的乘客，危害我们的安全措施。"

安全措施。

她本人什么话也没说，不知怎的像是被夺去了声音。她刚才为警方笔录，已经讲了三四个小时的话，她已经没精力和这个恐怖女人争论了。

但是，她需要离开这个地方，而且她不能错过伦敦的首映会。那位航空公司的女性工作人员还是非常坚持："我帮不了你，如果她不能遵守规定，我也无能为力。"

"这不是关于遵守规定。"芭芭拉说，声音扬起，"而是关于展现小小的恻隐之心。"

她的手放在芭芭拉的手臂上："我必须搭上那班飞机，我必须在今天下午回到伦敦。"

"但你不会搭我们的班机返回伦敦，因为已经停止受理了。"

那女人斩钉截铁地宣告，"我们三小时后有另一个航班。"

然后……就这样……她崩溃了。不熟悉的焦虑感主宰了她，她哭了出来，她皱着脸，泪水和鼻涕直流。她不能错过那场首映会，她为这部电影工作了好几年，这是公司在莱斯特广场的第一场盛大红毯首映。如果因为那个卑鄙的孩子害她错过……

快点让我离开这该死的城市。

"我必须离开贝尔法斯特。"她啜泣。那个女人盯着她，目瞪口呆。

她才不在乎。

那女人结结巴巴开口了，但还是不肯退让："总之现在太晚了。"她指着时钟说道，现在已过了下午一点，他们永远不会让她上那班飞机了。

"亲爱的，没事，没事的。"芭芭拉伸手抱住她，"我们会替你找到另一个班机。"

那女人开始收拾报到柜台，她低着头，移开即将出发的航班标志。

"但愿你觉得很愉快。"芭芭拉临走时对那女人发难。

那女人不发一语，过了一会儿才说："要是你能早十分钟到就好了。"


早十分钟，她还在性侵犯罪小组做笔录。要是她能早十分钟从那条步道启程，或许她就不会遇上那个男孩。要是我们做任何事都能提早十分钟，那人生该有多大的不同呀。你想想，十分钟可以让人免于几近致命的车祸，或遇上一生的挚爱，甚至可能会遇上强奸我们的人吧？

人生真的如此随机吗？她认为，能让她真正接受这件事的唯一原因，就是这完全是随机的。早十分钟她就不会被强奸，早十分钟她就会搭上那班飞机。

芭芭拉要她坐在长凳上，她去帮忙买下一班飞往伦敦的机票。

她茫然地坐在那里，看着人们办理登机，冲进登机门。家人互相道再见，父母送别移居伦敦的成年孩子。不时还有在星期日稍稍提前离开的商务乘客，他们先到伦敦好好休息，以便有个精神焕发的星期一。

还有她，她，一个新晋的强奸被害人，准备搭机回国参加她公司的电影红毯首映会。

芭芭拉回来了，脸色泛红，但带来一个好消息。

"我帮你买到了两点三十飞往伦敦的机票，三点四十五就会抵达盖威克机场，这样可以吗？"

她努力挤出感激的笑容："太好了，真是谢谢你。"

芭芭拉将机票交给她："拿去，我们来办理登机，这样才不会错过班机。我给你买了商务舱，我想这会让你稍稍舒服一点。"

"我要给你多少——"

"不、不，我来付就好，我不可能让你付这笔钱。"

所以，她和芭芭拉道别，却不知道没有芭芭拉陪在身旁，自己要如何完成接下来的事——不管其中会牵扯到什么。她甚至不敢想还没发生的事，以前她总是可以想象未来的人生，但现在，前方的一切晦暗不明，是一片没有明显路径的黑暗森林。

她通过安检程序，进入商务舱候机楼。她为自己拿了一罐雪碧，啃着三明治，但食物和之前一样食之无味。

她坐在最靠近窗户的椅子上。她就这样望着跑道好几分钟，注视各架飞机沿着停机坪滑行，映着灰蓝色港口的背景排成一列。

商务舱的候机楼几乎空无一人，她的左后方坐着两位中年的商务人士，另一位坐在长椅上。除了在柜台旁的那个女人，她是全场唯一的女性。

她恢复自己的逻辑思维，需要想想该做什么，下一步又是什么。她应该先提醒伦敦的友人自己的遭遇，所以她发了一些短信。

嗨，只是要告诉你，我遇上了非常糟糕的事，我昨天被强奸了。现在正要飞回伦敦，很快就到家，所以请不要问我在贝尔法斯特的周末过得如何。

她将这则短信发给了一起合租的室友荷西和娜塔莉亚。

然后，她稍加修改了短信内容，发给她最好的同志朋友雅各布，要他到盖威克机场接她。

接着，她再打给另一位同志友人史蒂芬，就是她今晚首映会的男伴。她努力解释事情的经过，但信号不好，他听不到她在说什么。她计划两人当晚六点四十五在莱斯特广场碰面，他将会依照要求打上黑色领带。

她收到老板艾莉卡的短信，问她是否安好。助理蓓卡已安排出租车，会到她家接她上车，再送她至莱斯特广场。

另一则短信，来自她的姐姐瑟琳娜。

听到发生这种事，我真的好难过，我能帮上什么？你今晚有空谈谈吗？

她叹口气，很想抛开手机。现在，她只想随波逐流、被人遗忘，继续漂流离去，不必返回她的现实生活中。

刚才，她真的在机场崩溃痛哭了吗？状态正常的人，哪会在错过班机后变成这样呢？

但是，她不是状态正常的人，她很清楚这一点。昨天，她变种成为徒有成人外表的无助空壳，现在她还得装成她清楚自己在

153

做什么的样子，但事实上她并不知道。

她对自己好羞耻、好厌恶，瞧她变成什么样子了。

服务台的女性人员开始广播。

搭乘五二三零班机前往伦敦盖威克机场的所有旅客，请前往登机门登机。

排在商务舱的登机队伍中，她仍望着窗外，不想和任何人有眼神接触。

一名空乘来到她身边，那是一位绑着高高马尾的漂亮红发女子。

"您是谭薇安吗？"

"对，我是。"

"抱歉打扰您，有一位警探打电话来找您。"

怎么回事？要是他们想要阻止我搭上这班飞机……

她顺从了，然后跟着空乘走近柜台后方墙上的米色电话。

电话中传来男性声音，有浓厚的贝尔法斯特口音，就和其他所有警察一样。

"喂，我是托马斯·莫里森警探。我想我们应该没碰过面，不过，你的案子将由我负责。"

她小心翼翼地说："嗨，你好吗？"

"我很好，但愿你也很好，或尽可能地安好。"至少他的声音很亲切。

"听着，还有一件事想要问问你。我们忘了问你，能不能留下你的手表？我们认为它可能有助于调查工作。"

"我的手表？"她看着表，细细的银色表带圈住她的左手腕，她想起那个男孩注视它的眼神，就是在森林里第二次接近她的那个时候。

"对，你说他在攻击你之前，曾看着你的手表。我们认为或许它可以帮我们找到一些基因证据。"

"但是，他显然没有动手，因为它现在还在我的手上。"

"嗯，但我们不想疏忽任何可能的证据，要是有机会从手表上取得他的指纹，那就很有帮助。"

她隐约记得，他始终没碰她的手表，但要是它对调查工作有帮助，那她愿意交出去，谁还需要随时看时间呀？

"你用纸张把它包起来，交给机场的人员，我们很快就会过去拿。"

她挂断米色电话，尽管这样收集犯罪证据似乎有点粗糙，但她还是按照指示行事，将纸团交给空乘。

其他乘客都已经登机了，那位红发空乘亲切地对她微笑，领着她到飞机外头。

她爬上楼梯，寒风轻扯她的夹克，在她踏进温暖的机舱前，她匆匆环视了宽阔的停机坪一眼，看着明亮的天空及冰冷港口的灰色水域。

贝尔法斯特，差一点就来不及离开了。


警方（但也可能是芭芭拉）必定知会了机组人员她的状况，因为他们对她异常地关切。

"如果你需要什么，什么都可以，请务必告诉我，不要客气。"红发马尾空乘微笑地对她说，"我就在这里。"

她的位子被安排在飞机的第一排，而且整排只有她一人，她很感激不必越过别人身旁，搭机时也不必和他人互动。飞机加速以准备起飞，接着拉高角度，右转斜飞，绕过海港上方。

她出于直觉地望着底下的城市，试着比对她认得的贝尔法斯特。市政厅明显可见，还有维多利亚广场，她也找到欧罗巴饭店了。再往北的一片青葱草地中，是北爱尔兰议会那一大栋的灰色建筑，只是变小了之后就少了一些雄伟气势。

她瞥见洞穴山，上面耸立着贝尔法斯特城堡，然后她的视线试图沿着山脊探查出一条无形的线。她往南望去，一路来到蜿蜒在牧草地和采石场高原间的一处树林茂密的溪谷，来到森林和田野的那个交界地带。

但是，飞机斜飞转向北方，骤然改变了她的视野。她从窗外收回目光，回到人工照明的平凡机舱内。

为何要眺望那里？从空中认出那个地方又能得到什么？

过去二十四小时的沉重负荷涌现，让她浑身发颤。她又开始哭泣，她竭尽全力压抑呜咽的声音，只是静静地在外套兜帽底下流泪。

她泪流满面，对飞机上的人来说，她看起来一定极为凄惨，但她就是忍不住。她用光了面巾纸，开始翻找别的面巾纸。

此时，空乘默默递给她一些面巾纸，然后对她微笑着点头。

她也回报微笑，接着往窗外看去。飞机已离开北爱尔兰，底下浮现出灰蓝色的海域，在被云层遮掩之前，隐约闪现在阳光中。

\*

那天下午，他就只是躺在床上。盖瑞有一些色情杂志，但他不想看，不想回忆昨晚他做的该死的噩梦。

楼下传来电视的喧闹声浪，盖瑞的兄弟姐妹随之哈哈大笑。他不会下楼加入他们，他无法应付他们那么多的问题。

随着时间流逝，光线逐渐改变。傍晚时盖瑞回来了，带回一包还热的炸薯条及一罐啤酒。

"拿去，买了一些东西给你吃。"

打开纸袋包装时，薯条热腾腾的油炸味道飘散开来，让他口水直流。

"你有什么发现吗？"

盖瑞开始来回踱步，这让他好紧张，他真希望他直接说出口：
"你陷得可深了，比我原本以为的更深。"

"什么意思？"

"消息都传遍了，我探听的每个漂旅人都知道有条子在你家附
近查问，在幽谷森林公园这里的、在幽谷森林公园那里的。"

"他们知道多少？"

"只知道有个华人女孩在附近被强奸，而且下手的人是青
少年。"

"有人知道是谁吗？"

"听着，他们都知道我是你们家的朋友。没有人提到你或麦可
的名字，但就算他们有所怀疑，也不会跟我说的。"

"漂旅人什么也不会说的，对吧？"

盖瑞耸耸肩，从他的纸袋中抽走一根薯条："我想不会的，但
最近这些日子，谁知道哪些人可以相信啊。"

"那些定居人呢？"

盖瑞迟疑了一下："我和几个认识的定居人聊过了，其中有些
是女孩，有些是店家老板。"

"他们怎么想的？"

"那些女孩全都吓坏了，感觉不太想谈论这件事，至少是不想
和我谈，只是一直说这件事好恐怖。店家老板倒是有一些不同说
法，他们对于犯人的身份有些想法。"

"什么意思？"

盖瑞摇摇头："他们说，他们知道几个符合描述的家伙，所以
他们紧盯着一两个少年。"

"你认为有人泄露出去了吗？"

盖瑞像是看笨蛋似的盯着他："哦，我不知道，但或许是你偷过的那些店家老板呢？或是和你吵过架的男孩呢？你待在贝尔法斯特已久到人们知道你是谁了。"

他无话可说，只能低头看着膝盖上那一堆油腻的薯条。

盖瑞仍在踱步："你还在幽谷森林公园上过其他女孩吗？"

"两个。"

"是最近吗？她们是观光客，还是贝尔法斯特的人？"

"老天，我不记得了。但我想是来自贝尔法斯特，这重要吗？她们又没说出去。"

"呃，在你的华人女孩去找条子之后，现在她们可能会说了。"

"妈的。"他说，"真是见鬼了。"

盖瑞坐到他身边，又抓了几根薯条。

"而且，我还是找不到麦可。"

"什么？哦，少来了。"

"他没接电话，没有人知道他去哪里了。"

"嗯，这真是该死的太棒了。我的亲哥哥，就这样不顾我的死活。"

"或许他和什么漂亮的马子同居了，或是找到了工作。我毫无头绪，所以……"盖瑞清清喉咙，"我只好打电话给你爸。"

他勃然大怒，伸手就往盖瑞肩膀上挥了一拳。

"你没有，你他妈的没有。"

盖瑞举高双手："我不得已，我是不得已的，没人可以帮你。"

"你到底在说什么？那你呢？盖瑞。"

"听着，我努力了，我尽了全力。我们只需要把你弄出这里，让你越过国界，到某个安全地方，躲到你们自己人那里。但是我需要你爸或麦可来帮我，我没办法独立完成。"

"噢，他妈的这真是我最不需要的了！让我老爸来管我这档事。"他把油腻腻的包装纸揉成一团，奋力投向墙壁。纸团弹了几下，滚到角落，毫无生气地停在那里。

现在他必然会从老爸那里讨得一顿毒打，而且是连同旧账一起算上。

"还是比条子好多了。"盖瑞说，"不这样，你就等着去该死的监狱吧！"

但是，一定还有别的法子吧。老爸或监狱，他的人生怎么会被挤压成只能二选一？

两天前他还好好的，而现在他还有什么机会呢？

他站起来："我他妈的才不相信！"他狂怒。他高举拳头，想要狠狠捶打墙壁。但是盖瑞牢牢抓住他，用力把他拉回床上。

"嘘……小声一点，可以吗？我家人在外头。如果他们听到你大喊，就会立刻怀疑，我说得对吧？"

他有如被紧紧拴住的狗那样，愤怒地低声咆哮。他没有其他的发泄渠道，只好捶打床面，然后怒踢那团油腻的薯条纸袋，希望这就是老爸，等着被人打落牙齿。老爸还有那些可恶的条子，打烂他们的脸。

最后，他终于停住了，慢慢恢复正常呼吸。

"那你跟我老爸说了多少？"

"不太多，但猜想他也弄得够清楚的了，他明天就会回来。"

盖瑞踢掉鞋子，又靠回床上："我刚开始只问他知不知道麦可的下落，我说麦可不在，钱宁一直吵着找他。"

他呻吟了一声，老爸才不会信呢！

"所以他就猜到出事了，他说'钱宁这次做了什么？'然后我说'我不觉得他做了什么事啦，但条子在驻扎地到处探查，跟那里的漂旅人问了一大堆东西，所以钱宁暂时先住在我们家'。"

他点点头，那么状况或许还不太糟。

"但是，听好。"盖瑞口气较为平静地说，"等你爸明晚回来之后，你应该回去跟他一起住。"

该死，他是要被踢出去了吗？

"不是因为我不想帮你，我会尽力帮你。但是我的家人一定会开始问东问西，而且你绝对不知道会引发怎样的谣言。"

"盖瑞，你的兄弟姐妹会出卖我吗？"

"当然不会，他们完全没怀疑。但我要说的是，我不希望会有条子来敲我们家大门，这是我的家人现在最不需要的事了。"

他瞪着盖瑞，他的确要被踢出去了。混账，漂旅人的忠诚心不过如此。

盖瑞还在努力解释，满是羞愧和歉意："我们很守规矩才有这栋房子，我们不想在市政会留下坏记录。"

"哦，所以你们现在跟他们交好了？"

"钱宁，我不是这个意思，我们只是不想让他们有理由从我们手中夺回房子。"

"老天，盖瑞，他们才不会从漂旅人手中夺走房子！他们一直要把我们变成定居人士，他们现在才不会夺回房子呢。"

盖瑞眼神坚定："不会因为我们住在房子里，就成了定居人士。"

"但是，你现在的行为就不像漂旅人了，不是吗？当条子在追查我时，你却抛下我。"

"哎呀，钱宁，你他妈的别再这么戏剧化了。难道我不正是在帮你吗？让你有早餐吃、有茶喝，还把你的证据扔掉之类的。"

"是哦，是哦，我的东西你是怎么处理的？你随后就交给条子了吗？"

"哎，闭嘴！我把它们丢进市区另一头的垃圾桶了，永远不会有人找到的，而这该死的就是我得到的感谢。"

160

他感觉血液直冲脑门，他住口了。他知道自己在对盖瑞乱发脾气，但他还能对谁发怒呢！他只希望一切可以重来，回到两天前。他不会出门，不会对那个华人女孩动手，他只会留在家里打手枪。

"该死，听着，盖瑞。我很抱歉，好吗？我不知我到底怎么了。"

盖瑞轻轻推了推他的肩膀。

"是，呃，这还蛮明显的。"

两人都笑了一下。

"老天，我接下来要做什么？"

盖瑞叹了一口气，捡起薯条包装纸："听着，我妈打算要我们所有人今晚上教堂，但你最好不要太高调，就留在这里，还是别让人看到你进进出出。"

教堂，我的天。他多久没上教堂了？

"所以，我只会提醒她，你很不舒服，她会……呃，她就会替你祷告。"盖瑞对他眨眨眼睛，"我现在得下楼了，你留在这里好好照顾自己，好吗？"

"好，我没事的。"他点点头，看着盖瑞离去时顺手关上门。

但他才不是没事，他心知肚明。太阳现在已经西沉，在幽暗之中，暗爪又回来了。他想到那女人坐在步道旁，吃着她的苹果。

别担心，我不会告诉别人的。

但你说了，你该死地说谎了。你直接找上条子，告诉他们了。他真希望她再一次出现在他面前，那么他就会更加发狠地强奸她，一直到他高潮，他会拉住她的黑发，咬进她的脖子，捏住她的奶子。然后，他会狠掐她的喉咙，直到她停止呼吸，再把她扔进溪谷。他应该那样做的，他应该那样做的。

但是他没有，瞧他现在落的什么下场。

＊

三小时后，她回到她在伦敦的公寓，试着打扮妥当，以便去参加电影首映会。雅各布现在陪着她，他按照她的请求，到机场接她。他没问任何问题，只是紧紧拥抱她，然后在搭火车回来的一路上，没期待她回话，只是径自愉快地说个不停。

现在他们站在她的卧室里，看着她为首映会借来的礼服。五天前，一个设计师将这件礼服借给她，它现在套着透明防尘套挂着，这是一件精致的白色希腊式长袍。

她又想哭了，而这一次是因为这件长袍好漂亮，但是她知道自己永远没办法穿出它的美。昨天以前，她可以成功驾驭这件礼服，只是现在，她什么也无法享受了。美丽和奢华在她身上只是白白浪费。

"我们做得到的。"雅各布拍击着双手说道。

在出租车来之前，她还有二十分钟，还有二十分钟就要从强奸被害人转变成红毯嘉宾。

她知道她用不着背负这不必要的压力，但她不打算打退堂鼓，拒绝让那孩子从她身上夺走这一晚。

没时间沐浴了，所以她闷闷不乐地努力找出无肩带胸罩，然后踏进长礼服里，雅各布替她拉上拉链。然后是……她的头发，她该死的头发。

"直接放下来就好。"雅各布说。

但不行，这是希腊式长袍，她必须盘起头发。只是，扭伤让她根本无法举高手来绕扭头发，所以她只好口述让雅各布帮忙。

"把头发往后拉，绕一圈后，用橡皮筋固定。"

"如果我这样拉你的头发，不是会很痛吗？"

"别担心，直接套上橡皮筋。"这几天她对痛楚的感受其实已大不同了。

头发算是盘起来了，她指示雅各布夹进几根发夹，然后照照镜子，很不错。

再来是化妆，她马马虎虎地画了眼线、眼影，再刷了睫毛膏，然后检视喉咙上的瘀伤。瘀伤的颜色现在变得相当深，所以她在脖子周围涂抹了一些遮瑕膏，这样真的盖得过瘀青吗？不尽然。

谢天谢地，这是一件长袍，所以她不必担心脚上的瘀青。她的双臂又是另一个问题，她和雅各布坐在床上好几分钟，两人一起努力用遮瑕膏来盖住瘀青。

算是成功了一半吧，但到了这个节骨眼儿，她已经没时间了，出租车已经在楼下等了。

她找出跟设计师借的手袋，告诉雅各布该放什么东西进去：一些现金、信用卡、护唇膏，还有她的相机。她真的想带上她的相机吗？

换作其他任何情况，她当然都会想带。她筹划近乎两年的电影，今晚可是它的红毯首映，她当然想要用相片捕捉这场盛会。

但是，一切都变了。她不再真的在乎，电影首映会变成她人生次要的事，只是挡在她和休息之间的一个障碍。然后在先前的人生——在昨天之前的人生——这却是一个值得庆祝的时刻，所以未来的六个小时，就扮演好角色吧！微笑、神情亲切、热切地和人们谈话，表现得像是自己非常骄傲能亲临现场般。

她套上银色的高跟鞋，雅各布将那珍珠白的水钻手包递给她。

他赞许地点点头："我得说，我真是佩服你能够这么快就变身。"

她微笑："是吧，必要时我还是办得到的。"

但是，其中没有喜悦，没有兴奋，只有一股焦虑。

雅各布陪她走到外面的黑色出租车旁，她坐上车，而司机早就知道要送她去哪里，她只是默默看着泰晤士河、西敏寺和伦敦眼——掠过车窗。

下了出租车后，她直接走进莱斯特广场，那里已有一大群人聚集等候首映典礼，希望能见到一线明星。

在这群争先恐后的推挤群众中，她自觉身上的白长袍和银色高跟鞋显得有点可笑。周遭的人们开始盯着她。别再看我了，我是小人物。

她一直低着头，努力翻找手机想打给史蒂芬。

几秒钟后，他就大步走过来了，高大、黝黑、帅气，在那身小礼服中显得恰到好处，他领着她走到红毯入口。

他问她是否安好，她含糊应了几句，而周遭尽是竭力高喊的群众。她对围栏旁的保安人员亮出邀请卡，他挥手让他们通过，现在，他们站上了红毯。

她内心兴起了一股焦虑和反胃感，她只想去一个宁静、安全祥和的地方，但现在身处的地方却正相反。他们在红毯上几乎无法移动，因为记者在红毯的另一头对着明星猛拍照，而耽搁了行进。

所以他们必须站在这里，待在红毯两旁的众目睽睽之下。

史蒂芬看着她问："你还好吗？"

她点点头，但这和事实完全背道而驰。她还没跟史蒂芬说过她在贝尔法斯特的遭遇，而现在也不是透露的好时机。毕竟不能在红毯上，让注视他们的每个人有这样的想法：受邀参加首映会的这些魅力人士到底是什么人，他们怎么没微笑呀？

他们应该微笑，她应该微笑。

她让嘴角上扬，只能尽力做到这样。但是她没办法看着任何人，不然就会哭出来，所以她只是往前直视。

她勾着史蒂芬的手臂来稳住自己，在周遭人群的大声呐喊以及混乱造成反胃的状况下，她不可能蹬着这双高跟鞋支撑太久。

他们沿着红毯慢慢往前进，有人宣布了事项，摄影师的灯光闪个不停。

拜托不要将相机转向这边，拜托不要。我们是小人物，我们不是你们想要拍摄的人，我们不在这里。

他们几乎到了红毯的另一头，再走几米，他们就可以逃进戏院。

只是他们的公关人员妮夏出现在身前。

"亲爱的，你看起来漂亮极了，这件礼服是哪里来的？"

她挤出一个笑容，绞尽脑汁想要想起设计师，努力从湮没遗忘中捞出名字。

"真是太美了，我们可不可以为你们两人拍几张红毯照？"

当真的吗？没这个必要……我们又不是名人。

"哦，来吧，别傻了。我们很愿意的，拍几张照片又无伤大雅。"

然后，她和史蒂芬就被推到赞助商的标志前面，然后摄影师蹲下来，准备取景拍照。

"太美了，微笑！"

她满脑子只想到瘀青……她的瘀青……看得出来吗？她设法强迫自己的嘴巴挤出微笑，露出牙齿，摆出一副开心和骄傲的样子。闪闪闪，这些人是谁？闪闪闪。世界在她周围亮起一片白炽，她几乎看不见任何东西。

她不知道自己该怎么撑过这个晚上。

\*

那天晚上，他睡在盖瑞的床上。盖瑞在他身边呼呼大睡，而他像是过了好几个世纪才入睡。他还是不断想着自己陷入的烂摊子。

要是他把实情全都告诉老爸，会怎样呢？

每一件事，不只是嗑药、偷窃，还有他以前在都柏林、在幽谷森林公园以及其他地方硬上的所有女孩。

但是，那只会让老爸更加生气，更加用力痛扁他。

不，只说一些事就好，够让老爸帮他脱身就好，只是老爸真的会在乎他吗？

他想到老爸总是对麦可带回来的那些色情杂志皱眉头，但是看看他跟老妈有了多少孩子，而现在她又远在都柏林，老爸必定不时也需要发泄一下。

老爸一定多少能了解的。

身边的盖瑞咕哝了几声，翻过身子继续沉浸在不知何处的梦乡。

幸运的白痴，有房子，房子里还有自来水、闪亮的大电视，妈妈还会替他弄早餐，他自己还有好工作。根本不会有人雇用他和麦可，不幸的史威尼一家人。

或许，他可以直接逃出这里，他看到了盖瑞的皮夹，就在他扔在地板上的牛仔裤口袋里。一定还有一些现金放在厨房的什么地方。哦，多诺霍太太，你都把私房钱藏在哪里呀？多诺霍太太，这件事我自己来就好，非常感谢你的早餐和祷告。

他需要多少钱才能南下？客运票至少要多少？十英镑？

他一定可以在这里搜刮到足够的钱，然后趁着三更半夜走到客运站，再搭一早的公交车去都柏林。他越想越兴奋，逃避法律，到处潜逃，自行其道，真正的漂旅人不正是这样吗，对吧？而不是像这样住社会住宅、付账单、遵守法律等。

"老天，钱宁，你能不能不要再抖你的该死的脚了？"

他压抑住笑声，原来他一直在抖脚，却完全没注意到。

"给我好好等到早上吧！"盖瑞说，说完继续倒头就睡。

没错，没错，好好等到早上。

他叹了一口气，转过身背对盖瑞，现在他就在黑暗中面对墙壁等待着。

*

星期一上午，电话铃声吵醒了她。

她穿着睡衣，还窝在首映会结束后，她就累倒瘫着的沙发上。茶几上放着熏香烛，这些扁平的圆形白色蜡烛全燃烧光了。

她的手机在蜡烛旁边震动出声，但当她伸手准备接听时，扭伤却变得难以忍受。她缩着身体，努力将手机拿过来。

她不认识这个号码。

她心中闪现出一种令人慌乱的可能性：万一是记者怎么办？万一是他怎么办？

但万一这是很重要的电话呢？

手机还是响个不停，她咬紧牙关。

"喂？"

"嗨，我是尼克·桑莫斯警官，隶属伦敦警察厅蓝宝石课[①]。抱歉一大早就打给你，但北爱尔兰警方把你的电话号码转给我了。"

当然，警察会追踪她到伦敦。

他们还需要多拍几张她瘀伤的照片，现在已经过了几天，瘀伤颜色变深，会比较容易拍。桑莫斯警官可以过来接她，送她到沃尔沃思的警局，中午的时候可以吗？

她想了一会儿，她今天早上得去看性病照护门诊。

---

① 蓝宝石课（Sapphire Unit），伦敦警方专门处理性侵案件的单位。

最后约在下午一点，她可以带友人同行吗？

她挂断电话，躲在被子底下。她完全不想离开屋子，但是她办得到，再拍更多照片，就是这样，更多照片。

和她合租公寓的室友荷西走进厨房，这是她回来后第一次碰到他。他细细端详她，显然不知道该说什么，不过他还是尽力而为。

"你还好吗？"

"还好。"她说，"嗯，显然不是很好，但还好，我回来了，我在这里。"

他们聊了几分钟，回避了强奸的直接话题，只说她昨天的班机、首映会，还有他的周末。

"可有……可有任何我能为你做的事？"荷西问。

"事实上的确有，你今天下午可以陪我去一趟警局吗？"

"当然没问题。"荷西点点头，但她看得出来他有点迟疑。

迟疑，就像昨晚在她终于说明了事情经过后，史蒂芬所出现的态度。最近大家似乎在她身边都显得迟疑，只除了警方。至少，他们似乎很清楚要做什么，毫不迟疑。

\*

到了沃尔沃思警局，桑莫斯警官领着她走进摄影室。

这是一间空荡荡、毫无生气的房间，除了那一大面的弧形白色背景幕外，大部分是深色的。场上已架好一台颇为讲究的摄影机，也布置好闪光灯配件。

桑莫斯警官走出去，留下一名亲切的女性摄影师。

她可介意脱掉衣服？看看瘀伤现在的状况。

哦，老天，看起来真不错，颜色好深。蓝紫色衬着她蜡黄的皮肤，比之前显得更为暴力，更为可怕。

她可介意这样站？还有那样站？

闪，闪，闪，闪。

她心想，别再拍了。拜托，让我隐形吧。

现在，她可以穿上衣服了。很好，她表现得很好。再会，请好好照顾自己。

她回到警车上，桑莫斯一路说着话，而荷西默默地尴尬坐着。不知为何，他觉得需要穿西装打领带陪她来警局。她并不介意这一点，只希望荷西可以说些话，可以尝试加入对话。

起码桑莫斯还提供了一连串有用的忠告，她看过医生了吗？是否做过所有必要的性传染病检验了？如果还没有，她应该打电话给性暴力庇护中心，对于性侵被害人所需的各种治疗，那里都非常擅长，有点像是一站购足的商店。

是，她今天早上留信息给他们了，但还没接到回复。

他确信他们一定会回电，她接受过暴露后预防投药（PEP）了吗？

然后，她想起了费蓝医生那天晚上对她说的事，PEP对抗艾滋病毒非常有效，但需要在暴露后七十二小时内施行。现在已过了多久？

她看了一下手表，试着计算过了几小时，但最近她很难估计数字，恐慌再度涌现。

她问警官，她要怎么接受PEP。

哦，性暴力庇护中心可以替她解决。

好，因为七十二小时快到了。

仿佛她的压力还不够，她居然想象出一个滴滴答答倒着走的时钟，就好像描述传染病大爆发后，全世界都染病的那些电影一样。要是她被感染了呢？要是这就是强奸她的男孩所留下的最后礼物呢？

桑莫斯让他们下车之后，她想起费蓝医生交给她的一张手写便笺，要她带到医疗检查单位：该女子为性侵受害人，已进行验伤采证，请确保她接受包括 PEP 在内的性传染病检验和治疗。

星期六晚上去皇家维多利亚医院时，她怎么可以完全忘掉这张便笺？还有今天早上去性病照护门诊时也一样？她怎么可以忘掉这么重要的便笺。

或许她真的快疯了，她的脑袋似乎出现了许多大洞，流光了所有基本信息和关键事实。她好担心这件事，要是她不能仰赖自己，那她还能仰赖谁？

\*

老爸的拳头正中他的下巴，但不像他预期的那样猛，老爸必定是老了吧。

不过，还是好痛，他的老朋友又出现了。他的脑袋轰隆隆作响，嗨，疼痛先生，欢迎回来。

砰！狠狠的另一拳，右钩拳打中他的头颅侧边。

挥得好，老爸。

另一个声音说：钱宁，你非得像白痴一样躺在这里吗？

但别无他法，这时候已不可能逃开老爸的拳头。

现在是肚子，老爸！往我肚子上打一拳，打爆我。他可以轻易预料老爸的下一步，就是这里！

不过老爸放弃了，那个懦夫。

老爸弯下腰，双手放在膝盖上，努力调整呼吸。

就这样？

他从地上爬起来，挺起身子朝着老爸的胸口踢了一脚。

老爸看着他，这才是他认识的米克。老爸直接冲向他，他站稳脚步、握好拳头，但他不是闻名的米克·史威尼的对手。砰！如他所料，正中肚子。

他被打得四脚朝天，老爸漫不经心地朝他的肋骨补上最后一脚。

他躺在地上，而老爸的脚就直接踩在他的蛋蛋上。

"小子，我应该直接踩碎你的卵蛋。"

他爆笑出声，他妈的，肋骨好痛。

老爸倒没有笑："你这满嘴鬼话的笨蛋，有什么好笑的？"

来呀，踩碎他的蛋蛋，史威尼就后继无人了。米克，抱歉，你的血脉断了，就在你踢掉你儿子的睾丸时发生的。他几乎笑到要尖叫了。

老爸又踢了他的身侧："你这笨蛋，给我闭嘴，没什么好笑的。"

哦，但是好好笑，要命的歇斯底里。

老爸弯下腰，用他该死的手捂住他的嘴巴："闭嘴，不然我就亲自把你交给条子。"

现在，他闭嘴了。

经过几分钟的沉默之后，老爸舒展手臂，然后坐在那张破烂的沙发上，狠狠瞪着他。

他用手肘撑起身体，痛得缩了缩。他东张西望，老爸可真是选了一个好地点。这是城里他比较不熟的区域，他们在某个肮脏的车库里，浓厚的汽油味令他作呕，看来这里必定是老爸用来存放他见鬼的废金属的地方。

他想要起身，却被疼痛打倒在地。老爸走过来，伸手抓住他的手臂，把他甩向沙发，然后坐到他身边。

"你他妈的干吗这么做？"他问。

"做什么？"

老爸朝他的左脸捆了一巴掌："你再说！你这白痴，你为什么要硬上那个女孩？"

他好想大笑："因为她是个马子，而且就她一个人。"

"哦，是这样吗？你只需要这样的理由？"

他耸耸肩。

老爸继续追问："等你上法院时，这样的理由可不够。"

"谁说我会上法院？"

"我说你要去找条子。"老爸平静地冷冷说道，像是利刃划过，不带平时暴躁的怒气。

他再度大笑："我才不要去找什么该死的条子。"

老爸这次用头撞他。砰！额头碰额头，再次用手钳制住他的嘴巴："给我听着，你去自首，没别的路可走了。你有听到吗？有人打电话举报了，就快有人找上门了。"

他的脸挣脱老爸的手。

"你真是爱说笑。"他说，"谁会去举报？"

"钱宁，我可没在说笑。我们是在西贝尔法斯特，不是只有条子，你以为我们周遭的定居人士经历这几年，会不知道他们附近的一举一动吗？"

他探探嘴巴里面，感觉好像有一颗牙齿被打松了，不过因为整个下巴又肿又麻，所以也不太确定。他的手指沾满了血，他啐了一口。

"强奸可是该死的严重，你想你妈知道后会怎么想？"

"你还真关心妈妈呀！你一直揍她呢。"

他的头又被撞了一下，但他早料到会有这一记。

"你就是要我这么做吗？你只希望我去自首？对，新教徒长官，请逮捕我。我们这些漂旅人男孩都是人渣。"

"谢谢你，现在在他们全这么想了，你听听新闻就知道了。"

"让他们去死！"他吐出嘴里混着口水的鲜血，它落在水泥地上变成了一摊暗红。

他们又这样子坐了一会儿。

"你真的做了？"老爸问他。

"我上了她。"事到如今，他真希望自己没有，那时的兴奋感已从记忆中逐渐消退。

"我问的不是这个。"老爸说，"你有强奸她吗？"

他耸耸肩："这有什么差别？我有跟她打炮，她看起来也蛮喜欢的。"

老爸狠狠瞪着他："条子说她身上有一大堆瘀伤。"

"或许她喜欢粗暴的风格。"

有那么一瞬间，老爸像是又要痛扁他一顿，但是没有。"如果你认为她也想要，那么或许你就有理由为自己辩护了。你应该自首，这样才不像有罪。"

"当然，她可是该死的想要。"

"因为你是了不起的情圣吗？你这小混蛋。"现在换成老爸大笑了。

"她说她不会告诉别人的。"

"真的吗？"老爸好奇地对他扬扬眉毛，"或许你应该学会好好管管你的女人。"

就在现下，就在这个时刻，老爸成了全天下他最痛恨的人。真希望老爸死翘翘，就坐在这张沙发上，就在他身边，立刻挂掉。

但是，老爸却站起来转向他，仍是那种说教的语气："你可知道强奸案会让你关多久？"

"多久？两年？三年？"

老爸哼了一声："会有十年，甚至更久。钱宁，你才十五岁，等你出来就已经是大人了。"

十年？他妈的绝对不可能。他的心中一阵紧揪，他立刻从沙发上跳起来，抓住老爸。

"爸，去你的。我才不要坐牢，我又没做错事！"

老爸把他推到墙边，双手掐住他的肩膀："是哦，但贝尔法斯特所有人都觉得你有错，所以你最好亲自好好解释一下。"

十年，他心想，在铁栏杆里面被关上该死的十年，他做不到，他宁可死掉算了。

他哭了起来，这真的发生了吗？这他妈丢脸的眼泪和鼻涕，简直就跟妈妈每次哭的时候，就跟克莱儿和那个宝宝，以及他硬上的那些愚蠢的年轻女孩一样。他才没有哭，他不能哭，他不像她们。

老爸用力打了他一巴掌。

"不准哭，你给我解释清楚。"

解释什么？

"听着，我嗑药嗑蒙了，不知道发生了什么事，她像是也想要。我没做错事，附近没有人，也没有人看到我们。"

"你有打她吗？"

"对，当然，只有一下下。"

十年，该死的整整一辈子。

"爸，你一定要把我从这里弄出去。"

老爸在思考，这从来就不是老爸最擅长的事，但是看得出来老爸的脑袋在转动，只是非常缓慢生疏。转呀转，转呀转，老爸，快点，把我弄出这里。

"盖瑞说，我只要越过边界就可以了。送我南下到妈妈那边，我可以躲在她那边，或是去戈尔韦随便找你的一个姐妹。"

老爸，别让我失望。

"如果你可以送我出国界，我发誓，我不会再打扰你。我会乖乖的，我会自己照顾自己。"

但是老爸摇摇头，他放手了，然后举高双手仿佛自己没辙了。

"不，钱宁，我受够了，你去自首。"

真是太令人震惊了，他那糟糕的亲生老爸要把他交给条子。

然后，他失控了。他尖叫、嘶吼、发怒、又抓又咬、拳打脚踢，见到东西就踢，所有东西，可以发泄的所有东西，直到他的身体再次感受到老爸的双手。只是这一次，老爸没有揍他，只是抓住他，制止他的行动。他挣扎着想要脱身，但是老爸又用头撞他，又踢他的胯下，逼得他靠着墙壁，鼻子贴近一面生锈的钢板。

老爸的手肘压制着他的背部，那愚蠢的粗哑声音传进他的耳朵。

"钱宁，你听好，已经太迟了，你造的孽就要自己承担。"

"麦可呢？麦可在哪里？"他才不会像老爸这样背叛他。

"该死的别再想麦可的事了，这是你的事。你逃走的话，就像有罪。但是自首的话，就比较有好机会。"

"我没做错事。"

老爸转正他的身子，牢牢看着他："你确定？"

"对。"

"那么去跟警察说，看他们相不相信你。"

老爸转身走开，走到车库的另一侧。

他感觉到泪水滑下脸庞，他好想冲出这恶臭的车库，尽可能跑得远远的。但是他好累，太累了，他的肋骨、他的头、他的脚等所有老爸招呼过的地方都好痛。他只能滑下来，瘫坐在地上。他的头埋在臂弯里，精疲力竭地痛哭。他只想好好睡个觉。

星期一下午，她坐在电脑前，感觉整个人像是起了船锚，手无桨橹，被放进一个见不到地平线的灰色湖泊里漂移，远离正常人生的岸边，越漂越远。眼前只有这一片广阔的单调灰色，见不到其他人。

娜塔莉亚还在工作，荷西刚出去一会儿。她知道这整个情况让他们非常抓狂，但她又能怎么样？她又不能变成"不被强奸"，每一次她出门，都必须假装一切正常。至少在这里，在这个公寓里，她用不着假装。她可以就这么在这灰色的湖面上伸展身子，随波逐流。

这间公寓最引以为傲的就是拥有可眺望泰晤士河的落地窗，这是他们三人都愿意支付的奢华，河景增添了一种宁静的感觉。现在，她很感激这片景色，也同样感谢让她过去的两天比较容易度过的任何小事，像是警方的友好态度、可以仰赖的朋友，还有体谅她的老板。

她坐在大家共享的 IKEA 工作桌前，心不在焉地浏览工作上的电子邮件。一如往常，又积了一堆，她知道以自己现在的心思绝对没办法处理电视转播合约的精细要点。

她开始回信给转播合约的接洽人。

亲爱的杰夫：

很抱歉，只是这个周末我遭人攻击，被强奸了，你能不能暂时先找我的同事蓓卡来处理这件事？

她按下发送键，心想是不是应该包装一下这个回复。但是何必？这是事实呀，又不是意外，而是有人强奸她了。

她暂且处理好工作邮件了，它们只是让她的头更痛。

芭芭拉和北爱尔兰警方提过，这件事似乎有媒体报道，所以，出于好奇，即使知道自己可能会后悔，她还是在谷歌中敲下：强奸、幽谷、西贝尔法斯特等关键词。

顿时跳出 BBC 新闻网、《贝尔法斯特电讯报》、《爱尔兰新闻》、UTV①、路透社等搜寻结果。

她讶异地发现居然有这么多的网络报道。

华人观光客在西贝尔法斯特被强奸。

外国女子在公园遭到性侵。

华人学生被性侵。

她看着这些标题，感觉到一种迷茫的疏离感。华人观光客？媒体就是这么描述她的吗？

警方仍在追查周六午后在西贝尔法斯特的幽谷森林公园，涉嫌强奸一名华人观光客的青少年……

为何他们要这么强调她的华人身份？

BBC 的网站放了一张公园入口的照片，她想起自己走进公园大门，准备开始健行时，这处入口沐浴在明亮的午后阳光下的情景，一阵反胃涌上心头。

另一个网站的照片呈现出森林一个区块被熟悉的警方黄胶带封锁了，反胃感再度袭上，她关掉这个网站。

但是，她身上那股疏离的好奇心，仍想知道更多；她脑袋中的记忆区域只想吞噬更多真相，登记更多资料、更多报道。

几件无关联的事件组合成横扫西贝尔法斯特的一波暴力行动。

---

① 前身为阿尔斯特电视公司（Ulster Television），是北爱尔兰的商业电视台。

在幽谷森林公园，一名外国女性被一名青少年拖进灌木区强奸。在亚多宁路，三名男子因飞车追逐和枪战遭到逮捕。在克伦林路，一名男性在意图抢劫的事件中被刺伤。

她到底着了什么魔，居然会去贝尔法斯特？

浏览 UTV 的新闻时，她发现一个让她思绪紊乱的消息。

这性侵事件发生的日子，与四年前，在幽谷森林公园附近发现十六岁少女约瑟芬·麦柯里的尸体是同一天。麦柯里夜出未归后失踪，两天后发现了她的尸体。她遭受性侵，死于严重的头部伤势。

她的喉咙紧缩。

如果哭得出来，她现在就会哭出声，但她早已流干了所有眼泪。

想到离她本人被强奸的地方不远处，曾有一个少女的尸体被粗暴地丢弃，身体被强压在地上，头发沾上了尘土，伤口暴露在石子和泥土里，她就浑身颤抖，或许还感觉到和那浑身瘀伤、遭到强奸的女性灵魂有了一种奇异的交流。要是她可以和约瑟芬·麦柯里的灵魂谈话，她会说什么？为何你死了，而我却活了？如果她现在这种没有情绪的生活还算是活着的话。

在阿尔斯特电台的网站，她注意到那天稍早的一个晨间谈话节目以她的强奸案为主题。她点击了链接，带有明显贝尔法斯特口音的声音涌向她。

"……哎，幽谷森林公园周末传出女性观光客遭到强奸，这真是令人震惊的新闻。"

"没错，你能相信？这太可怕，真是太可怕了。"

"的确，正如你可能已经知道的，这不是那公园第一次出现的犯罪行为……"

他们提到麦柯里事件，并且欢迎住在那片区域的听众拨打热线，一起分享对这一犯罪事件的看法和意见。

一名男性拨通电话，他以愤怒的语气说："那个公园……需要被清理！不管白天还是晚上，都可以见到那些年轻小伙子在那里吵闹、喝酒、嗑药等诸如此类的事，这种事注定会发生……"

电台主持人换上严肃的口吻："现在，我们有一个非常特别的热线听众。她就在线，她是约瑟芬·麦柯里的妈妈安·麦柯里。当然，我们完全无法想象在失去女儿之后，你经历了怎样的伤痛。但是，如果可以的话，告诉我们，听到最近这条观光客遭性侵的新闻，你现在的脑海里有怎样的想法？"

一阵停顿后，传来清喉咙的声音，她竭力想要听清楚那边传来的微弱声音。她想象出一个脸上过早出现皱纹，双手交叠握着茶杯的女性。句子慢慢说出口，但伴随着浓厚的劳工阶级口音，几乎难以听懂。

"就是……震惊，绝对的震惊，这又让所有往事重现了……"

电台主持人说了更多表示同情的陈词滥调，安·麦柯里简短地叙述了她女儿的事件。约瑟芬没说要去哪里就出门了，没说要去那公园附近的地方，或许他们事后将她带到了那里。她没有一天不想她家的小芬，而施暴者一直没被抓到。

"你对最近这个事件有什么想法？"

安·麦柯里叹了一口气："哎，我非常同情那个瘦小的华人女孩，很遗憾，她居然得见识贝尔法斯特的这一面。那可怜的女孩，她的人生现在已经毁了。"

听到这段话时，她中止了收听。她知道她应该觉得这女人流露的同情牵动了她的心，但是，这女人又不认识她。

瘦小的华人女孩，她真想大笑。

他们听到这个新闻时，就是这样想象的吗？破英文和华人口音？在泥地中瑟缩的无助女孩？

而且，他们怎么敢宣告她的人生已经毁了？她内心悄悄燃起了一股无声的怒火。

和安·麦柯里的对话结束了，电台主持人宣布了另一个特别来宾：贝尔法斯特的市长乔治·鲍尔斯。他带着流畅又自信的政客口吻，以冷静自制伪装其对事实的肤浅粉饰。

"我们非常努力抑制贝尔法斯特的犯罪率，多年来已有明确的改善，但偶尔还是会有像这样子的不幸事件发生。"

电台主持人向他抛出了一些难缠的问题，选举就要到了，强奸犯仍逍遥法外，贝尔法斯特的街道到底有多安全？

鲍尔斯流畅地说了更多的虚饰之词："贝尔法斯特仍是个安全的城市，让北爱尔兰警方做好他们的工作——"

"你可有这年轻女孩的任何消息？她还好吗？"

"我从各渠道得知，她已经返家，在逐渐康复之中。我做了一些尝试，希望联系上她，今天稍后就可以跟她说上话。"

他可有任何线索知道我人在哪里吗？

她关上电台。就她所知，贝尔法斯特的市长绝对不会试图来安慰她，但是在公开电台上，这样听起来当然显得崇高伟大。

她退出阿尔斯特电台的网站，望着泰晤士河起伏不定的河面。在贝尔法斯特的那些人，以她的困境做新闻和评论，他们可曾想到她可能会从她在伦敦的公寓收听到一切？

或者在他们心中，她只是个没有名字的面孔？一个成了数据的华人女孩？缺少自我、个人特色，只是一个空容器供他们投射他们对"强奸被害人"所预想的观念。

然而，讽刺的是，她感觉在这几天之中，她已经变成了这样的空容器——空虚、缺乏精神和实质。或许她将永远漂浮在这片灰色的湖面上，或许她将永远无法再放下她的船锚。

＊

那天之后醒来，他发现自己已不在车库。真是谢天谢地，那里的柴油味都快呛死他了，或许他就是这样才晕过去的。

他躺在一张脆弱的折叠行军床上，这是一间小屋，就是房子后院那种便宜的搭建。这是罗里叔叔的家。

外头下着雨，雨水滴滴答答打在玻璃上。灰暗的白昼，他浑身发疼。

罗里叔叔拿着一杯茶，出现在他眼前。

"午安。"他说。

"我爸在哪里？"

"他出去了，他得去照料一些工作，他说你需要在这里休息一下。"

老爸，去你的。他的头好痛，他让头回到枕头上，仰头看着雨滴打在屋顶上。

"小子，你可让自己蹚了个大麻烦。"

罗里叔叔，你可让自己的脑袋变聪明了。

罗里递给他那杯冷掉了的茶，他一口喝光。不知从哪里传来小孩子叽叽喳喳的声音，还有煮晚餐的香味。他的肚子又开始咕噜咕噜叫。

"你要吃点东西吗？"

几分钟后，泰瑞莎婶婶就端着一碗热腾腾的食物出现了，并转手交给罗里叔叔。他心想自己是不是该说点什么，但是当他对上她的目光时，她的嘴巴绷得紧紧的，眼神冷峻，直接转身进屋。

真是热情的欢迎呀！

他才不在乎。他狼吞虎咽地扒光这碗炖食，速度快到来不及烫到舌头。该死的泰瑞莎婶婶，尾巴都翘上天了！罗里叔叔咕咕

181

哝哝和他闲扯，说儿子都去英国了，而小珍妮快结婚了……

他吃完炖食了，又把汤匙舔得干干净净。

"你知道麦可在哪里吗？"

罗里停住了他的喋喋不休："小子，向来很难找到你哥哥的人。"

"的确是这样。"

"但是听着，我们已经放出风声说要找他。他知道发生了什么事，知道你在自首前会想先见他一面。"

听到这些话，他的内心又开始翻搅。

自首，那么这已经决定好了，是吗？

罗里小声嘀咕说着什么冲个热水澡，他先去替他拿毛巾，马上回来，然后就离开了。

他像个白痴一样坐在那里，听着雨水滴滴答答打下来。一只狗一路嗅着进入房间，它没有咆哮咬人，只是一直用鼻子嗅闻着他。

他伸出手，抚摸这条狗。狗儿没有移动，最后还坐了下来，把头放在他的膝盖上。

他脸上浮现微笑，就这么一次，友善者出现了，来者并不在乎他做出了什么事。

\*

星期一晚上，她再次和姐姐通电话。瑟琳娜已经和她的法律事务所说好，准备休几天假。从旧金山过来的机票意外的便宜，她已订好星期四上午抵达伦敦的航班。这样可好？她可以待到星期二。

应该没问题，何况她除了看医生、跟警方通电话外，也没有其他计划。

她的手指翻过她的手账，以前，只要少了手账，她就没办法好好过日子。每一年，她总会找一本 A5 大小、附有每周计划表，整体上显得周密的精装本手账。旅行行程会提前好几个星期用大字标示出来。巴黎。柏林。她看着上星期她用格子框起的行程：贝尔法斯特。然后是星期日晚上：首映会。

看来不是一切都能按照计划进行的。

翻着日期还没到的页面，她见到提前几星期就用铅笔写上的社交活动和电影放映日，以及某人的生日、另一人的订婚派对，跟这人午餐，跟那人可能要喝咖啡。

她拿了一支笔，在未来几个星期的页面上画了一个大大的 ×。看到这些计划了吗？你现在可以全部忘光光了。

在另一个平行宇宙中，未被强奸的她可能会继续所有这些行程。充满野心、善于交际，带着她一度拥有的活力往前冲。

但是，在这个现实中，她的人生成了一片空白的板子。

从现在开始，她的生活只局限在这个公寓里，以及前往杂货店或看医生等少数胆怯的尝试行动。不过几天，就从工作忙碌的专业人士变成社交隐居者，能这么快速改变真叫人惊奇。


她猜想自己应该告诉朋友自己的遭遇，为变得反社会编造借口毫无必要。如果她的人生已如此剧烈改变，那么人们就需要知道。

她打开谷歌邮箱，点击"撰写"。


亲爱的朋友们：

很抱歉，我要告诉大家一个坏消息，只是上个周末，我遭遇到一件非常严重的事。当我在午后时分到西贝尔法斯特的一个公园健行时，被一个陌生人跟踪，对方后来袭击我，并且强奸我。

她向来文思无碍，这些字几乎是机械式地出现了，像是来自一个高度理性的内在听写机器。对，亲爱的朋友，我应该告诉你们这个故事……我不应该戏剧化或过度情绪化。

对她来说，这是非常重要的，要以坦率的态度传达事实，同时又表明非常感激任何的协助和支持。她有种像是站在无底峡谷边缘的感觉，唯一可以横越峡谷的方式，就是寄希望于朋友的帮助。

所以她用真诚的黯然语气，写了简洁的几段文字。现在，要寄给谁呢？

有些名字显而易见——亲密的大学友人、伦敦的好友，还有谁呢？

她看着她的联系人名单，慢慢思考，最后选了二十个名字。有些是在伦敦，其他是在纽约、旧金山、芝加哥。当然有芭芭拉，还有瑟琳娜、玛莉莎、珍、目前的室友、已成了好友的前室友、大学时的男朋友，这是她觉得可以向他们完全坦白，且表现出脆弱一面的二十个人。

脆弱，现在这对她真是一种全新的感受。

她再细看了一次电子邮件，就按了"发送"键。

送出去了，送到朋友手中了，没办法收回了。她关上电脑，再一次看着她的手账。可见的未来是一片空白，接下来也是。

睡觉的时间到了，她思忖自己今晚是否有办法睡着。

\*

星期二一整天，他只能和凯弗、马丁一起看电视，没办法离开罗里叔叔的家。

做得好，老爸，在你把我交给条子前，先让我身上被你揍的瘀伤痊愈，才不会让他们以为你是个家暴老爸之类的。

电视上，出现一些想买新家的人，一个家伙就带他们到处看："哦，这个公寓既现代又有潜力……就在泰坦尼克区附近，是贝尔法斯特的新兴地区……五年内，价格可会涨翻天。"

想到存了一辈子的钱，就为了把自己困进四堵墙里面，这些人到底有什么毛病呀！

大约到了午餐时间，BBC电视台播放了新闻。鲜红的背景，叽叽喳喳的主播，他真想往他们脸上挥一拳。然后，就在那里……出现了他的新闻。

"警方仍持续搜查上星期六在西贝尔法斯特的幽谷森林公园，对美国观光客暴力性侵的强奸嫌犯，目前调查工作已进入第四天。"

他看到屏幕上出现那座公园，黄色的警方封锁胶带标示出那一处林地和田野，警犬到处嗅闻。

狗狗，你们可要更努力地闻呀。

如果他们有转移镜头，就会捕捉到车屋的画面。那是他的家，想到他家的车屋——他和老爸、麦可一起住过的车屋——就会扯动他心中某种奇特的感觉。他永远没法回到那边了，不能再以同样的方式，不能再拥有露天尿尿时把全世界收入眼底的景色了。不，现在他要假装自己不在这里，并没有偷偷躲在泰瑞莎姊姊家这个鬼屋檐下。

"已有几名证人现身，根据他们提供的证据，警方表示，目前已找出一个可能的嫌犯，且正在调查他的行踪。"

凯弗望着他，但他绷紧下巴，不愿往前细想，不愿想到他去自首后的遭遇。另一个屋顶，更多墙壁，还有大门关上的金属声。

不，去他的。他打着哆嗦，更加用力地搔抓他的瘀伤。

好了，这是怎么回事？该死的杰瑞·亚当斯 [1] 出现在屏幕上，对着摄影机说话。

"听到那位美国女性在我们贝尔法斯特的这个区域遭受那样悲剧的攻击，我们都非常震惊、哀伤。任何女性都不该遭到那样的攻击，当然任何外国人在造访我们邻近区域时也同样如此。为了表示支持，我们这周末将在幽谷森林公园为她筹办一个烛光祝祷。请在这个星期六下午两点过来加入我们，为她在努力寻求正义的艰苦时刻，展示我们的团结和支持。"

哦，真是够了。

凯弗扬了扬眉毛，但什么话也没说。杰瑞·亚当斯，现在这可严重了。

"凯弗！他妈的，杰瑞·亚当斯总是不断对这对那乱放炮。"

他关掉电视，然后把遥控器丢进沙发的坐垫。

简直像那女人理应得到烛光祝祷，她当时可是准备好了的。

别担心，我不会告诉别人的。

说谎的贱人。

那他的烛光祝祷在哪里？

他们只想看到他被活捉，这就是他们想要的，是哦，他们也可以全都去死。

他把凯弗留在房间，走进房子后面的小屋。那只狗到哪里去了？他希望它在这里，这样他就可以坐下来，抚摸它毛茸茸的肚子。但是，马丁刚带它去散步了，所以他只能等着他们回来。

连该死的狗都可以出去，对，连那该死的狗。

---

① 杰瑞·亚当斯（Gerry Adams），出身于贝尔法斯特的爱尔兰知名政治家，北爱尔兰和平进程的重要人士。

*

性暴力庇护中心一直没有回电，现在已经是星期二下午一点钟，她开始担心了。性侵后的七十二小时内，那是什么时候发生的？星期六下午两点？那截止时间是今天下午两点。

她一直等着庇护中心打来电话，但电话始终没来。

到了下午三点，她知道自己必须亲自采取行动了。七十二小时的期限有多严格？当然，PEP在七十五小时内施行，对于防治艾滋病毒还是有一定功效的，对吧？

她对这些事一无所知，也没有人可以询问。她试着拨电话给昨天去的性照护门诊，但是他们似乎不太熟悉PEP。他们要她在线等候，然后转接给一两位工作人员，她第三次解释，她星期六被强奸，昨天去过门诊，但是忘了询问PEP的事。他们有施行这样的投药吗？

最后终于有一名工作人员解释说他们没有这样的处置，但另一家性照护门诊可能有，可以试试圣托马斯医院的莉莉门诊。她继续追问，他们可有那里的电话？

不，他们没有。

她在网络上搜寻了性照护门诊，其中有特别针对同志族群的门诊，不必预约，还有一些只收治男性病患。

至于被强奸的受害人，搜寻结果总是链接到性暴力庇护中心。但是她已经一次又一次拨打电话，却只是一直转接到语音信箱。

她的头开始阵阵抽痛。

她考虑放弃搜寻，放弃这场白费心力和时间的赛跑，爬回被窝里。接受命运已经交付给她的任何事物，如果那男孩有艾滋病毒，那就这样吧。

但是，这种无助只是一个短暂的幻想，她内心深处知道，自己不会就这么轻易放弃。

又打了一通电话，又解释了一次她的状况，而这一次，她联络上了莉莉门诊。

是，那护理师说，我们的确有施行PEP，但是今天的门诊很快就要结束了。

多快？

如果你可以四点半前过来，我可以确保你今天进行PEP。

她看看手表，现在是四点零五分，门诊在滑铁卢区，而她在沃克斯霍尔区。可以，她办得到，就走去公交车站，祈祷不会等太久。

她穿上牛仔裤、衬衫，再套上一件毛衣。

走到公寓大楼外时，熟悉的反胃感涌现。离开公寓的安全怀抱，外出来到户外成了一种威胁。广阔的天空似乎要吞没她，周遭这么多的光线、空气，让她觉得非常脆弱、毫无遮掩，任何事都可能出差错。

赶快去医院，赶快去医院，一到那里，你就可以轻松呼吸了。


到了莉莉门诊，那护理师果真信守承诺。她只等了十分钟，就被带到一个诊疗室，她在那里说明了自己的遭遇。

她再一次被要求躺在检查台上，将脚放在搁脚架上。自从星期六以来，这是她第三次必须准备接受鸭嘴钳。

门诊结束后，她终于拿到了她的药物。一个装满PEP药丸的大药瓶，以及缓解副作用的止泻药（loperamide）和止吐剂（domperidone）。

现在，她坐在她的客厅里，盯着PEP。它们是如此巨大的桃红色药丸，比她这一生所吞过的药丸都大。

她在掌心放了一颗，她盯住它，她究竟要怎么将这玩意儿吞下喉咙？

但是她没时间浪费了。从性侵事件到现在，已过了七十六小时。如果她现在不吃下 PEP，可能就太迟了。

所以她喝了一大口水，尝试吞下它。

她的呕吐反射发生了作用，药丸太大，她几乎将它吐出嘴外。

她又试了一下，然后再次作呕。

再一次。

在第四次尝试时，她吞下了药丸，她像是感觉到它戳着食道壁卡住了。她又喝了一大口水，按摩喉咙，就是那孩子十指紧掐的部位。她的喉咙那里有种奇异的疼痛感，很难说是舒适，药丸强行通过了。

但总算吞下了，它已进入她的体内，就让 PEP 发挥功效吧。

她试着分散自己的注意力，就开始漫无目的地翻看杂志。

不到二十分钟，副作用就出现了。突如其来的呕吐冲动攫获了她，她冲向浴室，跪在地板上，俯在一摊水上，等着口中逐渐聚积预警的口水。

如果她现在吐出来，就得重新吞药，所以她祈祷不会这样。她应该恪守每十二小时吃一颗，一天两颗，连吃四星期，但要是她每次吞药都得跑洗手间……这样可是难以忍受的。

但又能怎样？如果想要确保不会从强奸犯那里得到艾滋病毒，这就是必须付出的代价。

这是浮士德契约。当她恶心作呕，持续盯着马桶里平静无波的那摊水时，她凄凉无奈地得出了这个结论。

*

当老爸脚步蹒跚地走进来时，他仍坐在电视机前面。老爸难得没喝醉，还拿了一大堆手提袋，又不是该死的圣诞节，对吧？

这是自从昨天被毒打了一顿后，他第一次看到老爸。两人四目相视了好一会儿，老爸才闪身过去。

"罗里，给你添麻烦了，我带这些东西给你。"老爸把袋子递过去。罗里看了一下里面。

"老天，米克，你是把整家店都买下来了吗？"

老爸耸耸肩："我想说是最后一晚。"两人都转向他。"钱宁，呃，我们替你安排了欢送会。"

在你把我交出去之前，可真是伟大呀。

罗里和老爸全都走向他，给他一个拥抱，拍拍他的背。

"明天晚上我们来举办吧，盖瑞和你的哥儿们全都被邀请了，想好好替你送行。"

"那麦可呢？"他问。

罗里和老爸互看了一眼。老爸点点头："麦可会来的，我确定。"

"你现在就好好休息。"老爸说，手放在他的肩膀上，"让自己保持温暖舒适，就待在屋内吧。"

他再度兴起一股怒火，他拨开爸爸放在他肩上的手："什么，你是不是已经通知条子直接来这里抓我了？"

老爸回视他，神情突然变冷，罗里脸上的愚蠢笑容也消失了。

"钱宁，我们没报警，你现在先冷静下来。"

他恨恨地瞪着老爸，然后抓了一罐啤酒，坐回沙发。

\*

那封电子邮件发出之后，回信有如潮水般涌来。有些是立即直接的，女性同胞表达出震惊和同情之意，大多对强奸犯有着满腔怒火。有些字句比较仔细斟酌：如果你有任何需要……我真的不知道该说什么……

文字或许陈腔滥调，但她知道他们并不是虚情假意。在这样的时刻，陈腔滥调成了人们所能仰赖的事。

那个星期，她的三餐都是过来探望她的朋友煮的，他们以个人的拿手好菜作为支持她的行动，像蜜烤鲑鱼、辣味鸡丁、香蒜辣味菠菜意大利面。

她没办法出门，想到冒险进入餐厅后，叮叮当当的餐盘，陌生人的交谈，来自她不认识的男人的视线……这就足以让她浑身颤抖，变得更为内缩。为何还要再出门去？不，就留在家里吧。她可以穿着睡衣坐在沙发上，从落地窗后面的安全处所，看着天空从黎明微亮变成白天，再转暗进入夜晚。

和朋友在一起时，她很感激他们的陪伴，但也知道朋友每一次的造访都耗尽了她短缺的活力补给。他们来，他们煮东西，他们想要知道她好不好，而且最要紧的问题是，怎么会发生这种事？对方是认识的人吗？附近难道没有其他人吗？警方会追捕他吗？

她有如设定了自动驾驶，有如一个预先录制的应答服务，尽责地满足他们的好奇心。

"我只是去那个公园散步，这孩子就出现了，开始跟我攀谈……"

她看到他们脸上的表情，是对那男孩的嫌恶。但她早已决定不再为询问此事的朋友粉饰实情，发生的事情就是发生了。女人被强奸了，即使面对朋友，事实也是一样。

最重要的是，她没有哭，她始终没哭。

传达信息时，眼泪只是一种干扰。而且到目前为止，同样的故事已一再反复述说，早已失去它的情绪活力，预录的自动应答服务开始发生作用。

她的朋友看到她不流泪，又能以这么实事求是的语气叙说如此可怕的事情，必定认为很奇怪。

但是他们不知道现在的她，和他们一星期前所认识的那个人，有了多大的差别。他们只是看到她，听见她的声音，但是真实的薇安好几天前就已经离开了，她不知道她什么时候会回来。

＊

他一直在想，监狱里是什么光景。每次麦可谈到它的时候，听起来都不太坏。其他人或许是混账东西，但有些人倒是没什么问题。食物难吃，却不会饿着。有些性变态可能会想要上他，不过好好揍他们一顿就没事了。

但是，周遭一切却完全封闭。一间小小的牢房，无论走到哪里，都有狱警盯着你，没有新鲜空气，没有天空。他从未这样思索监狱的情况，直到现在。

没办法再到处闲晃，不能看着别人，然后又消失不见。

一天之中的每一小时，每个人都会告诉你要做什么。

这就是他的命运，被钉住，被卡住了，就只是其中之一罢了。

＊

星期三上午，她去了公司，努力不去理会每当她离开她的公寓，就开始袭来的惧旷症。

她意识到自己的内在出现了一场拉锯战，先前的她仍在内心某处翻搅，想要夺回她的人生。

别浪费日子！快回去工作！还有好多电子邮件等着回复。

她心想，建立正常生活，就这么试试看。

她搭地铁到老街站，走着熟悉的路线，从肮脏的铺砖地道来到街上。鬼魂必定就是这种感觉，重返生前的场景。

她的同事没料到她会出现，到目前为止，她已经习惯了总是不知该说什么的人们，上司艾莉卡并不在。

"嗨，薇安。"赛门看起来很恰当地神色黯然。

蓓卡在她进办公室时起身："一切可好？"

她耸耸肩："嗯，我很好。"她谎称。

这真是谎言吗？从各方面来看，她的确很好。她很安全，她有一间宜人的公寓可以入睡，还有友人过来探望她并且替她准备餐点。她的医疗需求也已得到满足，警方在追查她的案子。事情原本有可能会更糟呢。

那天，美国实习生梅西在场。她是来英国参加海外学期课程的十九岁大学生，一星期会有两天到他们的制片公司实习。梅西看到她出现在办公室里似乎又惊又喜。

"嗨，你去贝尔法斯特的旅行愉快吗？"

显然没人跟梅西说过那个消息。

她环顾周遭，赛门和蓓卡埋首电脑，努力忙着工作。她将梅西带到会议室，说了那件事。

"蓓卡和赛门没跟你说我发生了什么事吗？"她问。

"没有呀。"梅西的大眼睛瞪得更大了，"你……还好吗？"

"不好，真的，我不好。"

于是，她再一次说明了她的遭遇，只是省略了细节。她感觉好糟糕，居然刺伤了梅西的大学纯真时代。但是当梅西脸上流露出震惊的表情时，她始料未及地听见自己的声音破碎，并且轻巧地拭去左眼的一滴泪水。

她告诉朋友时，并没有哭，但是对象换成公司的实习生时，她却没法保持冷静，这让她好气自己，也觉得好羞愧。

梅西走过来给了她一个拥抱："我可以为你做些什么吗？"

但是没有，就是没有。

她坐在电脑前，费力地读取电子邮件。

"或许你不需要这么清楚地说明你的遭遇。"艾莉卡曾经这么说。她意识到自己在先前写给电视转播商的电子邮件中犯了错，现在便决定不加解释，直接将所有事转交给蓓卡。

由于不可预知的状况，我将有一段时间不在公司，所以请和我的同事蓓卡接洽（副本寄此）这项业务和其他相关事务。

用专业术语是多么容易轻轻掠过灾难表面呀！

她同时按下 Control 和 C 键，复制这封一般性的回复，然后贴上，贴上，贴上，一封又一封的电子邮件。

这有种自由的感觉，让自己从所有的电子邮件中解放出来。跟她过去拥有的责任一刀两断，直到她完全超脱、解离，成了独自一人。

\*

那个晚上完全是狂饮，欢送他的盛大狂饮。一罐罐的啤酒和一杯杯的威士忌转来转去，有人甚至买了一个他妈的大得离谱的火腿，他们不时切片配酒就吃光了。小孩子满地跑，简直把它当成圣诞节，罗里家的那条狗晃来晃去，不时吠叫几声，不时用鼻子推他的手。

盖瑞、唐纳、凯弗和马丁全喝得满脸通红，心情畅快。罗里叔叔不断拍着每一个人的肩膀，说着他的冷笑话。老爸满屋游走，用他的小扁瓶喝威士忌，不时和这人那人点点头。

但是，老爸却始终避开他。

他伸手又拿了一罐啤酒，目光仍盯着老爸。

"钱宁。"盖瑞和唐诺来到他身边。

"还好吗？"盖瑞问。唐诺一如往常默不吭声，但喉结在他粗厚的脖子里不断上下颤动。

他大笑出声："盖瑞，这是哪门子的鬼问题呀？我明天就要被关了，你觉得我的感觉怎样？"

盖瑞打断他，盯着那一堆啤酒说："至少他们尽力了，很体面地送走你。"

"唉，这才是重点，对吧？送走我。'小钱宁要在牢里度过余生了，让我们该死的举杯祝贺吧！'"

有些人看向他，但他不在乎。

"没错，我们干杯吧！"他高喊。

老爸走上前来。哦，老爸，你掉进圈套了。老爸举高手臂，和平常一样拿着那个小扁瓶。

"钱宁，没错，我们来为你干杯吧！"

接下来，老爸就开始游走四方，递出装着威士忌的玻璃杯、小酒杯、塑料杯，倒完了整瓶 Paddy 威士忌，直到这该死的屋内的每个人手中都有了东西喝。

老爸把一个玻璃杯塞进他的手中："儿子，特别给你的。"

他什么话也没说，只是回瞪他。

"好了。"老爸开口，然后站上一把椅子。

"哦，米克，快下来。"罗里叔叔拍拍老爸的肩膀，但老爸推开他。

"不，不，这是为我儿子举杯，我要站在上面好好说一顿。"

老爸站在椅子上微微踉跄，但还是设法站直了身子。他仍怒目瞪视，对老爸投以憎恨和令他难堪的眼神。"十五年前，我的儿子钱宁出生时，我当时对我的女人这么说：布丽姬……好了，这可是个小拳手，从来没见过比他更开心、更好斗的宝宝。"

噢，去你的，老爸。趁我还没从下面把你打下椅子前，快滚吧。

"……这是一个拥有史威尼战斗精神的小子呀！"

其他人大笑。

你们这些混蛋，就这样笑笑送我去监狱。

"……呃，我的钱宁，他现在长大了。即使我们不知道之后他会怎样，但我们确实知道的是……"老爸停顿了一下，清了清喉咙，"我们确实知道的是，他将永远是我们的一分子，他将永远是史威尼家族的人。"

其他人咕哝说着："Sláinte."（祝身体健康。）

"而且，我们确实知道，不管他发生什么事……我们将会永远爱他，爱我们的钱宁。"

大家都点点头，他眯眼盯着老爸，他可是完全不欣赏这整场该死的表演。

"所以，在此祝福我的钱宁。"老爸举起扁酒瓶，其他人也跟从，玻璃杯等各种杯子举在空中，"孩子，愿你走向康庄大道。"

"愿你走向康庄大道。"大家异口同声。

全场响起大声欢呼，有人拍着他的背，有人过来给他一个拥抱。派对的活力升级了，大家说话更加大声，更多笑声，但是老爸的话已钻进他的脑海，真是一派狡猾和扭曲。

老爸，没错。先把我毒打一顿，隔天又像是史上最棒的爸爸一样，为我举杯祝酒。

盖瑞和唐诺对他点点头："没错，这干杯真是干得好。"

他也好想揍他们，他妈的，居然装作认为老爸很了不起的样子。

"麦可呢？"他问，这让他们全都住口了。

他们互看一眼，耸耸肩。

"我今天早上跟他说过话。"盖瑞说，"他说他今天会来。"

他把玻璃杯砸向墙壁，大家顿时安静下来，只见地板上散落着玻璃碎片和威士忌。泰瑞莎婶婶必定会很开心。

"钱宁。"罗里叔叔走向他，但他挥开他。

"所以在我打包去坐牢前，他妈的还是看不到我的亲哥哥？"

"钱宁。"老爸现在的语气又变得尖锐了，不再有那鬼扯的感伤。这才是真正的老爸，他知道不用太费心力，老爸就会显现真面目。

"怎样，老爸，你是叫他不要来吗？"

"钱宁，不是这样的。"老爸举起手，"麦可决定怎么做都是他自己的选择。"

"哦，但我没有选择，不是吗？"

"难道我们就不能至少享受一段美好时光？"老爸按住他的双肩，但他挣脱开来。

"就在你送走我之前吗？"

继续，来好好测试老爸。看看米克·史威尼敢不敢在这样愉快的小聚会中，毒打他的亲生儿子。

"老爸，你说呀。说真的，你老是要我滚开，别碍事。等我进牢里，你就可以轻松休息了。"

"钱宁，这样说不公平。"

"哦，我知道你可是很高兴看我离开。"他转向其他人，"罗里叔叔，你也等不及要把我弄出你这完美的小房子了吧。"

"钱宁，管好你的嘴。"老爸试着再次伸手按住他，"或许你喝得太多了。"

"你居然能想出这个说辞，倒是很聪明。"

老爸往后退，他看到那阴沉的表情出现了，现在只要再刺激一下。

"钱宁，如果这不是你待在这里的最后一晚……"老爸警告。

"如果不是，那会怎样？你会跟以往那许多次一样痛扁我的脸？"

他往前走向老爸，推推他的胸口。

盖瑞尝试踏进两人中间，却办不到。

"老爸，就是这样。让他们看看你的真正本色，声名远播的米克·史威尼！"

他现在已朝着老爸的脸直接叫嚣了。

"儿子，我警告你。"

但去他的警告，现在已经无法挽回了。

"你这混蛋，难怪妈妈会离开你，看你把我们的人生搞得多么惨。"

老爸狠狠掴了他一巴掌。不是米克·史威尼著名的右钩拳，而是他打女人时的那种响亮耳光。

他带着熊熊怒火，直挺挺地站了好一会儿。

狗跳了进来，咬向老爸，它找寻角度咬住，却被老爸踢开。他撞向老爸，但盖瑞、罗里和屋内一半的人都努力想要分开他们，屋内一片喊叫声。他够不到老爸，一大堆手臂把他拉回来，他听见老爸怒吼，此时，一声尖锐的哨音划破空中。是熟悉的哨音。

他转过身，麦可出现了，他就站在屋子的另一端，脸上挂着大大的笑容。

"麦可！"他大喊，急速撤离老爸。突然间再也没有手臂拉住他了，他跑向哥哥。

"看来你们没等我，派对就先开始了。"麦可说，屋内气氛像是轻松了，爆出一阵笑声。

麦可抓住他的肩膀，上下打量他。

"我听说了你的事。"他说，"听起来你在星期六做出了一个壮举呀。"

两人相视而笑，不一会儿，盖瑞和唐诺也加入他们，罗里叔叔和其他表亲也都围过来。

"麦可，真高兴看到你过来，我们都开始担心你不会出现了。"

但是麦可只是笑得更厉害："我？不出现？这可是我亲弟弟的欢送会，我无论如何都不会错过的。"

麦可紧紧拥抱他，越过麦可的肩膀，他瞥见老爸自己一人在屋内的另一头。老爸拿着扁酒瓶喝着酒，盯着他不放，最后才转开视线。

三小时过后，就只剩下他和麦可坐在小屋里，喝着剩下的啤酒。

老爸已昏睡在沙发上，罗里叔叔和其他男孩也已经上床睡了。盖瑞和唐诺离开了，准备再去找间酒吧或夜店。麦可说，他以后会加入他们。"但是今天晚上，我得先在这里和钱宁好好聊聊近况。"

听到这句话，他自豪地微笑。

现在，他已经从头到尾跟麦可说了整个故事，加上他所记得的每一个细节。他妈的，麦可是第一个要求听听整件事的人。

麦可仔细聆听，他不知道他是骄傲还是惭愧还是什么的。等他说完，麦可还是不发一语，只是点点头。

"所以呢？"他问麦可。

一阵停顿，然后麦可露出那熟悉的笑容："你倒是告诉我，你想坐牢吗？"

"去他的，才不要。"他说，这算哪门子的愚蠢问题，"但是老爸不给我选，就说我一定要去。"

"去他的老爸，如果你年纪已大到可以上那外国马子，你就大到可以自己做决定了。"

他喜欢这种调调，他和麦可就这样细细想了一会儿。

"你想怎么做？"

他大笑："我想要该死的离开这里，我就是想这样。"

"那么就做吧。"麦可说。

"什么，就这样？"那么在沙发上打呼噜的老爸要怎么办，还有罗里和那些哥儿们，以及提到条子的那些该死的新闻报道……

"你一早就去搭开往都柏林的公交车，然后会在中午前到达那里，或是正中午。去找克莱儿，她会帮你脱身。不管怎样，就去都柏林，让人找不到。"

他全身涌现出一股兴奋感——就像这样，去逃亡。远离贝尔法斯特这一堆鸟事、这些漂旅人，还有他们的小小车屋。只有他和都柏林的喧嚣，没有大人会对他大喊大叫。或许他真的走向康庄大道了。

麦可露齿一笑："不太坏，是吧？掌控自己人生的游戏。"

"那钱怎么办？"他问。

麦可挖着牛仔裤口袋，找出一张五英镑和一张二十欧元的纸钞，然后脱下运动鞋，抽出另一张二十欧元的纸钞。

"这些应该够你动身。"

"真有你的。"

"哦，这样我就不会看到弟弟被关进牢里，其他人都是懦夫，居然要那样向条子投降，尤其是老爸。"

他们两人都回头看向老爸，他在沙发上四肢摊开，呼呼大睡。

麦可说："去他的失败者。这就是我们和他之间的不同，可怜的笨蛋可能只干过他自己的老婆。"

一阵停顿后，他把钱塞进口袋。他希望麦可不会再问那女人的事。事实证明她是个坏选择，应该找个比较温驯的人，但他哪儿知道？

"所以，要是条子逮到你……"麦可开口。

他受够了忠告，但是麦可的劝告总是值得一听。

"如果他们逮到你，你会怎么说？"

"说是……我很迷糊。"

"迷糊？"

"呃，我不知道当时在做什么。"

"是因为你嗑药了吗？"

"呃，就是，可能吧。但是她说她不会告诉别人的，她说她想要的。"

麦可微笑："她真的那样说了？"

他耸耸肩："他们怎么会知道？"

"聪明的小子。他们是不会知道的，所以就是你和她的说辞，大部分的女孩都懒得去说些什么。"

"呃，这个不是。"

麦可拍拍他的肩膀："就跟他们说，这只是打炮，她当时也想要，但事后后悔，才去报案。这种事很常见的。"

"他们会信吗？"

"谁在乎他们信不信，你信吗？"

他什么话也没说。那女人在大太阳下呼救的声音，还有她柔软的喉咙在他手指下的感觉，她比其他女孩都更加用力挣扎。

他看得出麦可在仔细打量他："你必须相信，这样才有用。钱宁，你是个好看的男孩。她是个独自外出的年长女人，必定正在等你悄悄找到她。"

他点点头，他会让自己相信这个说法。

"该死的贱人，开开心心跟我做，事后却报警。"

"没错，贱女人都是这种德性，想要尝试一下我们这种粗暴的方式，后来却又觉得羞愧，好像我们就是见不得人。"

"让她们去死吧！"他说。就是这样，决定了。

"他们用的字眼是'合意性交'。"麦可补充，"永远不要说出'强奸'这个词，你一说就马上有罪了。"

合一意一性一交，他试着记住这个说法。

"好了，去打包，然后睡一下。轻旅行，一套换洗衣物就可以了，别引人注目。"

毕竟，他的确也只有这些东西：一套换洗衣物、手机、爷爷的戒指、iPod 和那些钱。

"我几小时后叫醒你，你会想要天亮前出发的。"

他往窗外看，天色还是一片漆黑。待在这个鸟地方听老爸打呼噜，外头又有条子搜捕，但只要再过几个小时，他就能离开了，就这样一走了之。

＊

她的室友荷西和娜塔莉亚在她身边整天都显得小心翼翼的。

他们问她需要买什么东西吗，她列了一些平常的杂货：橘子汁、酸奶、香蕉。他们不介意她的朋友川流不息，一直过来替她煮饭，也不介意她的姐姐过来住几天。

他们不介意她晚上睡在客厅里。

自从回来之后，她还没睡过自己的房间。她的房间关上房门后，像是太黑太密闭，墙壁不断压迫。她夜晚闭上眼睛，可能会窒息至死。

在客厅里，她可以感受到从泰晤士河畔传来的温暖的城市光线，这里至少还有一个逃脱的可能性，告诉她外面还有另一个世界，即使她已不属于它。她将娜塔莉亚的充气床垫卡在可以眺望河景的客厅角落，她试着在那里缩进被窝入眠。

但大多数的时间里，她都没睡。

现在，她的失眠状况已变得理所当然，这是让她免于梦境的唯一方法。在她清醒时刻侵入她的种种，到了夜晚便转变成更可怕的景象：从树林里可以直接看到的明亮田野……白色针织衫的身影在山坡移动的光景……有人出现在她身后。

这些景象有如无穷的循环出现在她的脑海中，她完全没办法阻止，只能尝试完全不要入睡。

不管是在灰暗的拂晓，还是在深深的夜里，她躺在床垫上时睡时醒，床垫紧邻可远眺泰晤士河的落地窗，感觉就像救生筏，而她漂浮在那灰色的平坦水面上，不知道终将迎来怎样的一天。

在她小的时候，她可能会喜欢这种冒险的感觉，佯装搭着木筏漂向未知的岸边。但是现在，长大成人之后，这却是一场她希望自己永远未曾展开的旅程。

*

"钱宁，该起来了。"麦可小声叫唤，在黎明前的黑暗中轻轻摇醒他。

他呻吟着，张口想要说话，但是麦可用手捂住他的嘴巴，狠狠瞪着他，要他安静。他此时确实醒来了，麦可做出"老爸"的嘴型，然后两人都看向沙发。

老爸不再昏睡，他不断翻来覆去，像是随时可能醒来。

钱宁的包就在地板上，这是星期日早上他在车屋打包的那个破烂的小行李袋。麦可拿起行李袋，示意他拿好鞋子和外套。

他的手中提着鞋子，两人蹑手蹑脚地走向房门。走到沙发旁边时，他停了一下，凝视老爸。他知道这样很冒险，他应该继续往前走。但是老爸的样子——嘴巴大开，眼睛在满是皱纹的眼窝里紧闭，头发转灰变稀——却触动了他。或许这是他最后一次见到这个没用的混蛋。他几乎要为老爸感到难过，等他宿醉醒来，他打算把亲生儿子送到警察局的宏大计划就要破灭了。老爸的表情，老爸的怒气。

想到这一点，他露出微笑，而老爸像是回应似的翻了个身。

麦可使劲拉着他的手，把他的头扭向门口。

好，好，他知道。他最后又看了一次老爸的脸，转身离去。

但是在一片寂静之中，出现了蹀蹀蹀的声音，然后狗从黑暗中出现，嗅闻着他。

它知道他要离开了吗？它扑上来，喉咙中发出哀鸣，闻着他的手。狗看着他猛摇尾巴，像是想跟他玩。

别这样，狗狗，安静。

他跪下来，轻轻抚摸狗的鼻子。

狗儿乖乖，不要叫，别该死的吵醒整间屋子的人。

老爸在睡梦中嘟囔了几句，他们都回头看向沙发。老爸翻身，又继续打呼噜。

他摸摸狗，它终于直立坐下，但尾巴还是摇个不停。他靠过去，凝视着那双大眼睛。

麦可再次拍拍他的肩膀，瞪着他像是说他疯了。

他起身。

狗也准备起身，但他示意它坐好。如果它吠叫，他们就得快跑出门。

但是狗坐下来了，只是喉咙中发出轻轻的哀鸣，它的眼睛难过、悲伤地凝望着他。

他一边凝视着狗，一边悄悄地往后退。一步，再一步，麦可替他拉开门。他倒退着走出房门，进入凛冽的凌晨空气。

那一刻，这里只剩下他们两人，呼着气，祈祷狗不会吠叫。它可能还是一派顺从地坐在门后等着他，他感觉到一股悲伤，真希望可以带它一起走，但是现在时机不对。

麦可看着他，点点头，他们旋即进入黑暗，抛下沉睡中的屋子。尚未破晓，空气冰冷刺骨，他现在已完全清醒，渴望离去。

只要走到客运站，然后离开。


欧罗巴客运总站在贝尔法斯特市中心，就在欧罗巴饭店隔壁。在这样一大清早的时分，饭店的观光客和商务客一定还窝在他们柔软的大床上呼呼大睡。

他们走到那里，但整个地方像是坟墓般紧闭。所有门窗都拉下来了，甚至没有清洁人员在打扫。

麦可看了看告示牌："看来开往都柏林的第一班车是在六点钟。"他看了眼墙上的时钟，还有一小时。

有个游民在一张长凳上睡觉，麦可带着他绕离游民。

"不要靠近这白痴，警卫早上会来戳醒他，而你可不想他们见到你。"

他们盘坐在角落里。他打着哆嗦，吐出的气化为白烟。

"拿去，我带了这个给你。"麦可递给他一包用厨房纸巾包着的东西，里面是一大块昨晚的火腿，用两片面包夹着。"我只能找到这个。"他说。

"太棒了。"他咬了一两口后，才想到是不是该留到之后再吃。

他们找到两张长凳，面对面坐下，他透过牛仔裤感觉到冰冷的金属。

"你记得妈妈在都柏林的住址吧？"麦可问。

"泰辛区克隆街。"

"克隆街五十六号，知道了吗？你可得全部记住。"

"克隆街五十六号，克隆街五十六号。"他一次又一次小声重复。

"到都柏林之后，你想办法到那里，然后老妈和克莱儿会照顾你。"

但愿如此。

"你觉得老妈知道了吗？"他问。

"难说。"麦可说，"她和老爸又不像是不再联络，但我相信老爸不会急着让她知情，免得给她另一个对他发飙的理由。"

他们相视而笑。

"但是消息传得很快，或许她已经知道了，或许。"

他不喜欢这个想法，想到拿着念珠说着祈祷文的妈妈知道他做的事。说真的，他才不在乎，只是不喜欢想到日后她为他做祷告的样子。

万福玛利亚，天主圣母，为我们的罪人祈求……

他嗤之以鼻，讶异自己居然记得这些句子。

"怎么了？"麦可问。

"没事。"他说，"只是想到她之后会为我说多少次万福玛利亚。"

"哦，她会花上整个上午的。"

"而且她也会让克莱儿和布莉琪跟着做。"

想到她们三人仰望微笑的圣母，跪着低声祷告，两人爆出笑声。

他暗想，要多少次"万福玛利亚"才能弥补你的儿子变成强奸犯？

但是不行，我们不喜欢这个字眼。用这个词，你就会自动获罪。

他转向麦可："现在几点了？"

五点十五分，天还没亮。那个游民在另一头的长凳上仍一动也不动，而整个客运站仍是一片死寂。他想着在罗里家的老爸是不是还在睡觉，然后继续等待。


就在六点钟之前，黄金快车1X号已经准备好开往都柏林。启动的引擎在清晨的空气中突突作响，一群睡眼惺忪的人出现，等着赶往都柏林。一个黑人小伙子、两个华人、几个平常人，还有一个老妇人。老天，真是一群精英呀！

麦可推着他早早上车，那么上车时就不会有太多人看到他的脸。

"去吧。"麦可说，"你到都柏林之后通知我。"

他点点头，他会要老妈或克莱儿这么做。

"你别担心老爸。"麦可又说，"我会设法搞定他。"

他们静默了一秒钟，然后麦可伸手准备给他最后的拥抱："小笨蛋，过来。你要好好照顾自己，保持低调，躲在阴暗处，他们就不会找到你了。"

他想要说点什么，但是喉咙哽咽，他不想麦可看到他像小宝宝那样啜泣。"好。"他终于说道。

"当个优秀的史威尼，让我们引以为傲。"麦可用额头紧碰他的额头，然后拍拍他的背要他上车。

他戴上棒球帽，拖着脚走向巴士。他不会回头看麦可。他排在买票队伍的第二个，就在黑人小伙子后头。

他几乎头也不抬，就登上巴士。

"都柏林单程车票一张。"他告诉司机。

"都柏林市中心还是都柏林机场？"司机问道，接着看了他一眼，在看到他那破破烂烂的行李袋时，司机就知道答案了。

不，我不是要飞向晴空和伊维萨岛的温暖沙滩，不是我。我只是要去该死的灰蒙蒙的老都柏林，泰辛区克隆街五十六号。

他选了一个后头靠窗的位子，坐低一点，他并不喜欢坐这么后面，因为只有前方一个出口。但是，只要再过两三个小时，他就自由了，就已经越过边界了。

见到那两个华人男子上车，他把帽子拉低遮住脸。在他对那女孩做了那种事后，他们华人现在可能很恨他，但是他们不知道是他，分不出他和街上其他男孩有什么不同。

没错，就这样融入群众，一走了之。

司机探向车门外，看看还有没有其他人在。

没人了，只剩下麦可躲在附近。快走，你他妈的赶快开车吧。

车门关上，巴士往后退出昏暗的车库。

在巴士转向离开时，他看到了麦可，他们隔着刮花的玻璃互相挥手。麦可对他点点头，露齿一笑。

他在位子上坐低身子，看着欧罗巴饭店以及贝尔法斯特所有灰白的老建筑慢慢落在他身后。

*

星期四上午，性暴力庇护中心终于回电了。

"听到你的遭遇，我们深感遗憾。这对任何人来说都是一件难以承受的可怕事件，可有我们能为你效劳的事？"

她不知该说什么，或许这只是那女人夸张的说话措辞，但是他们不是应该知道怎么帮助强奸受害者吗？他们不是专家吗？

那名女子说明，他们通常会从被害人报案的那一刻，开始提供所有刑事服务和医疗支持。但是和蓝宝石课接洽后发现，她似乎已在贝尔法斯特接受了相应的帮助。

这听起来几乎像是他们不想帮她。

"那么，你是说目前你们没有任何可以帮我的吗？"

"嗯，现阶段没有，但是我们的确有为受害人提供心理辅导的疗程。"

她怒火中烧，直接质问PEP的事："我在事件发生后的七十二小时内都没接到你们的回复，所以我不得不寻求其他取得PEP的渠道。"

"哦，很好，我们很高兴你设法解决了这个问题。"

"难道你们没听到我在星期一留给你们的信息？"

她想问的是：为何你们拖了这么久才回电？

"我们性暴力庇护中心人手不足，所以直到今天早上才有办法听你的留言。"

她知道这种说法很差劲，但决定置之不理。她没有精力迎战每一场战役，所以她询问了他们的心理辅导服务。

他们提供给她八个免费疗程，如果她想要的话，最快可以从今天下午开始。

她预约了下午三点和艾伦的疗程，然后通话就结束了。

她看看手表，姐姐再过几小时就会抵达。

当她坐在沙发上，她注意到自己至少还会生气。这必定是件好事，她对这世界终究不是完全没有感觉。


她的姐姐瑟琳娜以前曾独自从希斯洛机场来到她的公寓，但是她昨天还是再次发送了电子邮件告诉她走法。

在她内心深处，她很清楚瑟琳娜这趟行程有多么遥远。从东加州到旧金山国际机场的七小时车程，再搭十一小时的飞机到伦敦。

然后，还要通关、等行李，坐一小时地铁到沃克斯霍尔，这段旅程非同小可。

十二点半过后不久，对讲机响了。

三分钟后，她打开大门让瑟琳娜进来。她的姐姐来了，戴着金属框的眼镜，头发绑成马尾状，带着背包和手提箱。在三十四岁这个年龄，看起来还是像学生，普通平淡。

她们轻轻拥抱一下——他们家从来不是喜欢热烈拥抱的家庭。她带着姐姐穿过走廊来到厨房。

"你还好吗？"瑟琳娜问，带着一种她不太习惯在姐姐声音中听见的关切。

她耸耸肩，按了一下电茶壶准备泡茶。

"就跟你能想象得一样好。"

瑟琳娜仍旧站着，然后走向背包，找出一个塞满纸张的塑料文件夹，然后递给她。

"拿去，我帮你印了这些东西。"

她翻看这些印出来的资料。RASASC[①]、性侵危难中心、撒玛利亚会的网页，还有各种罪行被害人的热线电话。

"我还 e-mail 了其中一些链接给你。"

她点点头。她想起曾经浏览过其中一些网页，但是想到要拨打电话，然后不得不再一次向陌生人说明事情经过，这就完全失去了吸引力。那会花费太多精力，而她几乎没有足够的精力离开沙发了。

"嗯，我曾看过其中一些网页。"

"你还没打电话过去吗？"

"对，我还抽不出时间。"

---

① Rape and Sexual Abuse Support Center（性侵性虐待支持中心）的缩写。

"你要我帮你打电话吗？"

"或许吧。"她就这样结束了话题。她真的只想喝杯伯爵茶，再爬回被窝里。

世界，请走开。就让我们稍稍放过彼此，好吗？

瑟琳娜依旧站着，看起来似乎有些困惑。

"那么你今天有什么事要做？"

计划？行程？哦，对，我过去总是排定每一天的行程。

"下午三点，我在一个叫作庇护中心的地方约了辅导咨询，然后我得进城去办一些我拖了好久的事。如果你需要的话，我想我们可以到海德公园稍微走走。"

"你可有什么事需要我帮你做的？"

"你可以……就陪着我一起做这些事，目前我真的不太喜欢独自一人。"

瑟琳娜点点头，这真是奇怪的告白。

对，我是怪胎。你的妹妹现在是怪胎。

电茶壶的按键跳起，水煮好了。

"来点茶吗？"

*

他大约才坐了一小时的车，巴士不断穿梭在各个看起来都一个样的城镇。商业大街、教堂、邮局、酒吧，在一大清早这个时间全都显得空荡荡的。

只是有些城镇到处插着米字旗，真的是每一个该死的灯柱和旗杆上都插了英国国旗。

真开心他们这么骄傲要当英国人，但说真的，这到底有什么差别？女王陛下压根儿没为我做过什么事，所以别让这些鬼东西飘扬在我们的面前吧！

对，他很高兴离开贝尔法斯特，他待在都柏林会比较好。隐身在那里的人群之中，只是另一个漂旅男孩，毫无价值。

巴士来到一个较大城镇的停靠站，它就在河边的一处闪亮的新客运站旁。

车子停在车站的一个停靠处，引擎熄火。

"纽里市。"司机大声宣布，"进入爱尔兰前的最后一站，我们会在这里休息十分钟。"然后他就下车去抽烟了。

他妈的，他现在也好想抽根烟，来点能让他镇静下来的东西。他低下头，发现自己在拼命抖脚。别这样，不要动，就快越过边界了。

他让自己更加坐低身子，然后闭上眼睛。


他一定睡着了几分钟，不过车子还是停住不动。很多人在车子前方买车票，他猜想每个人都想离开这城市吧！

快啦，赶快卖光该死的最后的车票，让我们发车啦。

他拨弄他的 iPod，想找到还没听过上百次的内容，然后突然瞥见有辆车过了桥，直接朝他们开来。

车子开得飞快，像是有人拼命要赶上车。

现在最后两人踏上了巴士台阶，准备买票，但他真希望车门已经关上。

那辆肮脏的蓝色车子看起来很眼熟。

接着他发现，那是罗里叔叔的车子。

他们该死地追踪他到这里，不止罗里叔叔，老爸必定也在里面。

他心中已经吓得屁滚尿流，他妈的快点离开这里。

他狂乱地环顾四周，但是车上没有别的出口，只有前门，车窗又太小，没办法爬出去。

在车子前方，司机已经卖完最后的车票了。

快点关上该死的车门，发动引擎！

他很想立刻跑上前去哀求司机，但是不行，他必须低下头，留在阴影中。

现在，车门滑动关上，引擎也启动了。

他再次望向窗外，蓝车已经停下，车门打开，没错，是老爸。他步出车外，开始跑向巴士。罗里叔叔也跟着跑，只落后老爸一步。

他躲在位子上，祈祷巴士赶快出发，祈祷司机不会注意到，但现在他听到喊叫声，车门又打开了。

是老爸的声音，他连声道歉，就是他在定居人士们面前装模作样的那种态度。

"……在找我儿子。"他听到老爸说，"……他又离家出走了，他没办法好好照顾自己……"

哦，老爸，滚你妈的蛋吧！

他从他的位子探看巴士地板，下来躲到座位底下，或许他们就不会找到他。

老爸还在喃喃道歉："一分钟就好……"

他听见从走道慢慢走来的脚步声，在每个位子都驻足了一会儿。"真的很抱歉，我在找我儿子。"

巴士地板好冷，味道也好恶心，座位底部也都裂开了。

"你好了没？"司机大喊，"我还得赶行程。"

老爸转头，快下车，你没见到我。

但是他见到老爸的靴子越来越接近，越来越接近，再一排就到了。

我不在这里，我已经隐形了。

突然嗖的一声，他的领子被人抓住，他被狠狠往后拉，砰地甩在座位上。老爸的眼睛盯着他，静静燃着怒火。

"钱宁，你想得美。"

*

到了坎柏韦尔的国王学院医院附近的庇护中心，她和姐姐一起坐在小小的候诊室里。它就是那种英国街道上时时可见的一排排小屋，而这一间的大门歪曲，没法完全打开，也没法好好关上。

墙壁是淡粉红的色调，家具毫无特色。她盯着六个月前的女性杂志，这些杂志被陌生人不断翻阅，被早于她在此紧张等候的强奸被害人及其同伴翻阅。

"谭薇安？"

她抬起头，看到一个矮小的中年女子，对方有一头卷曲的灰发和一脸倦容。

"我是艾伦。"

艾伦让人觉得很没劲，如果辅导疗程都还没开始，咨询师就显得疲惫，那还有什么希望？不过，她还是跟着她穿过一条天花板低矮的走廊，进入一间空荡荡的房间。

房门关上后，她察觉屋内有一个传出响亮滴答声的时钟。滴答，滴答，滴答，让人觉得老得好快。四面墙壁上只挂了一张花瓶里插着花的镶框图片。窗户上的垂直百叶窗帘将屋旁的阳光花园，切割成一列列的景象。

"请坐。"

两人之间的桌子上放了一盒面巾纸。

艾伦拿出一个笔记本，手中拿着笔，但脸上还是没有微笑。

她心想在未来这一小时中，艾伦会写下多少笔记。

"那么，薇安，告诉我发生了什么事。"

她眉心纠结，百般不愿地再次从头叙述整个经过。

时钟滴答滴答，她知道她还是得在这个小房间熬过接下来的六十分钟，推迟整件事毫无意义。

她开口："就是……我上星期去了贝尔法斯特。"

*

开回贝尔法斯特的整趟路上，老爸的心情都非常阴沉。罗里叔叔开着车，摇头晃脑，假装没在听，但是他知道他一定在聆听，心想他自己的儿子比米克·史威尼没用的儿子真是好上太多了。

去你的，罗里叔叔。

整趟该死的路上，老爸的手都像老虎钳似的压着他的脖子后方。

"老爸，放开我。"他扭动，"我不会再逃了。"

"钱宁，不能再信任你了。"老爸甚至看也不看他一眼，只是一直盯着窗外，"昨晚替你办了一场派对，你却做出这种事。"

车外，和刚才一样的老旧城镇和山坡像是倒带般掠过。老爸的手终于放松了，只是仍旧放在他的脖子上，就是不肯移开。

"他们会给你铐上手铐，会宣读一些东西给你。"当他们停靠在韦罗菲尔德警局外的街道上时，老爸这么对他说。车门还是上着锁。

他心想手铐铐在手腕上是怎样的感觉，真希望他可以问问麦可。

"你用不着说什么，只需要点头，说你了解就好。我会在那里，但不管他们问什么，都不要说，也不要抵抗。"

窗外，警察在警局和警车间来来去去，还有一两人回头看他们。

"然后，他们会给我们找个律师，他会在那里帮我们。所以关于在那个公园和那个女人的事，什么也不要说，直到律师在场。你懂了吗？"

他回头看着老爸，点点头。

"钱宁，我警告你，这很重要，这一切会影响到你日后的状况。"

老爸，像是你该死的真的关心我的状况似的。

"当然，老爸，我了解，你高兴了吧？"

"好，我们进去吧。"

罗里叔叔笨拙地伸过手来："钱宁，好好照顾自己。等你出来，我再带你去英格兰，让你见见那里的一些堂兄弟姐妹。"

他才不在乎他那些开着格格作响的车屋，周游英格兰的上万个堂兄弟姐妹，他现在只在乎一个人。

"在我们进去之前，我可以先打给麦可吗？"

老爸以奇怪的眼神看着他。

但是，在这里的是米克·史威尼。老爸拿出手机，按下一个按键，就把手机递给他。

铃声响了。

快点，麦可，接电话，快点接电话。

他要说什么？对，老爸最后逮到我了，还告诉我到了牢里该怎么做……

老爸转开头，太阳穴上青筋暴露。

但没人接。

麦可能看到是老爸打来的，就不想接电话。

他内心像是有什么东西崩坍了，他不发一语把手机还给老爸。

"那么，走吧。"老爸说毕，就打开车门。

他下车，然后他和老爸就站在街上，看着警察局。警局外头围着一个大得要命的护墙，上面还缠绕着倒刺铁丝网。

天色变暗了，他感觉到雨滴开始落下。大大的雨滴打在他的脖子后面，打在通往警局大门的水泥台阶上。除了走进去，他别无选择。

*

"她说：'我们在这里是要给你提供一个可以谈论自己感觉的地方。'"

瑟琳娜忍俊不禁："这到底是什么意思呀？"

"真是被打败了，如果我想谈论自己的感觉，我会找我的朋友，而不是随便找一个我甚至不认识又让人尴尬的人。"

"嗯，哎，或许这会渐入佳境啦。"

"或许。"但她不抱希望。

那天下午，她们坐在海德公园一处斜坡下方的浅凹处。这里的空气仍旧清新，但草地上却点缀着一丛丛枯萎的水仙。她将外套铺在地上，避开树荫的区域。她们像是奇异地被地球捧着保护，周围是绿茵，太阳亲吻着她们的脸蛋。

她沐浴在阳光下，闭上眼睛倾听狗的吠叫声和行人的交谈声。

"你还好吗？"过了几分钟后，瑟琳娜问道。

"不算太好。"她用手掌轻轻掠过绿草，"嗯，当你说要来这里时，你是怎么跟爸妈说的？"

"我没说，我只说要去什么地方出差，我想我说的是纽约吧。"

"哦，好聪明。"

她突然意识到自己已经一个多星期没跟妈妈讲话，甚至连想都不敢想要怎么应付这场对话，才不会提到那个性侵案件。

"妈有问起我吗？"她问瑟琳娜。

"嗯，有呀。我跟她说你旅行回来后忙坏了，但一有空就会跟她联络。"

这话说得倒也没错，只是以一种很诡异的方式。

"等你真的要跟她联络时，就简单聊聊，努力保持正常声调。"瑟琳娜说，"我觉得不要让爸妈发现，这真的很重要。"

用不着问理由，她同意。她开始拔取草叶的尖端，然后揉成一团。

"就是……我想他们会抓狂，我知道他们一定会抓狂。他们会因为我是律师，就直接找上我，但我甚至不知道怎么处理这种事。"

"他们会要我搬回新泽西。"

"你想吗？"

"你开什么玩笑？"

她暂且想象了一下，搬回郊区那间她奋战许久才逃离的旧房间。那她要怎么打发时间？她在边木镇那地方已没有任何朋友了，又没有工作，甚至没有车子。和她爱斗嘴的爸妈住在一起，再次在他们的店里工作，装出友善的态度面对相同的老顾客，面对从未出游、从未离开他们郊区死巷街道的邻居。

不，什么都好，就是不能搬回去和爸妈住。她宁可在伦敦自行处理一切，独自一人，钱不多，跟两名室友同住，睡在可眺望泰晤士河的充气床垫上。对她来说，这可以说是最为接近家的事了。

她们没有费心讨论的是，爸妈会有怎样的确切反应。妈妈的眼泪会立刻夺眶而出，声音紧绷刺耳。我早就跟你说过了，要随时小心！我早就跟你说过了，不要单独去健行！而爸爸呢，他只会紧闭嘴巴，不发一语地生闷气，之后会责怪都是妈妈鼓励女儿这么独立无畏。

"对，别担心。"她告诉瑟琳娜，"我不会让他们知道的。"

她根本从来就没考虑要说。

太阳被云层遮住，天气开始变冷。她打了个寒战，于是穿上外套。

保守如此重大和重要的秘密，这种蓄意欺骗，这种身为人子却不让父母知道实情的行为，不知怎的，让她有种罪恶感。但是，关于她的成人生活，他们已有许多不知情的，这只是再添一桩而已。

\*

条子的值班柜台后方墙壁上有一张他的画像，但不是非常像他。他们画对了他的头发和雀斑，却给了他像是精神病版本的眼睛，像是他一生都被关在疯人院似的。

青少年，十四到十八岁
因涉嫌强奸遭到通缉

他真想指着它说："你们的画家真逊。"

但是所有的话都是老爸在说，条子只在重要部分点点头。就跟麦可第一次被捕，妈妈带他去基尔肯尼的警察局一样，当时条子的眼神像把他们当成人渣，现在他们也以同样的目光看着他。

"你的名字叫钱宁吗？"胖警察对他说。

他点点头。

"好，你自动投案很好。我要打几通电话，我先带你去房间等候。"

老爸看着他。

"过来，走这边。"条子说，双下巴不断晃动。他打开一扇门，等着他像狗那样走进去。

他回头看了老爸一眼。

"我会留在这里，去吧，钱宁。"

他走进一个空荡荡的小房间，身后"咔"的一声，房门上锁了。

"在四月十二日，星期六，那天下午你是否在西贝尔法斯特的幽谷森林公园？"

问他话的是负责这案子的人，似乎叫作莫里森。他穿着西装，略显年轻，看起来甚至不像条子。

他没有马上回答，但是老爸又出现了，就坐在他身边，强硬地瞪着他。

"是。"

"你可有遇见一个名叫谭薇安的女人？她是独自前往那个公园。"

那是她的名字吗？他第一次听说。贱人，甚至谎报了她的名字。

"我有碰到一个女人，她没说她的名字。"

"但是你有和一个女人，有和一个独自前往公园的美国女人互动，这是否属实？"

"是。"

"而且你了解自己为什么会因为涉及这名女性的事件而遭到通缉审问，这是否属实？"

他妈的这到底是什么意思？太多字眼同时从这条子口中出

现了。

"我知道你们在找我。"

条子点点头："好，那就这样，钱宁。"

*

那天晚上，她参加了一个晚餐派对。史蒂芬邀请她和瑟琳娜到他位于柯芬园的公寓，而他另一个友人玛格达也在场。

她见过玛格达，对方是一个神经紧张的纤瘦捷克女子，似乎随时忧虑着一大堆事。而今天晚上，玛格达一直在啰啰唆唆说着她最近几次令人失望的约会。

"他甚至没有回电，就决定那样结束了，我们用不着再联络！"

她耳朵听着这些话，手中默默摆弄着盘中未动的小羊肉，她只是心不在焉地拿着叉子戳着软骨和脂肪。

瑟琳娜也不怎么说话。

"嗯，你知道的，就忘了他吧。"史蒂芬说。

"我的意思是，我还得再忍受这种事几次？"玛格达问。

旧时的她可能会认同，然后跟着聊起来。但是现在，她却很讶异玛格达听起来竟那么自恋。

她保持沉默，又切了一片迷迭香烤马铃薯，然后咬嚼咽下。

就在此时，她的手机响了。

"不好意思。"她走向她的包包，翻找手机。

这是不显示号码的来电，带着现在已然熟悉的反胃感，她知道这必定是警方打来的。他们打的每一通电话，号码总是没有显示。

"喂？"

"哦，嗨，薇安，我是北爱尔兰警局的托马斯·莫里森……现在方便说话吗？"

她环顾四方："请等一下。"

她溜去走廊，驻足在一幅弗朗西斯·培根[①]画作的印刷版本前，根据裱框卡纸的文字显示，这件作品叫作《头部四世》（*Head IV*）。"好了，我可以说了。"

"哦，我有好消息要告诉你。"托马斯努力保持轻快的语调。

来自警方的好消息，说真的有点讽刺："是什么？"

"找到他了，他自首了。"

反胃感变成别的东西，变成一种宽慰感。只是这种宽慰感却阴沉得如幽魂般，仿如中世纪怪诞的露齿微笑。

"真的吗？"

"对，没错，所以你可以安心了。他透露的事情还不多，但我只想让你知道我们找到他了。"

"托马斯，谢谢你。"

警探又咕哝着说了其他一些事。说是小区为她筹办了一个烛光祝祷活动，将于星期六在幽谷森林公园举行，所有贝尔法斯特的人都惦念着她，找到那个男孩可以让大家放心了。

但是，这听起来真是太超现实了。在一场感觉已注定失败的战争里，逮捕他只是其中一个小小的胜利。她应该怎么做？欢欣鼓舞地跑进另一个房间，宣布好消息，跳起来欢呼？

还有小区祝祷……完完全全的陌生人为她祈祷，这对她有什么用？她根本从来就不想要这一切呀。她开心不起来，也感激不起来，感觉就连微笑都是个错。

所以她又在走廊多留了一会儿，踌躇不定。她听见从客厅传

---

[①] 弗朗西斯·培根（Francis Bacon），1909—1992 年，英国画家，知名哲学家培根的后代。

来闲聊的声音，瞥见玻璃反射出她的轮廓，她只是重叠在培根画作上的一个浅影。画作是一张没有眼睛的脸，只有一张饥渴大张的嘴巴，而头部本身消失在稀薄的空气中。

她深深地凝视着它，期望自己的脸蛋也会消失。

\*

看到手铐，他好想吐。

快想办法离开这里，闯出这个房间，冲到前门，跑上街道，逃向任何地方。

但是老爸就站在那里，他知道他没法逃，没法呕吐，他只能别人怎么说就怎么做。

他像懦夫一样伸出双手手腕。

手铐铐上手腕，坚硬冰冷，金属刮擦着他的皮肤。

"约翰·麦可·史威尼，你因为今年四月十二日攻击并强奸谭薇安被捕。你不一定要说话，但如果对于日后将呈交法庭的讯问不表示意见，恐将不利于你的辩护。而你所说的一切都将作为呈堂证供，你可了解？"

不是很了解，反正又不是很重要，他们哪里是真的关心。

而现在那只暗爪主宰了一切，他无法呼吸，他无法思考和说话。他只能任由自己被撕裂，就在这个空荡的小房间里。

# 第三部

　　我知道你想说什么，说我有朝一日必定会做出这种事来。只是不知道确切的时间、日期，不知道会是哪个贱人，不知道又会对她做什么。但是有朝一日，其中的一次会浮现出来逮到你，而你就追悔莫及了。

　　我后悔吗？"后悔"是他们一直想从外面敲进你脑袋的字眼之一，是让你自觉惭愧的把戏之一，觉得只因为你是流浪民族，所以就是烂泥。但是，后悔对我毫无意义。

　　他们一直这么问："你可后悔对那女人做出那种事？"那其他女孩呢？还有那些我抢走皮包和手机的人呢？我是不是应该对我整个人生感到惭愧？但我为什么要，只因为他们不了解我的生活是什么样子，而且也不是真的在乎，直到我妨碍到其他人的生活。

　　要是我没搞上她，要是她没跟条子乱讲，我就不会有事。我还是可以到处闲晃，跟暗处的漂旅人一样，不会有人注意到我。

　　所以，回头想想，我是不是该挑其他马子？对，我是该找个比较年轻，又不会乱说话的人。其他男孩从没被逮到，还随心所欲到处晃荡。而我呢？一次差劲的选择，钱宁，你的人生就毁了。

　　除非，这种人总是一开始就毁了。所以，嘿，就让我们假装这流浪男孩不是真的存在。

事实上，我不存在。直到某个马子决定抱怨我做的事，然后他们就认为我是个需要被纠正的东西。但是，我是一直存在的，只是他们看不到我。

*

她现在已经习惯当她说明事情经过时，人们脸上露出的表情。她已经习惯用正确的方式，也就是安全的方式述说这件事。因为实际上，他们不是真的想要知道他要她摆出的所有不同姿势，而且那对她来说，或许也有点太过私人而无法透露。

但是，就连已经删剪过的版本都让他们退却。

让他们知道每一个血腥暴力的细节没有任何意义，这个实情只保留给你自己，还有警察，以及你的治疗师。

至于朋友……就某种怪异的方面来说，他们需要受到保护。否则，这可能会大大吓坏他们，粉碎他们安全的中产阶级生活。

而你所了解的真相是不一样的，一切都改变了。

所以，她告诉他们事情经过的安全版本，当有朋友询问更多细节时，她会尽责地回答。有些人会说："我知道你不想谈论它。"仿佛这就是他们不提问的借口。

但是，她怎么能不想谈论它？她怎么能漠视那个星期六下午她所遭遇到的严重事件？

真要这样，那就是个天大的谎言。

那是一种她难以做到的欺骗。

*

"钱宁，我们一步一步来。告诉我，你星期六人在哪里？又做了什么？我们从那天早上开始，好吗？"

他坐在同样的小房间里，只是现在比之前更加拥挤。因为除了问他话的莫里森警探，还有另一名警察，然后是罗里叔叔。这部分的事对老爸来说有点太密切，所以他们不让他出席，就换来该死的罗里叔叔。而坐在他身边的是他的律师，麦路翰先生。麦路翰先生穿着灰色外套，戴着金边眼镜和闪亮的手表，是那种要是在街上被他撞见，他就会下手偷皮包的定居人士。

但现在麦路翰是站在他这边的。他这么说："我是来这里帮你的，努力替你争取到最好的条件，这样你就不用被关太久。但是我需要你跟我合作，告诉我你所知道的事。"

所以他说了，告诉他整个故事的全部，这次加上了一些有如花边蝴蝶结的可爱装饰，而现在他打算对莫里森警探说出同样的故事。

莫里森很年轻，身着棕色西装，有一张圆脸，看起来像是电视广告中那种迷糊的年轻爸爸。但是他带着一本正经的神情询问问题，而另一名条子一一记下，尽管他们已用机器录下内容了。莫里森不时写下笔记，但是他又看不懂，史威尼一家可不是以学问出名的。

金属桌上有一杯水放在他旁边，但要是他想喝，他就得找人把杯子拿到他嘴边，让他咕噜咕噜喝下。太棒了，是吧？

"慢慢来。"莫里森说，"尽管说。"

"我那天上午在车屋醒来。"

"哪一个车屋？"

老天，这真的会讲上好一阵子。

其他人的故事出乎意料地陆陆续续传来，然后过了一阵子之后，就不再那么出乎意料，因为这种事经常发生，个人的人生也经常被强奸事件摧毁，而她直到现在才了解到这种状况。

朋友的朋友。

别人的阿姨。

别人的姐妹。

别人的同学。

一名女子和朋友一起露营，她前去使用营地的浴室，却遇上埋伏在那里等候猎物的两个男人，他们当场侵犯了她。

一名女子决定利用私人假期为非政府组织服务，去萨尔瓦多当志愿者。在最后一晚，她独自前往一家酒吧，不知怎的，两杯啤酒出现在她的桌子上。隔天早上，她在陌生房间里的一张肮脏床垫上醒来。她知道自己被强奸了，全身疼痛。但是，她只想回到旅馆，赶上飞机，然后回家，回到安全的地方。况且，萨尔瓦多的警察是找不到犯人的，那里的强奸事件太频繁，几乎不算新闻。

一名女性喝得太醉，由一名男性友人协助她从派对上回到家。但一到她家，那个男性友人就强奸了她，然后在深夜四点钟，抛下半裸的她震惊地留在沙发上。她随后在当天上午就报警，却无法应付警察地毯式搜索她的房子，翻查她的内裤。才发生过那样的事，这感觉实在是另一种令人难以承受的侵犯。

将来还会有一而再再而三的侵犯，这是她在近几星期中慢慢了解到的事。

*

这不像电视上看到的那样有趣。

在电视上，犯人总是有着刺青的壮硕硬汉，顶着光头之类的，还会翻桌，和警察狠狠互瞪。在这里，大家都挤在他身旁，等着他回答史上最乏味的问题。

"你和你爸爸、麦可一起住的那间车屋在哪里？"

"就在那条路上去的路边，幽谷森林公园的上方，可以见到瀑布之类的。"

"很好，钱宁。"

那个条子的笔拼命写呀写。

"那天上午你是几点钟醒来的？"

他耸耸肩，家里没有时钟，他也没有手表。

"可以推想一下吗？"

他妈的谁会那么在意时间。

"我醒来，就是这样。"

"那是……九点吗？还是十一点？钱宁，试着回想看看。"

"我不知道，我不看时间的。"

条子停下动作，清清喉咙，然后看着麦路翰。

"如果我的当事人不记得，我认为逼迫他说出一个时间并不公平。"

"那好。"莫里森说，"呃，你认为那是在中午之前还是之后？"

"可能是之前吧！"就空气的味道来说，他觉得像是上午。

"你醒来后做了什么？"

"在车屋里闲晃了一下。"

"你有跟任何人说话吗？"

"没有，我老爸和麦可都不在。"

"如果他们不在，是去了哪里？"

他忍俊不禁，想要大笑，但是麦路翰的眼神提醒他保持正经。

"我老爸大概去工作了，而麦可……我不知道。"

"那么他们不在家，所以你是独自一人待在车屋里，这是否属实？"

"对。"

"在驻扎处，你有和其他人说话吗？"

"隔壁有个女人，叫诺拉·卡拉汉，她还有个小孩。我跟他们待了一会儿，一起吃了点东西。"

"她煮饭给你吃，是吗？"

"对，没错。"

"她经常这样吗？经常煮饭给你吃？"

他再次耸耸肩："对，有时。如果老爸不在，家里又没东西吃的话。"

"你有跟她说过什么事吗？"

"就一些事，但是想不起来。"

"你可以试着想一下吗？"

"不，不太行。大概就是聊一些……我老爸在哪里，麦可在哪里，她家男人去哪里了之类的。"

又一阵停顿。莫里森清清喉咙："好，那么你能不能告诉我，你那天上午醒来后有什么感觉？"

"肚子饿。"

"好，还有吗？"

他犹豫了一下，看看麦路翰，对方点点头。他们谈过这件事，说出来没关系。

"我……我还觉得有点亢奋。"

"亢奋？"莫里森抬起头，像是这件事很重要似的，"你前一天有嗑药吗？"

"有。"

另一个条子现在开始拼命写，像是听见了神谕，而莫里森只是点点头。

"你嗑了什么药？"

"一些摇头丸。"

"是药丸吗？你吃了几颗？"

"不确定，两颗，也可能是三颗。"

"还有别的吗？"

"还有一些兴奋剂，我跟朋友抽了一些。"

"你说的兴奋剂指的就是大麻，这是否属实？"

当真的吗？要跟这些条子详细说明多少次呀……

"钱宁，请回答。"麦路翰说。去他的。

"是的，警官，我说的是大麻。"

"你抽了多少？"

"我不知道，我们两管烟传来传去，我们三人一起抽。"

"所以，当你星期六上午醒来，仍然感觉到这些毒品的效力，是否属实？"

"大概吧。"

"你可以描述你感受到的那些毒品的效力吗？"

"我觉得头好痛，而且你知道，一切都还是飘飘欲仙的样子。不过人还是晕晕的，就没办法把事情记清楚。"

或许现在他们会停止问他这些鬼问题了，既然他都承认自己什么都不记得了。

"钱宁，我很高兴你告诉我这件事。但是，我还是得要求你尽可能地回忆事情。你因为很严重的罪行被捕，是除了杀人之外，最严重的罪。所以为了你的利益着想，要尽可能地告诉我你记得的事，进而说服我们你没有犯下这个罪行。你了解了吗？"

"是，我的当事人完全了解。"

谢啦，麦路翰，拿我当白痴一样，帮我说出了这些他妈的鬼话。

"那么，当你跟诺拉·卡拉汉吃过东西后，你做了什么？"

"我在驻扎地又晃了一会儿。"

"做了什么事？"

"不知道。就是……随便晃。那里没什么事好做，当时想打电话给我朋友。"

"但是你没有打？"

"我是说，我可能打过，但没有人接电话。"

"而这些朋友就是星期五晚上的那些人？"

"没错，盖瑞和唐诺。"

莫里森问了两人的全名，然后记下来。

"等你打电话找不到他们之后，你做了什么事？"

"不知道，我想我是决定往下走去幽谷森林公园，然后去那公园闲晃。"

"你几点走去公园的？"

"不知道，下午吧。我说过，我没有手表，也没时钟。"

"对，钱宁，当然。你为什么决定去公园？"

"那里有人，有比较多的东西可以看。"

"你走到那里时，看到了什么？"

"就是，正常人呀。你知道我是什么意思吧？遛狗的人们，散步的人们，诸如此类的。"

"你有跟这些人说话吗？"

"没有，一个也没有。"

"只除了那女人？"

"对，对，只除了她。"

＊

她从美国友人那里收到了爱心包裹。

第一件来自她的朋友玛莉莎。等包裹抵达时，她打开纸箱上方的卡纸，看到几包里根糖、椒盐脆饼、薰衣草香味的沐浴盐，奶酪通心粉，还有一只毛绒小猪。

象征美国中产阶级的安慰，经由美国邮政服务，体贴地寄送到了伦敦。

其他包裹也抵达了：有机皂、设计精美的文具、泡粒填充玩具。所有包裹全附上真诚的便笺，里面亲笔写着：我真的非常非常遗憾听到发生了这种事……

这些小玩意儿充满关爱和友情，她将它们陈列在床头柜和窗台上。

四个星期之后，她觉得自己已够勇敢，不用再睡在客厅的床垫上。她搬回自己的卧室，每个晚上，当房门一关，她就被封闭在四面墙里。她提醒自己，只要经过八小时的黑暗，太阳就会在隔天上午五点三十分升起。当未知的黑暗不断压迫窗户时，城市灯光就犹如黑暗海洋的小小灯塔般渐渐浮现，而她只需要像这样熬过八个小时。

如果问她每天是怎么度过这些时光的，她没办法回答。

睡到上午十点甚至十一点，然后详细记下她的梦，吃点东西，服用可怕的 PEP 药丸，然后……她整天在公寓里做了什么？

不过几星期以前，她一定会觉得无聊，甚至得花上好几小时来反省自己。

但是，现在对她来说，时间流逝的规模已不一样。时间不再可以用活动填满，也不是能够有所生产。现在只是空虚，只是一连串平淡无味的日子和星期，只是绵延在她前方的一片无限期的终生抑郁。

那就是她的未来，以及她的现在。她的过去已不再是她的，而是属于另一个不同的薇安的。

*

"你什么时候看到谭小姐的？"

"不知道，我那时只是到处晃，然后我们大概就开始交谈。"

"谁先开始攀谈的？是你还是她？"

他迟疑了，怎么转换方向？

麦路翰在他说话之前先发言了："只是要重申，我的当事人当时还受药物影响，所以可能无法记得这样的确切细节。"

"律师，是，我了解。"

"我记不太清楚了。"

"你们谈了什么？有人问了另一个人问题吗？"

"可能有，我想她有问我。她跟我问路，大概就是查了书却还是迷路了。"

只要稍稍扭曲事实，没有人会知道，而且她问路会显得更合理，毕竟她是观光客之类的。

"她有特定问了你什么吗？"

"呃，像是，她有一条想要走的步道，想知道自己有没有走对方向。"

"所以是她先跟你说话的？"

"对，就是这样。"

"而你跟她说了什么？"

"就是她的方向没错，她想要爬上山坡之类的，然后我说，是呀，我很清楚那个区域。"

"之后发生了什么事？"

"呃，之后她说'你真的很清楚那个区域吗？'像是她想要继续聊，你知道我的意思吧？"

现在，轻轻松松就上场了，施展史威尼的魅力吧。他想起麦可说过的话，你的说法跟她的说法一样重要，所以让它活灵活现，相信它。

莫里森点点头："是，请继续。"

"所以我就继续跟她聊，就聊些这地区的事。"

"那你为什么继续跟她聊天？"

"没别的事好做呀，况且，她似乎蛮喜欢我的，她也还蛮算是个马子的。"

莫里森扬起一边眉毛："马子？"

"就是好看的女孩嘛，如果你懂我的意思。"

"所以你觉得她很有吸引力，而且你们两人似乎相处愉快。"

"对，对，我是这么想的。"

*

我很遗憾听闻你的遭遇。

一个朋友在电子邮件里写了这句话。她叫洁麦玛，是个细瘦、动作笨拙，却很聪明的英国女孩。她们多年前因在一个电视企划案中合作而成为朋友，两人虽然没有太多共同点，但不知为何，她们之后仍继续保持联络。

洁麦玛在苏活区筹备活动，所以邀请她去喝两杯。

就跟对其他人一样，她回了一封说明实情的电邮。说她这些日子不太能参加社交活动，因为发生了这件事……

洁麦玛回复了两段经过慎重雕琢的文字。

你或许会想跟我一个朋友联络，她叫安纳贝尔，多年前她被一个同事强奸。她说我可以将她的经历告诉你。

安纳贝尔决定不诉诸法律。对方来自一个交游广阔的富有家族，她在法庭上毫无胜算。她最后只好辞去工作，花了很长一段时间才恢复。

但她现在婚姻美满，还有一个小孩。我认为你可能会想要知道这件事，就是继续向前行，而且重拾人生是可能的。

在一处遥远的地方，安纳贝尔的故事鼓舞了她。所以，这是可能发生的，不是毫无希望的。经历了这样的事情之后，人生还是可能变得更好的。

不过，但愿她知道该怎么办到，然后快速抵达人生变好的时刻。只是，这里没有如同戒酒会般的十二道清楚程序来指引你，这里正是需要你盲目摸索、随机应变的地方。

最后，她并没有联络安纳贝尔，总觉得这种事有点太强人所难，而且她的电子邮件要怎么写呢？

洁麦玛可能跟你提过我，我是她那个刚被人强奸的朋友。

然后呢？

＊

"是什么事让你认为这个女人喜欢你？或至少想要一直跟你聊下去？"

他往后靠，露齿一笑。嗯，别吹嘘得太厉害。但记得情形像是这样，就是遇见对你有好感的马子刚开始的那些时刻，她们会闪现笑容，眼神撩人，拨动发丝，笑的时候奶子上下晃动。

"嗯，她微笑，而且一直跟我闲聊。"

"你们聊些什么呢？"

"很多事呀。"

"像是？"

"她自己和她的生活呀，还有我，我说了一些家人的事。但我记不太清楚了，那一整天真的都迷迷糊糊的。"

"你可记得她说过什么关于她自己的特定事情吗？像是住在哪里？又是以什么为生？她是不是来贝尔法斯特访问的？"

"哦，她是来贝尔法斯特访问的。"

"她有告诉你原因吗？"

"我不太记得了。"

"你们两人在公园里聊了多久？"

"我没手表，没办法告诉你。"

"你可以猜一下吗？"

"半小时，大概吧？就是一阵子。"

"公园里有没有其他人看到你们两人在聊天？"

"哦，有很多人。"

"你可以仔细描述其中的任何人吗？"

"没特别注意他们。"

"一个人也不记得？"

"对，我的注意力真的只在她身上。"

*

慢慢地，她开始有了新的例行公事，虽然少得可怜，但已近乎日程表，这似乎支撑了她空虚的存在。

每个星期四她到坎柏韦尔的庇护中心接受无用的治疗。每个星期二下午，她会搭公交车到旺兹沃兹，去见老板替她付费的私人咨询师，或许再冒险多走几步到隔壁开放式的公园，然后再坐公交车回沃克斯霍尔。

在这期间，她会出于某种责任感，吃点东西，然后凝视窗外，或是躺在沙发上。

然后就是钢琴。

她又开始弹钢琴了。一月时，她曾很自豪地以四百英镑买了一架数字钢琴，她认为这是相当不错的价格。好几个星期过去了，它就只是被遗忘在那里。后来，一天下午，当她的室友都去工作时，她打开琴盖，接上电源，坐下来，开始弹琴。

一个音符，接着是另一个音符，她弹了已十多年没弹的一个和弦。

然后音乐就开始出现了，音乐从未离开她。

古典乐、蓝调音乐，还有那本随琴附赠的乐谱《五十首最佳钢琴乐曲》，乐谱里面是她从小弹到大的熟悉曲目，巴赫的小步舞曲、莫扎特的轮旋曲和贝多芬的奏鸣曲。有些弹得略显生疏，但是稍稍练习之后，她又可以像十三岁时那样弹奏了，只是这次更能控制自己。

翻动乐谱时，她找到了德彪西的《月光》。她小时候从未学过这首曲子，但是现在她拥有全世界的时间。而且它也不像她之前害怕的那样困难。一个音符接着一个音符，她串起挤在五线谱上的那些升记号和降记号，聆听一个和弦融入另一个和弦。

接着，她翻到贝多芬的《悲怆奏鸣曲第二乐章》。她听过好几次这首曲子，想起在新泽西教会礼堂弹奏它的那位钢琴演奏家，当时那些音符是那么诚挚和哀伤地流泻出来。如果她可以学会像那样弹奏，那么她的人生就不会是全然的浪费。

几天之后，她学会了一页半的第二乐章。

瞧，这就是进展。

她不再感觉自己是那么凄惨的失败者，不再感觉完全被夺走了旧有生活。因为不管发生了什么事，她还是拥有这一切，拥有这一切。

*

"所以你们两人聊了二十分钟或三十分钟，接着发生了什么事？"

现在，就是你运用想象力的时候了。你已经彻底想过一遍了，对麦路翰发挥了魅力。现在，就这么跟条子说吧。

"嗯，整段时间我们就只是边走边聊。"

"走到幽谷森林公园上方，走向驻扎处？"

"对，走上幽谷森林公园，走到她想要去的地方。我说过我住在那个区域，所以她问我能不能陪她一起走，当她的向导之类的。"

"所以是她要求的？还是你提议的？"

"大概两者都有吧。"

莫里森做出一个扭动嘴巴的不快表情，显示这个回答不够好。

"或许是她要求的，对，她一副她不了解这个地区的样子，而我对这边很熟，她想要有人陪伴。"

"她对你这么说的吗？"

"嗯，对，她问我能不能陪她一起走。"

"好，那是什么时候发生的？你们当时在公园的哪里？"

"是在，呃……"老天，这条子的问题真多，"就离可以穿过大路的地方不远。"

"你是说幽谷路？"

"对，幽谷路。穿过那条路，然后就到了另一头，那边就没有太多人了。那就是她开始真的，你知道的，面露笑容呀，说些要我陪她一起走的话。"

"那你当时是怎么想的？"

"就像这样，好呀，这马子对我有意思。"

"你这是什么意思？"

"哦，就是她可能，你知道的，想要来一炮之类的。不然她要我陪她一起走，还会有什么原因？"

"但是那时候你们还没有谈到性交之类的？"

"对，没有，我们只是在聊天。"

"那么之后发生了什么事？"

"呃，我们就一直聊，她不知道怎么过那条溪，所以我就示范给她看。"

"这时候有任何人看见你们吗？就是从你们两人穿过幽谷路之后。"

想，快想。有没有其他人？"我真的记不太清楚了，可能有一个人吧，之后就没再看到别人。"

"你可以描述那个人是什么样子吗？"

"不行，我说过，我的注意力主要放在跟她聊天上。"

"你记不记得这人是男性还是女性？"

可能不是女人，不然他就会记得。但是他摇摇头说不记得。

莫里森点点头，中断了一会儿以写下更多笔记。麦路翰清清喉咙："那么，在你示范怎么过溪之后，你们去了哪里？"

"就在那时候，我同意一起走。"

"走多远？"

"我们没说要走多远，但是我看得出来她想要跟我去什么地方。"

"你怎么看出来的？"

"微笑呀，撩人呀，就是女孩会做的那些事。"

"你说到撩人，这是什么意思？"

"就是呃……"想象一下，想象她。她会说什么？她会怎么做？

"嗯，她把手放在我的……我的肩膀上，有点像是靠在我的身上休息，而且娇笑了一阵子。"

"是吗？她什么时候这样做的？"

"就在我帮她过溪之后不久，只是一种感谢吧，因为我帮了她。"

"还有吗？"

"还有她……她在过溪的时候，脱掉鞋子和袜子，露出她的脚给我看。她其实用不着脱，我告诉过她可以踩石头过溪，只要跳过去就好，但她还是脱下鞋袜让我看她的脚。"

"她还脱了什么？"

"只有鞋袜，但这就像，她不想隐藏她的脚之类的，她想要我看。"

"她后来有穿回鞋袜吗？"

"有，过了溪之后，但大概那时候，她就靠着我。"

莫里森停顿了一会儿，眉头深锁，另一名条子做了那么久的笔录之后甩甩手。"然后呢？"

"所以之后，我们就大概并肩一起走，我还帮她爬上那山坡。"

"你带路吗？"

"哦，对，没错。她真的很感激我，没有我，她根本就没办法爬到那山坡上，是我告诉她怎么走的。"

*

她的朋友凯洛琳听说发生了这种事，就打电话过来了。

"你现在在家吗？"凯洛琳带着一种怪异的急切问道，"我现在要过去了，我非得过去不可。"

九十分钟后，凯洛琳来到她公寓的客厅。两人坐在沙发上，喝着装在马克杯里的花草茶。

"我才刚听说。"凯洛琳说，"真遗憾你遇到这种事。"

她耸耸肩："嗯，我现在对此也无能为力。"

"只是……"凯洛琳开口，然后又打住，看着窗外的泰晤士河，"嗯，你知道吗？我也有过这种遭遇。"

她惊讶地抬起头，但是凯洛琳并没有看着她。她认识凯洛琳三年了，从未听说过这件事。

"什么时候发生的？"一种保护的本能、一种无言的怒火在她心中升起。

"那时我还很年轻，我是说，那时我十九岁，暑期去华盛顿特区实习。我们有一群人全在同一个国会议员那里当实习生，大家都住得很近。你知道特区每年夏天是什么样子，就全是喧闹的大学生。"

她淡淡一笑，仿佛在大学暑假当个热切的实习生是上一辈子的事。

"其中就有这个男生，我们常常在一起，但是我们之间完全是柏拉图式，或至少，我从未对他有那方面的兴趣。然后，有一天晚上，我们一起玩乐，抽了一些大麻，我的神智不是非常清楚。我不知道那是怎么发生的，前一刻我们还在我的房间说笑、抽大麻，下一刻他就将我压制在我的床上。"

"我只记得事后在想'我并没有同意'，但后来，我说服自己我有，想设法让它显得正常，即使我在加州已经有男朋友了。"

凯洛琳仍凝视着泰晤士河，傍晚的光线映在她高高的颧骨上。

"为了设法让剩下的夏天可堪忍受，我告诉自己，我和这男生在交往。因为我们每天都得一起工作，而且同属于一个随时在一起的社交圈子。"

凯洛琳的绿色眼眸中充满了羞愧。

她看着凯洛琳的眼神，必定跟她所有朋友听她述说她的故事时，所投向她的目光一样。

"而且整个夏天，他都一直过来跟我上床，我就只是任凭它发生，从未试着阻止。我不知道为什么，或许是不想引起骚动，尽管这听起来很荒谬……"

凯洛琳的声音隐去了，她说完了她的故事，突然间她看起来没那么自信了。凯洛琳·桑德森出身美国中西部金发碧眼的显贵世家，是家中美丽又聪颖的三女。她的父亲和祖父都是有权有势的商界人士，男性表亲更是崛起的政治家。她思忖，是不是这样的家族传承让凯洛琳更难承认发生在她身上的事实。

"更糟的是，暑期结束时，他过来跟我吻别，还说'哦，我们应该保持联络，你永远不知道会发生什么事。'而我……"

凯洛琳的脸蛋扭曲，声音从喉咙深处挤出来。

"而我告诉他，永远别想再跟我联络。他怎么敢想要保持联络？"她的声音充满厌恶。她可以想象许多年前，凯洛琳愤怒地伸出手指，戳着那个没有提及名字的家伙。她无懈可击的举止和外表一时之间失去了控制。

"我完全没跟任何人提起这件事。"凯洛琳继续说，声音变得较为平静，"我只是憋在心中，我照常和同一个男друг约会，只是觉得自己像是背叛了他。然后，在两年之后，一切全都浮现了。我的情绪变得极度沮丧低落，我想要结束这件事，于是……我开始看心理咨询师。"

"咨询师怎么说？"

"她很好，真的很好。她告诉我说，这不是我的错。我没有背叛德瑞克，但是如果我想要感觉好一点，就需要告诉他。"

"你说了吗？"想到要跟男朋友说这种事，她本人一阵反胃。

凯洛琳点点头，啜了一口茶："他很棒，真的真的非常慷慨又支持我，但我想在我愿意说出所发生的事后，我还是需要离开一段时间才能真正痊愈，所以时机对我们并不合适。他现在已经结婚了，对象是一个再适合他不过的女孩。"

"这就是你搬来英国的原因吗？"

"或许，我非离开不可。那件事过后，我完全不想接触任何跟特区、跟国会山庄有关的事。最糟的是，对于我不想继续从事政治，我爸爸和我伯父都失望透顶。他们原本是那么兴奋我能在特区工作，想要竭尽所能让我可以在那里建立事业。"

"你是怎么跟他们说的？"

"只是说，实习过后，我发现那里不适合我。"两人都望着泰晤士河在午后的时光中转为灰色。

凯洛琳的脸上有着明显的悲伤和悔恨："但是我想，事情有时候就是会这样。"

我们人生的模样，是多么容易被我们几乎不认识，且之后也永远不想再认识的人塑形影响。

凯洛琳急急转身，开始啜泣。

"真的很抱歉，我来这里是想要安慰你，但看看我这样子……"

她感同身受地看着，但是她自己没有泪水可以流。

自从贝尔法斯特事件之后，她已哭干了眼泪。

*

"好，那么等你们到了山坡上，发生了什么事？"

"嗯，那真是太棒了，眼前一片美景，而且只有我们两个人。"

"你这是什么意思？"

"就是她爬完山坡，上气不接下气，我们两人都是，所以我们靠在一起调整呼吸，她又对着我大笑，诸如此类的，所以我看得出来我上垒了。"

"你说的'上垒'是什么意思？"

"就是，你知道，她想要我。"

"'她想要你'，就跟她想跟你做什么事的意思一样吗？"

老天，这些该死的条子。

"对，没错，她想要来啵一下之类的。"

"你这是什么意思？"

"你知道，就是亲吻之类的呀。"

莫里森叹了一口气："听着，钱宁，关于你和那女人做了什么事，你需要更加具体地说明，那只是亲吻吗？"

"呃，刚开始是。只是一些亲吻，但是她真的很投入。"

"这个吻是谁先开始的？是她还是你？"

"两人都有，我们两人都想要。"

"你刚才说'她真的很投入'是什么意思？"

"就是，她把舌头探入我的喉咙，也让我对她做同样的事。"

"这时候你们两人都站着吗？就在你们爬上山坡的地方？"

"对，那就是我们开始亲吻的地方。"

"只有亲吻吗？"

"呃，手还有抚摸之类的。"

"是谁的手？"

"我们两人都有。"

他看了一眼罗里叔叔，对方好像只是盯着墙壁，假装自己不在现场。

"那么你们亲吻的时候，你们的手放在哪里？"

"刚开始，我们只是亲吻。但等她变得更为投入时，我们就更靠近了。所以她的两只手……大概是放在我的背上，把我拉向她。我的双手也放在她的背上，然后是她的屁股，接着往上移到她的……奶子。"

"所以你们接吻时，你的手碰触了她的臀部和胸部？"

"是。"

"她任你这么做？"

"对，没错。她没说这有什么问题，她让我碰那些地方。"

"其间，她碰触你什么地方了？"

他这个新版本的内容，几乎让他硬了起来。这跟真的一样，对吧？就在四下无人的树林里，像那样亲吻一个女人，有哪个家伙不会硬挺呀？

"她抚触了我的背和脖子，接着她的手顺着我的背往下滑，抓住了我的屁股。"

"好。"

"接着……接着，她伸向我那里。"

"她伸向你的生殖器？"

"对，就隔着我的牛仔裤，只有一会儿，但就是那个时候，我知道她想要我。"

"接下来发生了什么事？"

"嗯，她放开我，我们结束亲吻。"

"为什么会这样？"

"大概是因为她想引我去追她。就是我们热吻之后，她放开我，然后开始跑向步道，又笑着回头看我，想要我去追她。"

"你怎么知道她想要你去追她？"

"因为她看着我的样子呀，她笑着回头看我，一副'过来追我'的模样。"

"好，她可曾说过'过来追我'这句话？"

是，有何不可？就让她说吧。

"有，我想她有说'过来追我'，她就是这么说的。"

*

睡眠变得很不牢靠，它不愿欢迎她回到它温暖的怀抱，而是玩弄她，假装伸出手，然后又抛开她。

等她真的入梦了，梦却总是在她醒来前最后五分钟出现，那些疯狂而生动的梦境，似乎比她现在乏味灰色的人生更加真实。

她有一次梦到自己像在大学派对上，试着躲进一个卧室里，而一群大声喧嚣、自吹自擂的大学运动员喋喋不休地在上锁的门边说话。而他们一旦进入房间，就会集体强奸她。

她所能做的只是躲藏，并且假装自己不在现场，只是他们知道她在里面，试着破门而入。不过，她无路可逃，房间没有窗户，也没有武器，他们闯进来只是时间问题。

等她醒来，阳光透过她床边的窗帘照进来。而她的心脏仍因梦境狂跳，仍惧怕那不可避免的事。房间很明亮，她的室友去工作了，而她独自一人待在公寓里。

*

"那么听到她说'过来追我'，你当时把它当成了什么意思？"

他看着那条子，一副对方简直是白痴的眼神："就是，她想要我去追她，然后就在当场上她。"

"她可有在什么时刻，具体说出她想要性交？"

他嗤之以鼻："没有，马子才不会那样说。她们只会咯咯笑或微笑，表示她们想要。"

莫里森看向麦路翰，但律师没回视他，莫里森写下一些字。

"那么，那时候你是什么样的感觉？"

"硬挺，你知道我的意思吗？就是这个马子在这里，性感又主动，而她已清楚表明她想要，你知道，当场做这档事。"

"那么你想要和她性交吗？"

"对，当然。"

"那么这场……追逐进行了多久？"

"不太久，我是说，步道有一段距离，它会延伸到驻扎处，所以是在那之前。"

"在你们到达驻扎处之前？"

"对，对，我想要在那之前追上她，所以我们可以，你知道的，趁还在树林时，做我们想做的事。"

"理由是？"

"嗯，就是多点隐私呀。我是说，你不会想要在空地里，在大家可以看见你的地方做那档事。"

"而你们不担心会不舒服？就在森林中性交？"

"听着，她可是期待得很，这正是重点，她想要粗暴狂野地来一炮。"

"她对你这么说了？"

"嗯，用不着说出来。我追上她后，就把她转过来，我们又开始接吻。这时候她开始扯下我的衣服，所以如果她是那么热切，我就不会太挑剔地点，知道我的意思吧？"

"这时候，你们离驻扎处不远了，你没想过邀请她去你家的车屋性交？"

"哦，反正车屋里也是乱七八糟的，所以你知道的，森林那里有风景和树木，这样还比较浪漫呀。"

"浪漫？"

"对，浪漫。"

莫里森滑稽地嘟着嘴。

"而且，我们漂旅人可不能带随便认识的女孩回车屋，回我还跟麦可、老爸一起住的地方，我的意思是我还小，他们对这种事不会太高兴的。"

"好，所以你们想要有点隐私……在树林里的隐私，然后你说她扯掉你的衣服，是什么衣服？"

老天，你们这些人真是烦。

"她直接扯下我的牛仔裤，双手放在我的前面，明显想来一炮。"

"好，这让你感觉如何？"

"嗯，知道吗？我那时候也冲动极了，硬得不像话，所以啦，不管她要什么，我都愿意上。"

"她想要什么？"

"那马子什么都想要，每一个她想象得到的姿势，甚至有些是我还不知道的呢，因为我还小呀，不过我们全做遍了。"

"你怎么知道她想要这样？"

"因为她会要求姿势，要这样要那样，怎么也要不够。"

"她还说了什么？"

还说了什么……还说了什么。她有说话，那个女人，在那期间，在树林、在泥地，在那些抽插之中，他想起来了。

"她说'我敢说你可以干上一整晚'，她是这么说的。"

莫里森的精神来了，像是听过这句话。他的眼神不太一样，但又隐藏起来。

"她这么说了？"

"对，我确定，就是这句'我敢说你可以干上一整晚'。"

可以暗自窃笑了，这句话已命中红心。

＊

六月时，她被传唤到南华克警局指认犯罪嫌疑人。他当然没有亲自到场，但是有一种叫作影像列队指证的做法，莫里森警探跟她解释过这件事。借由在她身上验伤取证时找到的基因证据，他们比对到部分吻合的 DNA，是一个有前科的人。或许是亲人，他可能是犯罪嫌疑人的哥哥。如果她可以在列队指证中，指认出加害她的人，就有助于解决问题。当然，这不是关键证据，但对于案子很有帮助。

友人莫妮卡陪她去警局，两人的互动很紧张。莫妮卡不知该说什么，她们默默坐在等候室，焦虑在她心中逐渐高升。她的泪水回来了，悄悄从眼角滑落。她拭去眼泪，努力装作她没哭。

"你们要喝点东西吗？"接待人员问。她要了健怡可乐，她拿起罐子喝了一口，手中仍不断扭着身上灰色围巾的流苏。

莫里森说过，那男孩属于一个被称为"爱尔兰漂旅人"的爱尔兰特定族群。他们的外表和爱尔兰人没什么两样，但是生活方式和受到的待遇却不一样。有时候他们会"出格"，他这么说。她在想这是什么意思，心想他在今天的指证屏幕中会不会为她"出格"。但是你的强奸犯就是你的强奸犯，他的出身并不重要，她是绝对不会错认的。

最后，她终于被要求单独进入一个房间。

一名说话亲切，有着鹰钩鼻的警察，拿着讲稿宣读。

"你将在屏幕上看到一连串的面孔，其中一人被指控侵犯你……"

每张面孔会依序展示给她看两次，最后，她将指认她所认定的加害人。这样是否清楚？

她点点头，警察放好DVD，许多面孔就出现在小小的电视屏幕上。

她体内浮现出反胃的感觉，如果看见他，她一定会吐出来，她已经感觉到喉咙的肌肉蓄势待发了。

只是他脸部的影像，是几星期前拍摄的，他本人不在这里。

"准备好了吗？"警察问。她点点头。

影片质量很业余，如果在其他情境中几乎可以说是滑稽的。一张面孔出现，是一个大约十四岁的男孩直视着镜头。显然不是他，但这男孩还是盯着不放，像是直视着她。有雀斑的脸庞，但头发颜色太淡了。

五秒钟后，一个数字"2"出现在屏幕上，接着是另一张脸。这一张完全不像，头发和眼珠颜色都太深了。

她涌现一阵恐慌，要是我认不出他来怎么办？

这种新生的怀疑加上生理上的恶心感觉，加重了她胃部的翻搅。她的手心开始出汗，她紧握冰冷的可乐罐寻求缓解。她不断捏扁又放开金属罐，凹陷、凸起、凹陷、凸起。

3号出现，然后是4号。

但是，当5号出现后，她明确无误地认出来了。那双冰蓝的眼珠，看起来比其他人都更加凶狠。其他男孩只是在演戏，只是警方雇用来混入列队指认的青少年。但是这个孩子……他是货真价实的。

她本能地转开头，尽管很宽慰如此轻易认出他，却也不想再见到他。但是指认的程序又继续了十张面孔，然后又重复了一遍。在第二次展示时，她强迫自己整段时间都盯住屏幕。她的内心像是有什么东西变得坚硬了，无法平息的怒火紧缩成一块冰冷的硬石。

是他，强奸你的就是这个孩子，现在送他进大牢吧。

警察关掉电视，然后转向她："好了，现在你能否指认出哪一个是你指称在今年四月十二日袭击你的人？"

她清清喉咙，以嘶哑低沉却毫不迟疑的声音说："5号。"

她更加用力捏住可乐罐，感觉金属罐在她的手中变扁。


后来，她跟莫妮卡坐在隔壁的星巴克里，喝着豆奶卡布其诺。"情况如何？"莫妮卡问。她只回答说，不错。诡异、可怕，但最后的结果还不错。

在这尴尬的沉默之中，她心不在焉地滑看新手机上的信息。她的好朋友珍从马拉维发了电子邮件给她，她拿了六个月的教师休假，陪同男友到那里出任务。

珍写道：我们订婚了！丹尼尔在我们去维多利亚瀑布玩的那天晚上跟我求婚，那天稍早我们还坐了轻型飞机，能够在丛林上高飞，真是太美妙了……

她回信恭喜，她知道自己该为他们感到开心，在一个理性的表面层次上，她的确是。但是在表层底下，她却因为这个消息而更加消沉。这是一种和亲密友人分道扬镳的感觉，朋友的人生在幸福路上持续往前行，而她的人生却卡在深深的污泥和绝望之中。

"要再来一杯咖啡吗？"莫妮卡问。

她摇摇头："不了，我该回家了，今天晚上还得参加茱莉亚的准新娘单身派对。"

"薇安，你还好吗？"

她耸耸肩："嗯，我想是还好。"

但是在回家的公交车上，她不断发抖。她无法克制双手的颤抖，所以她试着坐在手上，免得被其他乘客看到。她到底是怎么回事？列队指认结束了，她也指认出他了。她看到他的脸，也撑下来了。是女子单身派对的关系吗？是因为知道在自己人生已经分崩离析的情况下，还必须再次武装自己，面对世界，为朋友佯装开心和欢乐吗？

她告诉自己，她做得到，只是几小时的社交活动。

不，一个声音回应，我做不到。


回到公寓，她伏在那张 IKEA 的桌子上，开始啜泣。

她还有一件黑色洋装要套上，一双高跟鞋要换上，还有妆要化，要设法拯救经过她最新一次情绪溃堤后的脸蛋。

但是还不能，她还没准备好。现在她所能做到的只是哭泣。

\*

"史威尼先生，你有射精吗？"

该死，这真是难缠的问题。真想说有，但是他们检查过了，不是吗？早就检查过那种鸟事了。

"呃，没，我没有。"

"你没射精？"

是的，警官，只是抽插而已。

"对，不知为何，我没有。我也不知道，想说大概是因为在树林里办事之类的，让我变得很反常吧。就像我说的，我对这一切还很生嫩。"

"但是几分钟前，你还觉得在树林里性交没什么问题的。"

"呃，这是因为她很急切呀，但是当我们开始之后，经过那一切不同的姿势，我就开始有点担心了。万一有人过来撞见我们呢，所以我就没那么享受了。"

"那么那女人呢？这期间她的反应怎样呢？"

"她似乎很享受，你知道的，就是一直说还要。"他对莫里森展露笑容，但莫里森只是看着他。

"所以，当你开始担心之后，你做了什么？"

"我建议我们停止，就回家或是去别的地方之类的。"

"那她说什么？"

"她什么话也没说，所以我猜她觉得停下来也无妨。"

"之后发生了什么事？"

"呃，我们聊了一下。"

"你就留在那里吗？还是按照那女人之前的要求，陪她健行？"

"呃，她其实不是真的想要我一直陪着她走，那只是她的，你知道的……想要约炮的手法。"

"好，那么这件事你又是怎么知道的？"

"呃，我们做完之后，她说她想独自继续健行。"

"那你对这句话有什么感觉？"

"呃，我没什么感觉呀。我是说，我已经跟她做过了。"

"所以你对她再也没有任何兴趣了？"

他看着条子，不明白他这么问是什么意思，只能硬着头皮说：

"是，我是说，性行为这部分很不错，然后我就走我的路了。"

"你们有计划再见面，或是交换手机号码之类的吗？"

"没有。"

"那么在你和谭小姐性交后，你说了些什么？"

"就是随便聊聊，说我要去阿马市和都柏林。"

"她有说她自己的事吗？"

"没有，我想没有。我不太记得了。哎，我不是很擅长文字和对话之类的。"

莫里森看着他，一副不相信的样子。

"等等，我的确想起她说过一件事。"

"哦，是什么？"

"她说'别担心，我不会把这件事告诉别人的'，听起来很好笑吧，但是没错，她就是这么说的。"好了，这应该可以让他们住嘴了。

莫里森停下话，写下笔记，然后正眼看着他。

"你认为她说那句话是什么意思？"

"就像她说的，她不会告诉任何人。"

"但是，什么事促使她那么说？"

"呃，我猜或许像她那样时髦高尚的美国女人不喜欢让人知道，这就是她寻欢的方式，你知道，就是和年轻男孩在公园打炮。"

"听到她这样对你说，你的反应是什么？"

"嘿，这样更好。我也不想我老爸和其他人发现我和这女人的事。"他瞄着坐在他隔壁的罗里叔叔，对方还是没说半句话，只是盯着桌子。

"但是，他们的确发现了。"

他点点头："我想是这样，他们发现了。"

"那么现在，你对于她当时那样说有什么感觉？"

"呃，就是……"他的声音隐去。他也不再一而再再而三地想着这件事，想着那女人给他的这个痛处。她当时为什么那样说？后来却像爪子一般彻底撕开，直接整个公开。

她当时始终都是打算告诉别人的。

那个贱人一直就是这样计划的，就这样从她的嘴里对他吐出谎言，接着马上就跑去报警，她从一开始就是骗他的。

莫里森仍然盯着他不放，像是在解读他的表情。该死的，快镇定下来，举止自然一点。

他清清喉咙。

"钱宁，你想说什么？"

"哦，没有，只是……抱歉，你刚才问什么？"

"对于她当时说的话，就是她不会告诉别人你们两人做了什么，你现在有什么感觉？"

"就是有点失望，我以为我们有种默契，你知道的，现在她却告诉了所有人。"

"你原本以为这会是你和她之间的一个秘密？"

"对，但我猜想她改变主意了。"

"你认为她为什么会变？"

"或许她事后觉得难为情，就是她跟我做了那些事，或许她有朋友发觉了？"

莫里森点点头，眉头依旧深锁，而且不发一语。

"因为，她真的只是想要性交而已。"

*

"他会有怎样的下场？"珍有一天这么问她。她已结束假期并从非洲回来，手指上闪烁着订婚戒指。

她所有的朋友都问她这个问题，大家都同样鄙视那个未知的模糊身份，一个他们甚至连名字都不知道的人。对他们来说，他可能就跟漫画里的坏蛋一样。

但是她现在知道他的名字了。逮捕到案的几个月后，莫里森警探寄了一封信给她。他在抬头标明北爱警局的信笺上打印了几句话，说明加害她的嫌犯现在被羁押候审，但由于对方未成年，他的名字仍不得对外公开，而他的全名是约翰·麦可·史威尼。

这个名字本身对她毫无意义，就跟其他爱尔兰男性的名字一样平淡无奇。不过，她隐约记得这不是他告诉她的名字，不管是性侵之前，还是之后她坐在步道边时，他说的都不是这个名字。

"他现在被关了吗？"另一个朋友问。

这些情绪会以各种形式呈现：我希望他下半辈子烂死在牢里，我希望他在牢里被奉还十倍的强奸。只是后面那句话通常出自她的男性友人。

她耸耸肩，对他的命运几乎漠不关心。一方面，她强烈的正义感要他得到应有的惩罚，而另一方面，不值得耗费精力对那男孩投入太多怒气。精力对她来说仍非常珍贵，愤怒太有杀伤力，太让人精疲力竭了。

所以她让她的朋友承担这种怒火，让司法体系自行伸张正义。

"但是他会不会审判前都待在牢里？"他们问。

"审判"这个词引发了另一阵反胃。"看情形。"她回答，"他可能会一再申请保释，只是警方不认为他会获得批准。"

"什么时候审判？"

她再次耸耸肩，她甚至不愿去想："明年年初的某个时候吧，他们现在只知道这样。"

她不知道自己要怎么撑到那时候，熬过从现在到那无法避免的日子之间的这段虚无。

但是，她现在的人生就是这样。她非得期待的唯一一件事，居然是她最为畏惧的事。

*

"钱宁，还有一件事。谭小姐身上的确有相当多的瘀伤和擦伤，你对这件事有什么了解？"

"哦，是。"他露出笑容，一副正在回忆的样子，"哦，呃，就像我说的，她喜欢粗暴式的。那是，呃，那不算是什么温和的性行为。"

"所以你是说，她身上那些瘀伤全是来自性交过程？"

"对，对，我说过，当时就在地上进行，有石头之类的，而且她还想要那么多不同的姿势。"

看着条子的眼睛，就像是你说的是真话，你的说法就跟她的说法一样重要。

"你记不记得你做过任何可能导致她身体瘀伤的具体行为？"

"我不……我不记得有那样的事情，那时非常狂野。"

莫里森再次清清喉咙。

"钱宁，那么，我想我们告一段落了。"

*

那年十月，在她三十岁生日的那天早上，她待在布莱顿。珍和她的未婚夫丹尼尔邀请她来共度周末，前一天晚上，他们吃了咖喱，又喝了几瓶酒。她有时还是可以扮演过去那个薇安的，和朋友喝得醺醺然，佯装乐在其中。但是这样的装模作样几乎耗尽她的精力，使得她随后要累倒好几天。

257

那天上午，珍和丹尼尔去工作。所以她决定在搭火车返回伦敦之前，先独自逛逛布莱顿。

她漫游在空旷的街道，听着空中漂泊的海鸥的孤单叫声，接着发现自己来到了滨海中心。许多家庭和情侣在这里散步，欣赏闪闪发光的海景。布莱顿码头的巨型建筑物大胆地伸向海洋。

她发现自己敬畏它无惧的笔直线条，以及远远延伸在海面上的各种有趣的娱乐搭乘设施。

她步上码头，小心翼翼地踩着木板，隐约见到了远远的冰冷水面。虽然是星期一下午，而且又是淡季，码头上还是有不少人，他们踩着足以让码头颤动的脚步。孩子们高声尖叫，互相追逐，附近贩卖的棉花糖和爆米花传来阵阵香气。突然间，这让她想起八岁那年的夏天，她的家人难得去了南泽西的怀尔伍德度假。每到傍晚，他们就会走上从木栈道延伸出去的五个码头，那里的每一个码头都有各自的搭乘设施。有一个旋转木马和碰碰车，一个巨大高耸的摩天轮，还有一个云霄飞车，它每一次载着放声尖叫的乘客冲下来时，码头也随之晃动。她赞叹那些搭建在码头上的庞大有趣的设施，码头容许云霄飞车和摩天轮不断转动，而在其木栈板底下的海洋仍继续移动，潮起潮落。

现在，在布莱顿码头，凝视冰冷的蓝色海洋在码头底下拍打翻滚，那里的渔网网住了生锈的金属，而她感觉到的只有恐惧和焦虑。

在她周遭，各个家庭沐浴在明亮的阳光下，完全没察觉到底下汹涌奔腾的冰冷海水。她压抑住熟悉的呕吐冲动。离岸边这么远，海洋必定既深又危险，却只有一片薄薄的木板隔开了她和汹涌怒涛。

她只需要穿过栏杆，然后放手。落水的几秒钟后，她就会失去知觉，所有的痛苦孤寂就会永远离去。

她抓住栏杆稳住自己，今天不行，不能在她的生日。她因为恐慌而呼吸急促，知道为了安全起见，她需要尽快返回陆地。在码头随时可以倒塌的情况下，这些人到底在这里做什么？还有说有笑。而她在这些想法不断萦绕心头时，又在这里做什么？

她慢慢走回岸边，全程紧抓着栏杆。一踏上陆地，她就可以轻松呼吸了。她敬畏又惊叹地看着闪现的五光十色，而她不再是天真的八岁小女孩。我们会变老，会变成三十岁，会了解恐惧。

几小时后，她搭上开往伦敦的火车，田野在逐渐变暗的光线下不断延伸。有好几分钟，她就只是赞叹地凝视着落日划破黄昏云层，然后迸现出火红。但是这晚秋的天空低垂，透露出未来几个月将会更加寒冷而且还会下雪。

开始下雨了，倾盆大雨打在车窗上，天空也迅速转灰，接着暗夜降临。她好累，她只想回到公寓，打开电暖器。然后她注意到手机上有一通未接来电。

莫里森警探在语音留言中，含含糊糊地问她接下来的几个月有没有空。他提到三月的第一周，这表示是在那时候出庭吗？在这之前，出庭都只是个抽象的概念，但是现在，确定了日期就表示它是一个具体事件。突然间，焦虑和绝望又再度袭向她。在颤动着穿过夜晚雨势的这辆火车上，她开始流泪。

她不让别的乘客发现，只是将脸埋在双手间，静静啜泣。这样的孤寂，这样随时的担惊受怕，这样的寒冷和即将到来的审判，无一是公平的。就那么一次也好，她真的好想逃脱痛苦和孤立，好想再度感觉到一些希望。

火车奔向盖威克，然后是东克莱伊登，接着是克莱翰转运站。她告诉自己，她很快就会回到家，那里有一张可以打盹的沙发，一个可以躲藏的被窝。然后，她转向窗外看着雨中的夜色。

# 第四部

她心想，从下飞机的那一刹那，贝尔法斯特闻起来就像坨屎。她站在贝尔法斯特国际机场的楼梯上，望着低平的青草地，闻着刺鼻的牛粪臭味。

珍在她身后，碰碰她的手肘。

"你还好吗？"

她点点头，暂时闭上眼睛。三月初，她回来了，来到这个她永远不想再回来的地方。

她在牛粪味中吸了一口气，接受应有的味道，然后睁开眼睛，拿起手提行李，走下楼梯。

*

"约翰·麦可·史威尼先生，请起立聆听对你的指控。"

法庭里面该死的寒冷，但话又说回来，他去过的每一个法院都像这样。坐在硬邦邦的塑料椅上，被玻璃嵌板包围，而人们像是职责所在似的从远处猛盯着你。

他站起来，他早就习惯了在法官面前站着。许多个月以来，他一再因为听证会而站在各被告席接受检阅。申请保释，却被告知他太过危险。麦路翰说这是"过程的一部分"。被铐上手铐，走过走廊，被带到另一个玻璃嵌板内。刚开始，他几乎听不懂那些法官在说什么，但现在他逐渐了解了。真的简直就像是另一种语言，法官和律师——就是戴着假发的那些人——说话方式都是那样，其他人都不得不听他们的废话。

在其他时候，并没有这么多旁人。但是现在，今天早上，整个法庭挤满了人，每排都坐满了。这些人到底是谁呀？有人拿着笔记本和笔，有些是年长的伴侣，甚至还有些女孩。

他大概有好几世纪没看到像样的马子了。刚开始，他的眼睛盯着年轻女孩，盯着她们的后脑勺，她们散落下来的秀发。他几乎感觉自己就要硬了，只是不能在这该死的法庭上。

麦路翰警告过他，今天法庭上可能会有很多人，像是记者之类的。挤进这么多人？他真是出名了。

他看见老爸缩着身子坐着，麦可在他旁边。盖瑞自从他被逮捕的那一天就不见人影，但是罗里叔叔、凯弗，还有去他的，那个大块头唐诺也在。这阵仗还不太坏，是吧？

书记官现在要他起立。

"约翰·麦可·史威尼，你在此被控三项罪名。"

麦路翰今天早上跟他解释说："要知道，原告，就是你碰到的那个女人，她今天早上确定会出庭。"

麦路翰说了好几星期，认为她有可能不会出现。她可能会太害怕，也可能会认为要特地搭机来贝尔法斯特太麻烦了。

所以要是她不出庭，那么这个案子就瓦解了，没有原告，没有强奸案。他就有了好日子，几乎可以当庭获释。

"你认为她是那种会出庭的人吗？"老爸前几天问他，希望她会留在她舒服又漂亮的房子里，不管那是在伦敦、在美国，或任何其他地方。

但是，在他内心深处，他隐约知道她不是那种会退缩的人。说了那该死谎言的狡猾贱人不会退缩，那个贱人会要他血债血还的。

"就阴道强奸罪名，你可认罪？"

他往前看，直视前方。

"不认罪。"

他心中再次重现了麦路翰的说教："钱宁，我必须提醒你，相较于上法院接受审判，最后却被判有罪的情况，现在认罪的话，可以让你获得比较轻的判刑。"

是，是，老头，你认为我有罪，我和我们所有漂旅人都有罪。

"就肛交强奸罪名，你可认罪？"

"不认罪。"

他想起自己大喊："我要操你的屁眼！"她也想要的。

"就殴打伤害罪名，你可认罪？"

这个容易。

"不认罪。"

他用不着殴打她，因为她始终都想要，那些瘀伤纯粹只是来自明显的粗暴式性行为。

"被告请入座。"

坐下，低头，不要接触任何人的目光。他知道全法庭的眼睛都盯着他，评判他而且痛恨他。那个吉卜赛混蛋，把他关到死。

只有一双眼睛是他真正惧怕的，只是他不想承认。

那双眼睛现在不在这里。

*

她不太自在地坐着，陷入深思。她现在是在供原告使用的房间里，"原告"就是她在这场审判中的官方标示，不是被害人，而是控诉的一方。她已经好久没穿像这样的商务套装：灰色铅笔裙、深紫色上衣，加上黑色漆皮高跟鞋。身上的一切似乎都啃咬着她，不管是裙子的腰带，还是鞋子的皮革边缘。

她的胸罩感觉也比平常紧，这使她呼吸困难。

在这无窗的房间里，她低头看着她带的《卫报》。但是试着集中心力毫无意义，她的心思不断游走，总是不可避免地飘向走廊的另一头，好奇在那扇难以区别的门扇后头所发生的事。

"亲爱的，你还好吗？要我拿什么给你吗？"默默坐在她身边的珍问道。

"我没事。"她摇摇头回答，但是珍没有转开头，还是一直盯着她。"好，那我来点绿茶。"艾莉卡坐在她对面，她看到艾莉卡不时从眼角确认她的状况。珍起身，走到茶壶那里。

昨天晚上，在商店打烊前，她们在市中心找到一家特易购，买了这星期的一些必需品：豆奶、盒装绿茶、止痛药。玛莉莎寄来了一个薰衣草味道的熏香烛，她带它来柔化这毫无特色的沉闷房间。

"另外，有火柴吗？我有些想点这熏香烛。"

珍点点头，她走去跟支持被害人的志愿者说话，对方名叫彼得，是一个头发渐秃的温和中年男子。

她转回来，低头看着《卫报》的生活版。

让肌肤光滑的十二大秘籍！

同工同酬：还有许多年的道路要走？

她皱皱眉头，合上报纸。

这种焦虑的硬石在最近这几个月里，一直深藏在她心中，而现在它膨胀了，沉沉压住她的每一个动作。

她想着地质作用过程。经过数百年的时间，矿物慢慢石化木材，沾着垂死昆虫的树液变硬，成了琥珀。这就是发生在她身上的事，焦虑已经淹没了她。

在她体内，心脏仍会跳动。她思忖苍蝇被困在树液之后，还会活多久；在心跳跳完最后一拍之前，生命还能持续多久。

她觉得自己就像那只苍蝇，感受到那样的最后气息。

她几乎无法移动，然而她只想要逃离，跑过走廊，跑出法院，进入凛冽的新鲜空气。她只想对整个司法系统，对身着律师袍的律师，对开启这一切的那个混蛋男孩大喊：去死吧！

结束这一切，前进到人生的下一个阶段。

但是她知道，她真的能对那男孩说"去死吧"的唯一方式就是，留在这里，然后出庭做证。

所以，她只能坐着等待，任由焦虑让她窒息，让她变得毫无生气。这似乎才是唯一的解脱方式。

\*

坐在被告席里真是折磨人，有着大数字的时钟显示，根本还不到一小时。他现在穿着老爸给他带来的白衬衫，扣子扣得好好的，再配上时尚的灰长裤。然后等待，再等待。

但是，看看这里……似乎有了动静。陪审团成员从角落的一扇门里一个个走出来，然后坐成两排。

他们全都鬼鬼祟祟看着他，而他在心中一个一个速写他们的样子。总共有十二人，当然全都是定居人士，他们永远都不会让漂旅人加入陪审团。

五男七女。两个年轻女人，其中一人还算漂亮；两个老妇人；另外三人大概是中年妇人。老妇人一头灰发，弯腰驼背，其中一人戴了眼镜，两人看起来都很糟。年轻女人像是担惊受怕，眼睛不时瞄向这里。有个男人很年轻，身穿运动服，脖子上戴着项链，他一定能够了解状况。另一个男人是秃头，看起来温驯懦弱。还有两个头发灰白的男人，瘦削的那人穿着时髦的衬衫，面貌凶狠的另一人身着针织衫。最后是一个巴基斯坦人，看不出他会做出怎样的表决。

所以，就是这群陪审团成员，即将决定他的命运。

他并没有感觉到这群人散发出任何关爱。

麦路翰说开庭可能会持续一星期，他不觉得自己能撑那么久。他宁可回到牢里，那里的人都不会多管闲事。而在这里，大家好像都等不及要把罪名钉在他身上，以杀一做百。

他会让他们好好见识一下，他才不会束手就擒，史威尼家的人绝对不会。

\*

"薇安。"莫里森警探对她说，"律师想跟你谈谈。"

她从茫然呆视中抬起头，见到律师一阵风似的走了进来。威廉·欧莱里一头银发，身材高大，气宇轩昂；而洁若汀·西蒙斯的深褐色头发剪成鲍伯头，似乎比较温柔可亲。

"早安，早安。"两个仿佛小有名气的名人，对全场人士微笑。

"薇安，早。"两位控方律师大声说，两人都带着耀眼的自信和积极态度，教育和演说技巧修饰了他们的北爱尔兰口音。"你今天还好吗？"

双方握了手，这是她第一次见到他们本人。两个星期以前，经过好几个月不断向莫里森警探要求，她终于和他们进行了视频会议，两人回答了在她心中滋长了数个月的问题。对，审判对媒体公开。对，她的确可以在屏风后面做证，但是他们建议不要。

"这两位是我的朋友，她们从伦敦陪我一起来。"薇安介绍珍和艾莉卡，律师微笑着回应对方的招呼。

他们稍稍聊了一下法院好不好找，以及班机和旅馆的事，她想象不出他们真的关心。

他们开始说明目前的状况。

"被告对于三项罪名都表示不认罪：阴道强奸、肛交强奸和殴打伤害罪，全申辩无罪。"

这些话从他们口中说出来，是那么淡然，仿佛只是在回想每日特餐。

"由于你已经现身了，所以我们希望他会在最后关头认罪。"

她点点头。有些强奸被害人不愿出庭做证曾让她大感震惊，但是今天早上，她开始了解理由了。

"但显然他还是诉请无罪。"欧莱里说，"所以他不想按章行事。"

西蒙斯说明现在陪审团已经入席，接着欧莱里就要进行开审陈述。而午餐过后，她，就是薇安，会以检方主要证人的身份，被传唤出庭做证。

"就这么直截了当。"欧莱里说，"当然，在你上证人席前，我们会再见你一次。不过，记住只要回答我问你的问题，而且尽可能据实以答，并提供最多的信息。这非常简单。"

简单？

从来没有一个词像这样被低估。

所以，这真的发生了。她想象着自己踏进法庭，踏进在一扇紧闭的门后等待她的房间，在那里大家都盯着她：这就是那个强奸被害人。每一个人，包括他。

"如同我们之前讨论过的。"欧莱里继续说，"我们不会采用特殊手法，所以你会直接现身在法庭众人面前，我认为那样对你有正面的效果。"

她大吃一惊，但她明白他们的意思。强奸被害人直接出现在众人眼前，陈述遭遇，正表示她绝无隐瞒。"你不会有问题的。"西蒙斯对她说，"做你自己就好，试着不要太紧张，我们就在你身边。"

但是你们希望我流泪。

律师当然没有这么说，但这是没有明说的期望，就是希望她在众人面前，在证人席上崩溃。压力实在太大了，见到那个男孩的压力太大了，这时候——加上泪水和啜泣——陪审团和大众就会真的知道她是受到了很大的创伤，从而最终做出同情的裁决。

这难道不正是大家在法庭上想要见到的事吗？不正是大众入场旁听、记者奋笔疾书的原因？这就是强奸案的骇人吸引力。泪流满面的强奸受害人，毫无悔意的强奸犯，以及两人肉体之间所发生的惊人细节。

她用大拇指指甲用力压向食指指腹，希望它疼痛。她想要有所感觉，希望能有痛楚。

"薇安，那你还有任何想问我们的问题吗？"

"有。"她说道，她很惊讶自己居然还能发出声音。她问既然她本人无法在场，那珍和艾莉卡能不能旁听审判的第一阶段。莫里森警探说，他会替她们找位子。

"这表示旁听席有很多人吗？难道座无虚席？"

西蒙斯犹豫了一下："以这案子受关注的状况……"

"里面有很多记者吗？"

"我不会担心这件事的。"欧莱里说，"不管有没有记者，只要尽可能好好回答问题，然后假装没人在场。"

对于最后一句话的可笑荒谬，她真想大笑三声。

法官——他们称他是贺斯朗法官——以严厉的目光盯着他，而陪审团专心听着他所说的每一个字，仿佛觉得那些话关乎生死。法官准备说明他们的职责，说他们需要非常仔细地聆听，采纳每一个细节，在合理的怀疑下，判断他们所相信的事实。年复一年坐在这里，他必定练习过这番演说很多次了。这人好老，皮肤满是皱纹，那可笑的假发下面的头发也花白了。一个案子接着一个案子，不断告诉陪审团同样的事情，谁会想要把这当成工作呀？如果是他，一定会无聊到死。

现在法官说完了，而那个人，就是麦路翰提醒过的那个灰发高个子，他站起来了。

那个人走出来对付你，那是他的工作。所以从他嘴里说出来的任何事都是鬼扯，尽管听起来冠冕堂皇，但全都是鬼扯。

"陪审团的各位先生女士。"他说道，"我在此要告诉你们，关于去年四月的一个下午，在西贝尔法斯特所发生的一件令人震惊又残忍的事。当时的报纸曾报道过，或许你们还记得这件事，没错，因为它就是这么令人震惊。但是我在此要请求你们，能否尝试忽略之前可能听闻过的事情，只专注在未来几天作为证据呈交在你们面前的事。"

老天，我们得听这家伙唠叨好几天吗？

"你们即将听到的事实更加令人震惊，因为检方认定这个罪行是由那个年轻男孩犯下的，他现在就坐在被告席上。他就是本案的被告，约翰·麦可·史威尼。"

当然，现在所有目光都移到我身上，一副他们从未看过我的样子。

但是麦路翰跟他说过，情况就是这样。一切都对他不利，直到辩方律师有机会交叉质问那个女人为止。

他不想承认，但他的心脏开始加速跳动。

"而这个案件的受害人是个年轻女性，你们今天稍后会见到她。她叫谭薇安，是美国人，她住在伦敦，也在那里工作。在遭受侵犯时，她二十九岁。令人遗憾的是，她的情况很讽刺，因为她是受邀来贝尔法斯特访问的，参加一项庆祝受难日协议十周年的重要活动。她被邀请来庆祝北爱尔兰和平，然而她本身的造访却惨遭暴力收场。是的，多年以前，薇安曾获选'乔治·米契尔学者'，这是一个被选出来的年轻有为的美国人的极精英团体，并且颁给他们学术奖学金以供他们在爱尔兰从事学术研究。这个奖学金设立的目的就是增进爱尔兰和美国彼此之间的了解……"

哦，这倒是新闻，都不知道这女人的这些事。真是令人印象深刻，只是麦路翰从来没提到过。

老爸和哥儿们交换了一下眼神，再望向他这里。

但又能怎样？她是装模作样的婊子，上流人士也会想要粗暴性行为。在泥地上，弄得浑身瘀伤。他对自己这样说，但是他的心跳却始终急促不已，他只想消失，到什么地方都好，只要能离开这个任人盯视的透明小隔间就好。

\*

"他行吗？我是说律师。"等珍和艾莉卡回到原告等候室时，她问。

"他很尽责，让陪审团清楚了解到，回来这里出庭做证，对你是非常煎熬的事。"

这句话不知怎的甚至让她更为紧张。快过来，各位先生女士，请来见识一下这个勇敢娇小的强奸被害人。

269

"他呢？他在那里吗？"

当然，她知道他在。

"他非常年轻。"艾莉卡说，"这样年纪的小孩就有办法做出这种事，真是太可怕了，我是说，我女儿都比他还大呢。"

"所以，很难让人相信他会犯下这样的罪行？"

她感觉到朋友在小心翼翼地斟酌字句。"我倒是不会说他给人以最正面的印象。"珍解释，"但是话又说回来，我想大家都等着看你会怎么说，而他又会怎么说。"

她点点头，她懂了。嗯，等到必须在公众面前发言时，拥有哈佛学位和媒体相关职业，可能会让她拥有优势。她至少对此有一种客观的信心。

珍不发一语伸出手，搂住她的肩膀。

"别担心，你会做得很好的。"艾莉卡微笑，捏捏她的手。

每个人都一直这样说，她却不是那么确信。

"我们带你出去吃午餐好不好？"艾莉卡提议。

但是反胃感一直没有消退，她也不想出去。谁知道外面有什么人？记者，旁听席的人们，甚至可能还有他的亲戚。人们会盯着她，推推身旁的人说："那个就是强奸被害人。"

不，她宁可留在这个小房间与世隔绝，点着薰衣草蜡烛，然后凝望外面的窗户。暂且躲避全世界，让自己隐形。

*

午餐是难吃的微波意大利通心粉，他坐在另一间该死的拥挤牢房里，端着纸盘吃着。警卫没对他微笑，只是阴沉沉地看了他一眼，然后撕去食物上的塑料膜，再推给他。

就像其他白痴一样，他吃的时候烫到舌头了。现在他只能在嚼着烫口的通心粉时，努力把空气吸进嘴巴，而警卫看着他的表情，像是他罪有应得。

吃完之后，他没什么事好做，只能坐着看墙壁。

"钱宁，坚强一点。"在法官离开法庭后，老爸透过被告席玻璃嵌板上的狭槽，轻声对他说道。

罗里叔叔和唐诺也点点头，只是没说什么。

而麦可……麦可等到大家都往前走了，才把头靠向玻璃说："别让那些混蛋说的话影响你，你知道事情经过，就耐心等待，然后告诉他们。"

现在这句话就在他的脑海里回响，在那空洞而狭小的牢房里。

耐心等待，然后告诉他们。

*

"陪审团的各位先生女士，我已经概述过这项犯罪行为，但是你们很快就会从谭小姐本人口中听到，在指称发生性侵事件的那个下午，实际上所发生的事。我必须提醒大家，细节十分悲惨且相当令人不愉快。但是，等她发言时，你们就会了解到像这样一个专业又受过良好教育的年轻女性，发现自己遭受如此暴力且始料未及的强奸时，会是什么情形。"

欧莱里停下话，喝了一些水。看看那些白痴，他们都聚精会神地听他讲话，像是他说的每句话都是至理名言。就连老爸和麦可也都入迷了，谢天谢地，老妈不在现场，天知道她对这一切会怎么想。

他低头吞咽了一下，烫伤的舌头还没复原。真想把那个人封锁在外，而他却没办法逃离这滔滔不绝的发言。

"……所以请各位给予谭小姐的发言最高度的关注，谨由各位判定她说的是否属实，但请务必考虑她今天得以来到这里，是承受着极大的不适与不安；也请务必考虑，如果一个女性真的愿意让自己承受这一切，回到一个显然保有她许多痛苦和悲伤的城市，那必定是因为有真实的犯罪行为施加在她身上。"

听听，第一天就给他贴上罪犯的标签。

"庭上，请传唤我们的第一个证人，谭薇安小姐。"

*

莫里森警探陪她穿过法院走廊，眼前尽是亮晶晶的现代化景观，还有一个偌大的窗户展示出贝尔法斯特港口和后方山坡的景色，它们在低压的云层下呈现出一片绿色和灰色。

叩、叩、叩，她的高跟鞋在地板上发出回音，听起来像是别人穿着她的鞋子走路，踏上通往第八号法庭的道路。

她隐约感觉到有一些人在走廊里晃荡，他们或许是为了其他案子，却盯着她不放。她装作没看见他们。

"你还好吗？"莫里森在他们即将进入法庭前问道。

她犹豫了一会儿，然后看着他，很想说自己办不到。她真希望自己是在安全而遥远的其他地方。

不过，她却只是深深吸了一口气，点点头说："嗯，算是吧。"

"你不会有事的。"莫里森警探说，他灰蓝色的眼睛看进她的眼底，接着他轻碰她的手肘，"我任内见过许多被害人，而如果有人办得到，那就是你。"

不知怎的，这个出乎意料的亲切几乎触动她的泪点。但是，她强打起精神，右手握拳，推开逐渐高升的反胃感。从去年四月开始，她就一直在等待这个时刻。

"准备好了吗？"法警问。

"是。"她点点头，尽全力摆出干练和公事公办的样子。

法警推开门，她跟随他走进法庭。她意识到整个法庭开始骚动，大家的脸都转向她，但是现下，她只是直视前方，专注在证人席。

她并没有环顾四周，并没有找寻他。用不着看见他的脸，她就已经知道他在场，盯着她。

*

法庭里的每一个人都转向大门。

门开了，年老的男性法警出现，然后是她。那个女人，不管她现在用的是什么名字，或是有如何了不起的工作和学识，那就是她。同样的乌黑长发、乌黑眼睛，娇小纤细的身材，但还有一些严肃的感觉，专注又该死的高傲。

那是她。只是一切都变了。她打扮得高贵优雅，穿着叩叩作响的时髦女鞋。像她这种类型的人，只会在和美国律师相关的电视节目中看到，而不会单独漫步在幽谷森林公园。

看到她，他好想转开头。那就是她。

胃里的通心粉膨胀着挤上他的喉咙，快让他吐出来了。他见到麦可扬起眉毛，一副惊讶的样子。惊讶什么？惊讶她这么漂亮？是这样的大人？是这样的马子？

其他所有人都望着她，注视着她走进证人席，宣读誓言。

陪审团中那个巴基斯坦人的目光从她身上转向他，碰巧和他四目相对。

对，对，他知道对方在想什么。这两人，这个漂亮高雅的女人和那个男孩，可能吗？这两人？在树林里？

他从他们的表情看得出来，这绝无可能。

*

她的脸庞静止不动，收紧下巴。她应该露出怎样的表情呢？当她进入法庭时，他们期待看到强奸被害人是什么模样呢？害怕？想复仇？还是介于两者之间？

这里有满满的人，满满的面孔和眼睛，大部分是陌生人，他们全盯着她。她很欣慰地知道，至少当中有珍和艾莉卡，还有莫里森警探。

她意识到法庭中央有一道光亮的玻璃墙，后头有一个身影。但是她不去看，她知道那是谁，这样就够了。

一本《圣经》交付到她面前让她宣誓，她被要求重复书记官的话："我发誓本人在庭上所做证供皆属真实，是完整的事实，并无虚言。"

她坐下来，她的双脚困在高跟鞋里，如今能找到地板休息真是松了一口气。她特别留意不要将紫色上衣的结打得太紧，但现在还是感觉到它摩擦着她的脖子。

欧莱里起身，她端详他的脸庞，试图在那可笑的假发下面和趾高气扬的举止之中，找寻熟悉的影子。

"请向庭上说出你的名字。"

"我的全名是薇薇安·米雪儿·谭。"

好几个月以来，她都想象着自己张开嘴巴，却说不出话，声音完全消失，只剩下急促的呼吸声和空洞的喘息声。现在听到自己熟悉的低沉声音，她很欣慰，不过这几乎不像她自己，而是从她内心的某个机械区域自动说出。

"谭小姐，你的居住地是在哪里？"

"我住在英国伦敦。"

欧莱里一一询问事发时她的年龄和职业，而她很轻易就回答了。

"还有，当然，我们全都注意到你的口音。你不是伦敦当地人，对吧？"

"对，我原本住在美国，但七年前搬来伦敦，在那里工作。"

"很好。"欧莱里慢慢地环视陪审团，然后点点头，仿佛在说，瞧，这是一个非常令人尊敬的女性。

"你是否愿意告诉陪审团，去年四月十二日，你为何会在贝尔法斯特？"

她停顿了一下，深深吸了一口气。

她首度望向法官，当她迎上他的目光时，他脸上出现极为短暂的惊讶表情——讶异她居然这么直接地看着他。然后，他的眼神微微缓和下来。

"我被邀请参加一个活动……"

她描述了那个会议，只是轻描淡写说明那是和平进程十周年纪念……她以乔治·米契尔学者的身份受邀前来……

"你是如何被选入这个学术奖学金的？"

"是有一个申请过程。"她开始解释。

我提到了哈佛吗？这会不会让我显得太骄傲？她决定继续说下去，毕竟这是实情。

"申请之后，最后的入选者会被邀请参加面试，而我是在哈佛念大学的最后一年提出申请的。"

"是美国那个哈佛大学吗？"

"对。"

"你在那里的研究方向是？"

"凯尔特的民俗传说和神话，所以主要是爱尔兰和苏格兰的民俗学。"

她等着听到这个回答后，场上会传来窃笑声或是某种反应，就像她这一生不断收到的回应。但是谢天谢地，她什么也没听见。
不过话又说回来，她感觉自己像是一个被抓进密封罐，任人观赏
的奇珍异兽，而外头的一切声音都被隔绝了。

"取得米契尔学术奖学金后，你在爱尔兰研究什么？"

法官声音模糊地说了几句："欧莱里先生，我们是否可以回到
当前的事件？"

"庭上，是的，当然。我只是想建立背景，说明谭小姐熟悉爱
尔兰，以及当时她会在贝尔法斯特的原因。"

她想起欧莱里稍早告诉她的事，她必须试着不时看着陪审团。

她趁这个机会审视坐在她对面的那十二个人，他们全都专注
地看着她。她很讶异地见到一个南亚人，而且女性多过男性。这
样很好，不是吗？

语调放慢，说话大声清楚，要有目光接触。只是，不要显现
太超过于强奸被害人的镇静沉着。

"谭小姐，我现在即将开始询问你关于事件当天的一些问题，
我知道这对你并不容易，但是请务必慢慢来，全世界时间任你使
用，尽可能据实详细回答，好吗？"

当然，根本不好。

但是她点点头："好。"她回答，并且直视着欧莱里。

开始吧。


\*


这个哈佛是什么鬼呀？他听过这个地方一两次，她上那里？
还参加了那些政治家跟和平进程有关的那个豪华活动？他们说的
内容他不是真的很懂，但是像她那样的女人，到底自己一个人去
公园做什么？

276

他这样告诉自己，她并非一直都是这么光鲜亮丽的女人。他见过她浑身泥巴，在地上弄得一身瘀伤，奶子外露。

就好像你要撕掉那件昂贵的上衣，这样他们才会看见底下到底是什么。揭露她，在法庭上再从头对她做一遍，让那该死的贱人付出代价。

现在，她说到那个公园了。她用低沉的美国口音提到走上幽谷森林公园的步道，她和什么人擦身而过，然后他出现了。

"我立刻觉得他的样子很奇怪，主要因为他的穿着，那不像是会穿来公园散步的服装，而比较像是出去夜游的衣服。"

她描述他的白色针织衫、牛仔裤、鞋子。老天，这贱人的记忆力真够好的。他们问过他，但他不怎么记得她穿的衣服，除了他扯裂的那件胸罩。

"他似乎有点不对劲，像是有点茫然迷失，又像是不太正常。"

哦，去死，她以为自己是谁，居然说我不太正常。

"我不太知道怎么应付他，不管什么事他都不直接回答，就连我们说话时，他也一直改变他的说法。"

她谈到从道路下方穿过的事，然后是她不得不打给她的朋友，接着尝试过溪。听到她口中说出这些事，真的好诡异，而且也很不一样。她在证人席上说明这一切时看起来如此冷静，真是该死的让他毛骨悚然。

"在这个时候，你对这男孩有什么想法？"

"刚开始，我觉得他很奇怪，我猜想他很讨人厌。"

他双手握成了拳头。

"这时我开始有点害怕了，我不懂他为何还在我身边打转。"

脑残的贱人，谁叫你自己一个人在公园里晃荡，这对你只是刚刚好而已。像你那样上了高尚的学校，看了那些书，又帮了你多少呢？

*

　　直到现在，她一直保持冷静。尽管她必须压抑恐慌，但是话还是很轻易就说出了口。欧莱里不断向她提出一个又一个问题，给了她一条足以攀行的救生索，让她跟随，然后一步步走向黑暗。到目前为止，一切顺利。

　　"等你爬上山坡，你见到了什么？"

　　她暂时闭上眼睛，再次想象自己回到那个时刻：她调整呼吸，见到移动的阳光下，贝尔法斯特一览无遗的景色，以及已经逃脱的错觉。

　　"你没见到被告？"

　　"对，我没见到他。我以为我摆脱他了，因此松了一口气。"

　　"你为何会松了一口气？"

　　"我以为……我不知道他想要我怎样，但是他跟在身边让我感到很不舒服，所以他的离开让我松了一口气。"

　　"你只是想继续健行，是吗？"

　　"对，没错。"

　　此时一阵停顿，她吸了一口气，意识到接下来将要面对的事。

　　"那么，谭小姐请告诉我们，后来发生了什么事。"

　　"所以，我……"她的脑海中浮现出了那条步道，她的声音开始颤抖。陪审团注意到了，她也注意到陪审团注意到这一点了。

　　她的呼吸急促，喉咙哽咽。

　　欧莱里对她点点头，态度不完全是同情，而比较像是隐隐容忍的大叔。我们继续，可以吗？

　　头顶上方的树木，溪谷的边缘。

　　"所以，我一度以为，他离开了。而且因为景色是那么美丽，况且那天下午是我第一次独自一人，只有前方步道在等着我，我真的可以好好享受时光。我以为我终于摆脱了那个男孩，远离城市尘嚣，我以为我可以专心健行了。"

"然后呢？"

"嗯，然后我继续往前走，饱览附近的风景。我对这一切有点兴奋，但是当我望向山坡下时，却见到了他。"

"你看到被告了？"

"我看到了他的白色针织衫，毫无疑问，白色衣服在树木间是那么明显。他就在我下方的山坡上，就好像他试图隐藏行踪爬向我。"

她想起那时的恐惧，而它再次攫住她。她的视野模糊，只能悄悄地牢牢抓住椅子坐垫来稳住自己。

"见到他时，你是怎么想的？"

"我想，就是这时候我才惊觉，那孩子绝对是在跟踪我。"

"然后你怎么做？"

"我想要尽快逃离他，所以我拔腿就跑……"

她描述自己跑向空旷处，等她跑到那里时，却只见到一个废弃的荒地，无路可逃。她描述他从树林间走出来，她受够了他的把戏，便直接和他对质。

"所以你再次向他解释怎样前往安德森镇？"

"对，没错。但这时候，我猜想这只是花招。"

"为何你说是花招？"

"嗯，要是他真的迷路了，而且想去安德森镇，那他老早就会往那个方向去了。所以我怀疑他另有所图，这让我非常害怕，所以我想要直接和他挑明这件事。"

"你是怎么做的？"

"我告诉他方向之后，又接着说'听着，我已经跟你说过怎么去安德森镇了，你还想怎样？'"

"你这样说的时候有什么感觉？"

"我当然是吓坏了，但我已经厌倦了他的把戏，我想要知道他葫芦里卖的什么药。"

她意识到自己用了地方俚语……葫芦……卖药……不知道贝尔法斯特的陪审团能接受多少。

"那么，他说了什么？"

又是一阵停顿。记得要呼吸。到目前为止，还只是叙说她在公园里的健行，以及被那个奇怪的男孩跟踪，还没有可怕之处。但是说了接下来的话，一切就都改变了。

那天下午的反胃感如潮水般再次淹没她，要说那些话，他的话，就会重新开始下坠的过程。而且这一次，还加上了观众。

保持镇静，告诉他们，强迫他们跟你一起踏上这趟行程。

"他说'你喜欢打野炮吗？'"

她现在没办法让自己看着陪审团，实在是太耻辱了。

*

"你喜欢打野炮吗？"

他都忘了这件事。当他不能再打出迷路牌，当他再也想不出任何主意，当他再不下手就没机会时，他问了她这句话。

他问了她，而她说不要，就用她现在这样该死的高傲语气，也正是那时候他开始暴怒。

*

那场搏斗，那场在阳光下，那场在午后田野上的诡异对峙。

"接着发生了什么事？"

"接着，我不知道，不是我滑倒、跌倒，就是他推倒我。我不太确定，但接下来，我发现自己撞向地面。"

"所以你后来倒在地上了？"

"对，我跌倒了，几乎是坐下来，或是躺下来，但是我的背包卡在我和地面之间……而他过来……他……他……"

停下来，呼吸，她的耳边传来血液奔流的声音，她的心脏已不受控制地猛烈跳动。

大家都盯着她，虽然本来就一直是这样的，但是现在他们的眼神像是更为投入了，不管是陪审团、法官、旁听人士还是玻璃墙后的身影，全都专注在她身上。

她再次找到自己的声音。

"然后他大喊着像是这样的话，'贱人，你他妈的给我闭嘴，再说话，我就划开你的喉咙，打爆你的头'。他从地上拿起石块，威胁要打我。"

在她转述的时候，还要在引用他的话时设法表达出他的怒火，并且投入那种精力，听起来真是非常超现实。

"然后他做了什么？"

"嗯，我拼命挣脱，我努力从地上爬起来，但是他用肢体行动阻止了我。他……打我的头，那真的好痛。他又抓住我左手的两根手指头往后扳。他还……他还……"

她不得不先停住，然后再次努力将话说出口，而声音却扭曲成了哽咽，卡在她的喉咙深处。她感觉到泪水涌现，她竭力压抑，心想要是在陪审团面前崩溃，就太丢脸了。

接着，她想起来，这就是他们想要看到的，泪眼汪汪的强奸被害人。

所以她就照办，不再抑制泪水。

"这时候，他开始掐我，双手掐住我的喉咙，我没法呼吸。"

眼泪开始扑簌簌落下，流过脸庞，但她不在乎。让他们看看你被强奸时，是有多悲惨。

在接受治疗的时候，她也总是在讲到这里时就情绪溃堤了。连续好几星期，她都得去找葛林医生，然后一而再再而三地叙述那场性侵事件的过程。回家，好好聆听她述说时的录音，找出她"最痛苦的点"，找出过程中让她最为难过的那一段。

他掐住我的那一段。

为何会那么难过？

因为我以为我就要死了。

嗯，你没有死，你仍然拥有你的人生。

没错，我仍然拥有我的人生。

现在，这就是她的人生，每一秒钟都充满悲惨和羞耻，就坐在这个法庭上让大家看个够。

而因为我拥有我的人生，所以我要将那个孩子送进监狱，那里才是他的归宿。

"谭小姐。"现在是法官说话了，"谭小姐，你还好吗？"

她抬头看他，不知道该说什么。

"需要休庭十分钟吗？"

"不用。"她挤出回答，只是声音显得浊重低沉。

"你确定？"

"是的。"

"这不会有什么问题，我们只要……"

"不，不要休息，我想讲完。"

*

哦，就只知道哭，这样大家不就全为这个在证人席流泪的可怜上流女人感到难过了？看看全场的人是有多么吃这一套呀。但是，女人就是这样——只要不如意，最后总是哭出来。

女生应该放聪明一点，像这样的马子不该自己一个人出来，尤其是到有我这种人出没的地方。

但是就连老爸和麦可都被她说的话给吸引了。

老爸再次从她身上移开目光，往他的方向看了一眼。

这不是生气的眼神，但也不算和善。这个眼神透露的信息是：你他妈的当时到底在想什么？

*

现在，最难的部分来了。等她可以再次说话时，他们就进行到了真正的强奸过程。

"在你决定让步，可以说是让步吧，之后发生了什么事？"

"我不想他舔我……那里……因为我想等他脱下我的内裤后，他想做的可能就不只是那样了。"

她察觉到法庭出现一阵尴尬的忸怩不安。

"所以……我……改而跟他讨价还价。我提议口交，想说如果这样能让他出来，那么他就得到了他想要的，那么危险可能就会过去。"

"你这里说的'出来'是？"欧莱里要她仔细说清楚。

"我的意思是，让他射精，让他高潮。"

欧莱里点点头。

她试着深深吸了一口气，将反胃感压抑在一个可以控制的程度。她还得留在这里多久？她想象还要好几个小时。慢慢来，让他们聆听每一个耻辱的细节，让他们感受跟你一样的羞辱。

"然后发生了什么事？"

她描述了她不成功的口交，在她脑海中，她想起了他带着酸味的阳具在她嘴里冲刺。那个阳具，还有那男孩坐在只距离她几米的玻璃墙后面，光是想到这些就足以让胆汁涌上她的嘴巴了，但她勉强抑制了它。

"在这之后，发生了什么事？"

欧莱里的问题一个接着一个，毫不留情。

那男孩想要的第一个姿势，接下来的姿势，再接下来的姿势，仿佛各种幼稚而荒谬的男学生的要求。

像这样列举性交姿势，使得法庭的所有人也跟着尴尬困窘，但是欧莱里却用临床实验般的精准，逐一剖析。她知道他只是恪尽职责，然而，还是让她开始强烈地憎恨他，他居然让她屈从在这种无情的侮辱之中。

"所以，再重新确认一次，在性侵过程中，包括口交、阴道性交、肛交？"

"你可否说说他要求你摆出的几种不同的性交姿势？"

她在过去几个月中，已经数过许多次，甚至画了火柴人示意图提醒自己。但现在，她发现自己竟然将双手放在大家看不到的地方，默默数着。

"至少五种，或许是六种。"

"除了要求这些不同姿势，被告在性侵过程中可有对你说什么话？"

"他一度说……"她隐去声音，百般不愿透露这终极的耻辱，但知道这对她的案子有帮助，"他一度说'好紧的屄'。"

或许，她真的感觉到法庭出现一种集体的无声战栗，一种混合着嫌恶和同情的颤抖。也或许，主要是白人面孔的法庭其实只是盯着难以平复的她，而几乎没有察觉到种族侮辱。

"而在这一连串事件的过程中，你有怎样的感觉？"

"当然是害怕，我只是竭力做出让自己能存活下去的事，所以这表示要试着安抚他，满足他想要的一切，这样他就不会太过度伤害我。"

她了解到她势必要谈到自己狡诈的手段，就是让他以为自己也很投入，假装自己和他想法一致，虽然她根本没有。这一点对陪审团可能是关键，这显示她并不是无辜无助的强奸被害人，而是刻意拟订计划，并且做出欺瞒行为以求生存的女人。

"我觉得像是必须奉承他，如果这孩子是想实现他什么扭曲的幻想，那么配合这样的幻想可能会显得我比较不像在抵抗。"

欧莱里点点头："你觉得必须如此？"

"对，我觉得这像是让我活下去的最好机会，满足他对性的要求，他可能就不会采取肢体暴力。"

她不知道陪审团是否买账，但这是事实。

"所以，我一度说……我一度说过像这样的话，'我敢说你可以干上一整晚'。"

她注意到陪审团这时有了变化，无辜的强奸被害人才不会说出这种话——只有更为无耻和世故的人才会。

但是欧莱里和西蒙斯说过，要尽量告诉他们她所记得的事，越仔细越好。

然而，她还是在想，这会不会是一个错误。

\*

这一整段时间，他都坐得直挺挺的，额头抵着玻璃，法警不得不一直提醒他要他坐回去。

他不是真的记得那女人说的每一件事，那是她捏造的吗？

反正都不重要，重要的是，陪审团相不相信她。现在看来，他们似乎觉得有些事实在难以置信。像是她表示曾对他说"我敢说你可以干上一整晚"，那些女人的神情就不是很高兴。

哦，没错，她说过，他记得。

而当她说有五六种姿势时，那些男人扬起了眉毛。

可能他们家里的老婆从来也没给过他们这么多，对吧？

哦，不，这并不是平常的交欢。

*

欧莱里引导她说明事后的情形。就是强奸结束后，那男孩和她的那段怪异凄惨的对话，以及她是怎么离开那里，然后打电话给芭芭拉，等候警方到达的。

她已经精疲力竭，但是欧莱里还找人送来她当天穿的衣服，然后放在一张桌子上，TM 8-13 号证物，里面有她的蓝色健行衫、被撕裂的黑色胸罩、沾满泥巴的内裤。光是见到它们，她就好想吐。它们看起来像是很久很久以前，从死人身上剥下来的衣物。但是她点点头，对，这些是她去年四月十二日穿的衣服。

欧莱里又问了她更加尖锐、更加拘泥细节的问题。请再次描述，他对你施加了怎样的肢体伤害，而你确实曾清楚表明，你不想和他性交，这是否正确？

"是的，好几次。先是他提议在野外性交，这是他还没使用暴力行为时；后来，我努力逃跑，大声呼救；再来是，我改而提议帮他口交。"

这样如何，欧莱里？

欧莱里的眼睛微微闪动，像是在说："做得好。"

"庭上，我想我目前没有其他问题了。"

欧莱里向法官躬身行礼，然后坐下，他那身着律师袍的高大身形缩拢在控方席位后面。

法庭上现在安静无声。

"好。"贺斯朗法官说,"谭小姐,非常谢谢你。我知道这对你并不容易,我想你在这么长的应讯之后必定相当疲累。我们真的很感谢你所做的一切,谢谢你愿意千里迢迢过来出庭做证。"

出乎意料的是,这少少几句话居然让她再次泪水盈眶。

法官见到新生的泪水似乎略略吃惊,但他仍旧语气温和如慈父般地继续说道:"现在,诚如所知,审判还没结束。需要换由辩方来询问你问题,但是我提议我们今天到此为止。你先回去好好休息,如果你觉得可以,我们明天上午一早就从你开始。"

她点点头,拭去脸颊上的一滴泪水。

"好吧,庭上。"

这句话听起来似乎很不得体,她像是在纠正自己般又加上一句:"是的。"

*

等陪审团离开,法官也走了之后,他终于放松了,老爸和麦可过来玻璃墙这里。

"别担心她。"麦可说,"你的律师明天会撕裂她。"

后来,老爸和他,还有麦路翰和他的辩护律师奎力根在法院一个私人小间谈话。他明天是否有其他事可以问她?她是否遗漏了任何细节?

但问题是,她的记忆力比他还好。对他来说当时只是一团模糊——树木、泥巴、喊叫等。她甚至都提到她说"我敢说你可以干上一整晚"了,她甚至都把这句话说出来了。

麦路翰拿下眼镜,揉揉眼睛。

287

"因为你已经选择申辩无罪，我得提醒你，你心中对这一事件的版本必须确凿可靠，你需要确切知道你的说法和她的有什么不同。"

"就跟我以前说的一样，你要我再跟你说一次吗？"

奎力根摇摇头："不，不用。但是要想想，明天我会以同样的方式尝试动摇她的说法，他们在你做证时，也会试图对你做同样的事。你懂吗？"

他点点头，而麦路翰的视线游移在他和老爸之间。

"所以对此你要做好准备，从里到外弄清楚你对这一事件的说法。"

他悄悄露出一丝微笑。

*

她直接回到旅馆，倒头躺在床上。芭芭拉被传唤作为这场审判的证人，她已经从华盛顿特区来到这里，希望几小时后能带她出去吃晚餐。珍和艾莉卡去旅馆酒吧打电话、喝鸡尾酒，想努力忘却法庭的紧张气氛。

但对她来说，这不可能，一想到酒吧里大众的喋喋不休声和杯盘叮当作响的声音，她就想退缩。不成，她需要待在房间里，躺在被窝里，远离人群。

她拉起窗帘，点燃几盏熏香烛，打开电视，漫无目的地转换频道，接着又关上电视。她再度躺回床上，头脑中一片空白，没有思绪。

她很想跑去洗个热水澡，但还是先看起了手机里的信息。

她的姐姐瑟琳娜写的是：

第一天情况如何？惦记着你，如果你想聊聊的话，让我知道哦。XXX[①]

还有史蒂芬：

他们关起那个混蛋了没？真希望我能在场给他脸上一拳，但还是借由你极具说服力的证词来代替拳头吧。奉上很多的爱，如果有任何需要，请打给我。

以及好几个月不见的凯洛琳：

在这困难的第一天，挂念着你。希望一切顺利。x

她稍后会回复这些信息，她现在就是没这个力气。

花篮花束排放在地板和房间架子上，大部分是她昨晚就见到的，但还有一些是在她们出庭时送达的。

玛莉莎送来一束高雅的紫色郁金香和白百合，她打开小小的信封和卡片：

亲爱的薇安，我敬畏你是如此坚强，请记住我的精神与你同在，送上最深的祝福。希望很快能再见面。

她打开其他卡片：

薇安，我无法想象你所要经历的事，但是我随时与你同在，

---

① xxx，表示亲昵的程度，或代表亲吻（kiss）。

送上深深的力量和支持，以及爱。

嗨，薇安，如果有人欺负了我的女孩，就等着我对他们还以颜色。抱歉，我没办法到场，希望法庭代我们做到。xx

这些信息可说是一种事实披露，她一直知道自己拥有这些朋友，但这么清楚以文字和物品表达出来，却是她现下的虚弱状况所难以承受的。

感觉像是今天的第十五次，她的情绪又崩溃了。原本觉得已经不可能再流更多眼泪，但这熟悉的感觉又来了，就像消融的春雪找到路径流过侵蚀的河床，泪水无声无息涌现。只是在这里，在旅馆房间这私人空间，在鲜花、高雅壁纸和软垫的包围下，她拥有天底下所有的自由，可以随心所欲用力且大声啜泣。

于是，她就这么哭了，身体剧烈地颤抖。她坐在地毯上，倚着床边，蜷缩起身子，任泪水直流。

花篮、无声的电视、紧闭的窗帘全都是无声的见证者。再过二十四小时，她心想，这一切就全部结束，我出庭做证的工作就结束了。

但她知道，即使那样仍不是真的结束。还需要再过几天，甚至几星期才可能，要一直等到她不得不面对的最糟时刻：裁决。

\*

那天晚上在牢里，他不太说话。

在戴着手铐，挤着双膝，摇摇晃晃坐在警备车里之后，他很高兴回到再也没有人盯着他的地方。他只不过是牢中的一个人而已。

290

他躺在床上，盯着天花板，想着如果现在他的双手能碰到那女人，他会怎么做。他会掐住她的喉咙，抓住她的头去撞水泥墙，一撞再撞，直到血流满地，直到她停止流泪、哭泣。这样她才能学到教训。

但是他现在够不着她，她还是一身高贵的服装，明天他还是得看着她再一次在陪审团面前落泪，而他还是得困在那个玻璃隔间，还不如去另一个世界呢。

*

"谭小姐，早安。"贺斯朗法官对她说。他今天似乎比较愉快，她很高兴第二天能这样，几乎想给自己一个微笑。接着，她意识到她带着微笑是不恰当的，因为这一天，这个上午，她要接受交叉诘问。

她点点头，谦恭有礼地看着法官。

"希望你昨天晚上有充分休息，同时非常感谢你能在开审第二天回来这里。"

他隐约让她联想到古板的晨间谈话节目主持人，戴着荒谬的假发欢迎她回到舞台上。除了证人席取代了舒服的沙发之外，这里还有观众，他们聚精会神地等候节目开始。

她思忖，她昨天对他们展现的演出够不够好，或许今天将会更加困难。

今天她穿着灰蓝色针织连身洋装，裙摆落在小腿处，而底下是一双及膝的黑色长靴。她知道，在证人席上没人能看到她的鞋子，所以她不需要忍受高跟鞋的折磨。她觉得穿着靴子比较稳固，这是军用靴，准备应付战斗。在这第二天上午，她也正是如此。

玻璃后的身影依旧只是一团模糊，她仍旧没有直视它，没有望向它，因为这样只会让她分心，无法专心于目前的任务。

陪审团散发出一种深思熟虑的专注态度，她还没有赢得他们的支持，而就算有，也可能在今天早上前功尽弃。

然后是奎力根御用大律师，他是那男孩的辩护律师，坐在麦路翰前方。他体形中等，不像欧莱里那么高，但腰围却略胜一筹。他渐秃的头从白色的律师帽下面冒出几缕灰色卷发。他戴着金属框眼镜，两人的视线一度意外地撞上了。

所以就是这个人，就是他被指定来撕毁她的说法。

她不懂怎样的人会接这样的工作，怎样的人会想以这种工作为生，反正绝对不是有良心的人。

稳住阵脚，别显露你对他的憎恨。

奎力根大律师站起来，清清喉咙，重新将目光投向她。他的眼神冷静淡然，她回视他，希望自己流露出的是同样不带情绪的目光。

"好的，谭小姐。"他的声调平静，几乎像是高高在上，接着脸上出现了一抹狡猾的微笑，"我们开始吧。"

*

开庭第二天，我的天，他敢说今天旁听的人比昨天还多。大家全都瞪大眼睛看着她，然后又转头看他。

好，你们想要看得眼珠子都掉下来似的，都随便你们吧。

今天那女人就等着她的说法被他的律师奎力根撕裂成碎片，不知道他会怎么做。真是奇妙，他的命运交由一个戴着可笑假发的全然陌生人来决定。

不管怎样，抓起爆米花，应该会是一场好看的秀。

"谭小姐。"奎力根开始提问，"我在想，你是否能再跟我们多说一些你的事，在四月十二日的事件以前的一些背景资料。更加明确地说说关于你独自旅行的经验，能不能告诉我们，你多久进行一次单独旅行？"

"我想，很经常吧。"

"你一年出去旅行几次？"

她想了一会儿问："是商务旅行还是休闲旅行？"

"都要，请说说。"

"我想，全部的话，一年大概是八到十次吧。"

"都是自己一人？"

"大部分是我自己一人，有时候是工作出差，有时候是假期旅游，就是去度假。"

"你这么做已经多久了？我是说单独旅行？"

"我想，大概从十八岁开始吧。"

"再告诉我们一次，你现在几岁？"

"三十岁。"

"那么你独自旅行的经历已经有十二年了，一年八到十次——"

她打岔："嗯，不见得总是一年八到十次，只是最近比较频繁而已。"

"好，是的。但是，就单独旅行来说，你一定非常经验老到，没错吧？"

"我想是。"

"嗯——嗯。"奎力根看向陪审团，"所以像这种山坡散步，或者像你说的健行，也是你经常做的事吗？"

"不是很经常，但是我已经有好几次独自去爬山健行的经历了。"

奎力根的确完全是慢慢来，最好准备大桶爆米花，这可能会耗上一整天。

*

他为何一直问我去健行和旅行的事？他想要查明什么？

她谨慎地回答这些问题，但是在冷静的外表下，她的心思却飞快思索各种可能性。

"谭小姐，你在什么地方这样单独健行过？"

"德国、法国，以及爱尔兰的其他地方，还有韦尔斯。"

冷静，他只是在问你旅行的事……

对，但他这样做是想设法破坏我的说法。

她凝视着奎力根，努力不要过度思考，只要逐一回答问题就好。

"我能不能请教一下，为何你喜欢单独去健行？你从来不害怕可能会碰上什么意外吗？"

"嗯，在贝尔法斯特遇上那件事后，我现在怕了。但是在那之前，我一直喜欢自己一个人到野外。这有种……让人精神焕发的感觉。"

"单独旅行也会有种让人精神焕发的感觉吗？"

"对，我喜欢了解新的地方和文化，认识新的人。"

奎力根针对这一点发难了。

"噢，认识新的人，而……身为独自旅行的年轻女子……你是否经常认识男人？"

"我不认为我认识男人的频繁程度，会比认识女人还多。"

"但是你单独旅行时，的确经常认识男人，没错吧？"

"不可能不呀，他们可是占了人类全体的百分之五十啊！"

法庭出现了轻笑，群众觉得她的回答蛮幽默的。

欧莱里和西蒙斯对她投以警告的眼神，她立刻就懂了。

没人会喜欢爱嘲讽的强奸被害人。

奎力根仍继续追问，且不断更换问法："我的意思是，在你单独旅行时，可曾认识男人，跟他们发生一种浪漫相遇？"

她真想要他明确解释什么是"浪漫相遇"，但她不想显得太刁难。

"是，有时候会。"

"所以和单独旅行中所认识的男人发生浪漫相遇，你是否会从中得到某种兴奋感？"

她不喜欢这个问题和当中的言外之意。如果她完全诚实的话，她现在就会说。但是，她知道这样会危及她之前的说法，所以她小心斟酌用词。

"这不是我去旅行的原因，我单独旅行是想要沉浸在地方和文化中，不是要认识男人。"

奎力根盛气凌人地叹了一口气："谭小姐，这不是我的问题。当你单独旅行，认识男人时，是否从中获得某种兴奋感？是或不是。"

"不算是。"她谎称，"我想可能是有兴奋感，但是很少这样。"

"但的确让人兴奋，的确让人兴奋。"奎力根得意扬扬地说，仿佛在强调一个小小的胜利。

但是我不会立刻和这些男人发生关系，她好想这么说。

"所以你是否会说，理论上，如果你单独外出旅行，然后认识了一个外表吸引你的男人，你并不反对和他来一场浪漫的一夜情？"

听到这个问题，她瞪大了眼睛，然后见到西蒙斯也同样激动起来。

"恕我直言，你能问我像这样的理论性问题吗？我看不出这和强奸有什么关系。"

"嗯，这和你声称的强奸可是非常有关系的，谭小姐——"

但是法官打断他："辩方律师，请只询问和目前事件相关的必要和实际问题。"

奎力根清清喉咙，重新提问："所以你是否承认，和单独旅行中所认识的男人发生浪漫的相遇，可以让你从中得到某种兴奋感，而且在认识被告前，你事实上有过这种浪漫相遇，这是否属实？"

该是澄清事实的时候了："在我单独旅行的这许多年间，我从未在认识一个男人几小时内，就跟他发生关系。我是认识过给我浪漫感觉的男人，我可能会亲吻他们，但是我从未试图立刻跟他们性交。"从她在德国的第一次背包旅行开始，以及在之后的所有旅程中，她从未那样做过，这始终是实情。

"谭小姐，我只想要一个是或不是的答案。"

她对辩方律师投以毫不认错的眼神。

"那么，让我们回到事发当天。好，现在你准备去健行。如同你所描述过的，你刚度过繁忙的几天，很多晚餐和鸡尾酒派对，然后到了星期六上午，再一次，如同你所描述过的，你想要寻找逃避这一切的方法，这是否属实。"

"是的，属实。"

"你期待能够真的放松，稍稍率性而为，还有比去一个你这一生从没到过的公园健行更好的方法吗？这么说吧，就是对于未知地的兴奋感。所以你来到这里，想要稍稍释放情绪，而周遭只有陌生人，你和行经的人们打招呼，态度非常开放，这是否属实？"

"我跟行经的人们打招呼，是因为大家看起来都非常友善——"

"谭小姐，是或不是。你对遇见的人们相当友善？"

"是，我想是，我跟他们打招呼。"

"而除了这年轻人谁会挡住你的路，况且他像是非常有兴趣进一步了解你，这是否属实？"

"他的确挡住我的去向了，如果你要问的是这个的话。"

"而根据你的说辞，他向你问路，而你非常乐意帮他，这是否属实？"

"我尽力帮他——"

"谭小姐，是或不是？"

"呃，不是。我不是非常乐意帮他，我只是因为他向我问路，我就试着帮他，就跟其他任何人一样。"

她意识到防卫的语气又悄悄爬上她的声音。

"谭小姐，我有不同的意见。我的意见是你很乐意跟这个挡住你去向的年轻人说话，事实上，你感觉有点率性而为，想要从最近非常忙碌的日子中释放情绪。事实上，你很乐于接受认识这年轻人的机会，而且想看看会有怎样的发展，这是否属实？"

"错，我只想好好健行。"

"哦，那可能是你当天最初的计划，但是情况有变。谭小姐，我的意思是，你拥有狂野的倾向。在非常光鲜亮丽、非常专业和才华洋溢的举止底下，你只想好好放松。你有时只想找个不错的年轻人，看在没有义务和束缚的情况下，和对方在一起会有怎样的发展。"

她这时真是好恨他，她狠狠瞪着他，希望他暴毙死掉。就某方面来说，是，她乐意探索这个世界，认识不错的年轻人，看看会有怎样的发展。

但是，奎力根先生，你忘了被告可不算是不错的年轻人。

只是，他始终没给她机会向陪审团指出这件事。

*

　　他们在那里一直狂喷一大堆屁话，奎力根火力十足，那女人试着反击。她真是顽强好辩。他现在想起那天也是这样，她直视他的样子，她用那低沉声音说话的样子，完全不含糊。

　　她现在就像那个样子，即使她穿着那身漂亮的洋装，温顺地坐在那里。其他人的身体都往前凑，专心聆听。大家都喜欢看好戏，他们似乎很讶异她这样回击，不知道他们原本期待从害羞的华人身上看到什么。

　　好笑的是，他不知像她这样拉高嗓门，能否讨群众欢心，所以这对他是好事。贱人，继续拉高嗓门吧，这样他们就不会再喜欢你了。

　　这可是你在高尚学校中，没有好好学到的事。

*

　　奎力根可以下地狱且被烧死，但是她提醒自己，展现怒气对强奸被害人并不适当。她试着保持冷静，但她的情绪现在是这么不稳定，她可能会暴走。

　　"所以现在你和史威尼先生说了十几二十分钟的话，而你们也一直往你的健行步道方向前进。如果你不想和他继续说话，你随时可以采取行动，这是否属实？"

　　"呃，我不想显得无礼。"

　　"谭小姐，无礼？如果你真的担心你的安危，我倒是不觉得你会是那种害怕表现出无礼的女人。"

　　她冷静地看着他："在那个时候，我还不担心自己的安危，因为他只是在和我说话——"

奎力根再次打断她："谭小姐,我的意思是,你根本不曾真的想要跟这个年轻人停止互动,因为你很有兴趣看看事情会怎么发展。"

"不,这不正确。我试过打那通电话,用来作为借口。"

"试过,但是没打成。你打给朋友,而你宣称手机信号不足。但是你可以再打一次电话,或走到有信号的地方再试试,这是否属实?"

"我是可以,但我想继续健行——"

"谭小姐,是或不是。你可以更加努力尝试去打那通电话,是吗?"

"是,我想我是可以,如果我想的话,但是——"

"事实上,如果你真的想,在你尝试打电话之后的那个时刻,史威尼先生不在你身边,你就站在幽谷路旁边,你可以直接终止健行。如果你担心你的安危,你可以走到有很多车子的地方,然后回到城里。没有人强迫你留在那个荒废的公园里,那你为何还继续往前走?"

这十多个月来的每一天,她也都问自己这个问题。但是辩方律师那讨人厌的嘴巴,在法庭上像这样对她质问此事,质疑她的无辜,真是对事实最残酷的扭曲了。

她知道爆发怒气似乎会有负面效果,所以她慢慢回答:"我继续健行是因为这是我原本就计划进行的行动,我为这趟旅行还特别打包了登山鞋和指南书。我不会只因为某个想跟我攀谈的烦人孩子,就终止健行。我从没想到,那么年轻的男孩居然可以做出如此罪行。"她将视线转向陪审团接着说:"对,我是可以终止健行,而事后看来,当然我也真希望我终止了。但不幸的是,我继续健行,所以现在我才在这里,做证对抗强奸我的人。"

这样应该可以挫挫奎力根的锐气了。

可奎力根只是扬扬眉毛，看着陪审团说："哎，听听这淑女怎么说的。"他一副嘲弄和傲慢的口气，她真想拿起他厚厚的法律书，重重地打他的脑袋。

他清清喉咙："好的，谭小姐，谢谢你这么清楚地解释你为何没有终止健行，即使此时你已经和被告说了二十分钟的话。我想要直接跳到史威尼先生第二次接近你的时候，就是你正打算过溪的时候。"

又继续了，同样的主张、同样的问题，从略微不同的角度，抛得高高的，直接朝她而来。在溪边时，他什么时候第二次现身，她为何没有离开？她解释说当时只有他们两个人，附近没有别人，不管她去哪里，他都可以轻易跟上来。她的确有清楚地对他表态，她想要自己一个人健行。

"谭小姐，你这么说真是非常聪明。但是，我的意见是，你在诱骗这个年轻孩子。你提到你见到他在看你的双腿，不过决定脱掉鞋袜过溪的人可是你，即使他已经向你指出，可以利用脚踏石的方式过溪。你蓄意展露你的双腿，你知道他是个对你有兴趣的年轻小伙子，你想要看看能将情况推展到什么地步。"

法庭此时一片窃窃私语，她不知道大家的反应是支持还是反对这个意见，但她缓缓摇摇头，眼睛直视着奎力根。

"这真是我这辈子所听过的最荒唐的事了，就如同我已经说明过的，我脱掉鞋袜是因为我不想冒着弄湿它们的风险。全天下我最不想做的就是，诱骗这个男孩。再重申一次，我对小我一半的男孩真的不感兴趣。"

奎力根对此讽刺地笑了笑。

"谭小姐，你似乎很擅长在这样的公众场合捍卫你的节操。我现在要试着戳破你当天下午的真正用心。这里来了一个看似天真的年轻小伙子，有着青少年男孩的好奇心。当然，你必定察觉到即将发生的种种可能，因为就你们两人单独在森林里。像你这样一个有吸引力又阅历广泛的女人——"

"那些可能性在我心中是最为遥远的事了，我只想继续健行，而且是自己一人。"

贺斯朗法官往前靠："奎力根先生，再提醒一次，你需要以对这个年轻女士提问的方式，来陈述你的案子。"

年轻女士、有吸引力又阅历广泛的女人，像这样肤浅的标签经常贴在她身上。

"谭小姐，我认为——"奎力根拖长了声音，"我认为你非常擅长表现出一种优雅且才华洋溢的外在，这或许是你在哈佛或在你经常参与的高知名度公共活动中所学到的，但在这一切的背后，你却有着不顾一切想要逃离，或者我们该说是想要找到兴奋刺激，想要单独到新的地方旅行，认识新的男人，甚至是年轻男孩的欲望。而当其间的相遇没有按照计划进行，就如同和年轻的史威尼先生当时的状况，那么要揭发并且指控那人性侵你，对你来说实在太容易了。"

他点点头，自鸣得意地对她露齿一笑。她于是了解到，不管她做何反应——盛怒、据理力争或能言善辩——他都有办法让事情看起来是她的错。回击已毫无意义，但她还是继续尝试。

她靠向麦克风。

"奎力根先生，你刚才有提问吗？因为你说的和事实完全背道而驰。"


交叉诘问继续费劲进行，等进行到强奸，真正的强奸过程时，她又开始呼吸短促。她的心脏急速跳动，并开始觉得晕眩，她将指甲掐进掌心来稳住自己。奎力根似乎以她的不适为乐，他好整以暇地慢慢提问，并且再次问到那男孩要她做出的粗俗行为。

"那么你之前指出，换了五到六次的姿势。"他冷笑着说，"真的很多，但在这期间，你都不曾试着反击？"

她已经说明过了，她了解到他可能会变得非常暴力，她觉得任他予取予求可能比较安全。

"我不懂。"奎力根装作无知地摇摇头，"根据你的说法，你允许这男孩采取这么多种姿势跟你性交，他手上没有枪，也没有证据显示他持有刀子。在这个时候，他不再打你了，也没有特别暴力。为何你任由他那么做？你决定让他用这么多不同姿势跟你性交？你事实上已经同意了吧？你宣称你担心生命安全，但在这个时候，他到底做了什么来威胁你呢？我的意思是，你其实在享受这场性行为，因为这是你引发的。'我敢说你可以干上一整晚'……什么人在被强奸时会真的说这种话？"

奎力根的发言有如雨点不断朝她袭来。对于他轻蔑的评论，她虽然竭尽全力解释，但他一下导向这个方向，一下又导向另一个方向。她非常厌恶，只想阻止他，要他住嘴，不过她还是尽可能回答。

"奎力根先生，我要再说一次。在这次性侵过程中，我受了很多伤。我害怕要是我不配合被告，我可能会遭受更严重的伤害。"

"我只是不懂，一个像你这样的专业女性，独立、阅历丰富，怎么会让小你这么多岁的男孩，跟你用五到六种不同姿势性交？"

因为我担心我的生命安全。她真想这么大叫，但是她没有，只是继续坐好。

"奎力根先生，我很遗憾你不懂，或许是因为你从来没有处于真心认为自己就要死了的处境。"

贺斯朗法官再度打断："再重申一次，这不是原告和辩方律师之间的辩论。奎力根先生，你对谭小姐还有没有其他问题要问？"

他当然还有。在结束强奸之后，两人都穿上衣服之后，她为何还逗留在原处？她为何不一有机会就离开？

"因为我不想背对被告，我很害怕他可能会有所动作。"

不对，是因为她想继续和那男孩聊天，确保一切平息下来，确保一切正常。她那时候根本完全不害怕。

不对，我想要他认为一切正常，这样他就不会怀疑我可能会报警。

谭小姐，其中真的有许多欺骗行为。你相当会欺骗那男孩，就像你现在对我们做的事一样。

我只是试着活命。

就跟你创造了最佳形势，要我们相信你是强奸被害人，而不是一个事实上完全掌握局势的女人。

她摇摇头，直视辩方律师。

"你完全错了，你的意见太侮辱人，也很无礼，只是一派胡言。"

有些陪审团成员也摇着头，但她不知道这是因为他们同意她的看法，还是因为他们也认为她在说谎。这整个交叉诘问就像一场折磨人的闹剧，却被允许继续拖棚上演。她还得忍受这些问题多久？

因为每一个指控，每一个含沙射影，都仿佛刺穿了她防护的外皮，像寄生虫那样扭动着钻入她的皮肤底下，让她的皮肤溃烂化脓。

奎力根询问了她隔天的事，她搭机返回伦敦，去了电影首映会？在她声称被强奸的隔天，她跟很多名人去了光鲜亮丽的派对？他甚至出示了一张她站在红毯上的照片，就是那天公关人员拍摄的相片。贺斯朗法官驳回采用这张照片作为证据，但是太迟了——奎力根已经形容过它。谭小姐穿着华丽的长袍，面露微笑，身边伴着一名俊俏的男伴，她看起来不太像前一天才遭遇创伤、遭受性侵事件的被害人。

听到这段话,她怒火中烧。他们并不知道参加那个活动对她是多么困难,只是她没能得到机会去解释。

"谭小姐,我的意思是,你当天和被告在公园里谈话时,完全清楚自己在做什么。是你引发了和年轻的史威尼先生之间的性行为,等事情开始有点失控——当他变得太热情,那些瘀伤和伤口开始出现时——这个时候,你才开始后悔这场由你引发的相遇。他从未对你吼叫,也不曾违反你的意志,就如同之后等史威尼先生做证时我们将会了解到的那样,他才是在这场露水交欢中被你引导的人。"

她悲痛地看着他说:"这完全不正确。"

"谭小姐,我们拭目以待。"奎力根回答后转向贺斯朗法官,"庭上,我没有其他问题了。"

奎力根坐下来,全场如释重负。她环视陪审团、旁听席、新闻记者,然后慢慢了解到她憎恨他们前来观看,因为在他们眼里,这一切好像就是某种形式的角斗士格斗赛。

对他们来说,这是娱乐。

但我却得打赢比赛,然后活下去。


午餐时间,她坐在点着薰衣草熏香烛的原告休息室里,默默地将韭葱马铃薯浓汤舀进嘴里。

芭芭拉、艾莉卡和珍都在她身边绕来绕去。

"我表现得如何?"她问,几乎不带任何情绪。

亲切的手放在她的肩膀上,有的抚着她的头发。

你做得很棒。

非常好。

我很难过你必须经历这一切。

但是不知为何，她们的亲切难以穿透表面直达内心深处，而奎力根的愚蠢意见却办到了。

欧莱里和西蒙斯踏进房间，他们身着律师袍威风凛凛地走向她。

"你做得非常好，他真是比我想象的还卑鄙，不过你做得非常好，不仅结结实实地让他的说法不足以采信，还表现出自己令人尊敬的态度。"

令人尊敬的态度。

"我应该哭的，是吗？"

西蒙斯说了一些老生常谈，说什么不需要这样，你表现的态度对你来说是很自然的。

只是这整个情况根本就不自然，她真想这么回。

欧莱里清清喉咙，开始说明接下来的步骤。

"午餐过后，我会再问你一些问题，这只是在交叉诘问过后，重新确立你的说法，然后你应该就可以暂时自由了。"

但是她知道，她不会有真正的自由，至少在这场审判还在进行时，她不会有，甚至或许永远也不会有。

她对自己说，有朝一日，她将可以独自走进一处田野，走进中午时分广阔天空下的一处辽阔田野。她将可以躺下来，感受身体底下的青草。阳光洒在脸上，她闭上眼睛，将会感受到完全的心满意足，她将不会再感觉到危险。

只有到那时候，她才有真正的自由。


他们鱼贯走回第八号法庭，欧莱里准备修复奎力根所造成的一些损害。

或许这只是表演的一部分，不过他仔细看着她，且表现出很关切的样子。他认真衡量他的用字，在说出每一个问题时，感觉像是拿了一手牌，再一一放到桌子上。他们两人有共识，所以她推翻的每一张牌都将对她有利。

"谭小姐，回到奎力根先生暗示的一些事，在你多年的旅行中，你是否曾经认识比你年轻许多的男人，并且和他发生性行为？"

"没有，我从来没有。"

"当他变得暴力时，你是如何应对的，就是试着在这次侵犯事件中存活下去吗？而这就是你被侵犯期间，做了某些事和说了某些话的原因，是吗？"

她相当从容地回答这些问题，她的自信和自尊又慢慢恢复了。

"自从去年四月这场性侵事件以来，你的情况如何？"

"非常糟，我被诊断出创伤后压力心理障碍症。我有情境再现和惧旷症，我不时会有焦虑和反胃感。我觉得我只是徒然具有过去那个我的外壳，我不知道我是否真能恢复到事件发生前的我。"

欧莱里让她最后的发言回荡在场上，全场一片静默，他转向陪审团，直视着他们。

"谭小姐，谢谢你。庭上，我没有其他问题了。"

她如释重负，全身涌现一种超现实的晕眩感，但她将它隐藏在外表下，然后目光环顾全场。她看向陪审团，搜寻可有同情的迹象。或许在那个年轻女子、那个中年母亲和印度人身上有吧，但也或许只是她的想象。

芭芭拉、艾莉卡和珍对她露出引以为傲的笑容，莫里森警探也是。

她借此壮胆，视线看得更远。她注意到被告席附近的旁听席上坐着几名神情严肃的男子，可能是那男孩的爸爸和兄弟吧。

然后，她直视玻璃墙。

他坐在那里，低着头，她一眼就认出那头红棕色的头发和苍白的皮肤。

她冷冷地打量他，他在一个小隔间里，周围有防护措施，他没办法对她怎么样。而且除了他们两人，还有全场的人，包括法警、媒体、法官和律师。

同样的两个人，不同的竞技场。

此时，他抬起头，直视着她。

她震颤了一下，但从外表看，她毫不畏缩。她没有转开视线，反而直接回视，希望表现出的是一个毫不留情的冷静凝视。她的目光刺穿他那双熟悉的冰蓝眼珠，她不在乎法庭上其他人是否会注意到他们两人间的眼神较量。

\*

没料到她会这样直接怒视他，这贱人吃了什么药？

看起来几乎像是她要杀了他。

一副她这么柔弱的人有办法做到的样子，但无论如何，他不喜欢这样。

奎力根没能抓到她的小辫子，不算真的有。

所以她顺利地过关了，而现在结束之后，她就给了他这种眼神。

哦，去她的，去他妈的法庭与所有的人。他会把握他的机会，等着瞧。

\*

她走出法院，发现贝尔法斯特的街头看起来仍旧和之前一样，同样的灰色天空和灰色建筑，人行道上同样是没有笑意的人们。

珍陪她走回旅馆，可能心中在想她为何这么安静。但是当天的诉讼过程已经挖空了她所有连贯的思维，她只想在黑暗中躺在床上，就这样动也不动，没有任何情绪和生气。

明天，她知道欧莱里会继续他的演出：更多检方的证人。芭芭拉、莫里森警探、费蓝医生，甚至是看到过她和那男孩在公园的一些人。身为原告，她不能坐在法庭上，因为担心她的存在会影响证人的说辞，而被告却被允许一直现身法庭。但是珍和芭芭拉会在那里，充当她的耳目。

她知道的是，至少最糟的部分已经结束了。

她望着地平线，望着围绕海港另一侧的那些山坡。山坡上，云层低垂，平展暗淡。

她心想：如果这是一部电影，而这是电影里的重要时刻，那么就会从那些云层的缝隙中露出一道光。光束闪耀，告诉她一切安好，明天又是新的一天，就像电影里述说的那些奇妙事迹一样。

珍走在她身旁的这段时间，她的眼睛一直盯着这些云层，等着光线划破云层。

但是，它始终没有。

＊

当夜稍晚时，妈妈出乎意料打电话给她了。她当时躺在旅馆房间的床上，在调暗的光线下打盹儿，手机突然铃声大作。

她告诉妈妈，现在她出差来贝尔法斯特，只是来开一些会，为一个可能在北爱尔兰拍摄的电视影集做准备。她下星期也会在这里，因为还有好多会要开，连篇的谎言就这样从她的喉咙中一直出现。

"那里的天气怎么样？"

"跟伦敦有点像，或许比较冷一点。灰蒙蒙的，常下雨，你知道爱尔兰就这样。"至少，这不是谎言。

"但在贝尔法斯特安全吗？"妈妈问，"我老是想到以前那里经常发生的抗争事件。"

"哦，没事，很安全的。"她说，却感觉到这句话的荒谬和讽刺，"那些政治抗争大多在很多年前就停止了。"她接着说："记得吗？我以前来过这里参加庆祝和平进程的会议，就在去年呀。"

她为何要提到这件事？她这种讽刺真是病态地取乐呀！

她们又聊了一会儿，妈妈不断细说她在南加州的生活。

"知道吗？我们中心开了新课，叫作尊巴舞①，你听说过它吗？"

是，她听说过尊巴。

"两天前，我做了一个超可怕的噩梦。"妈妈说。

像是有东西刺在她的脖子后面，她忙问："怎么了？是什么样的梦？"

"我梦到我在台北的儿时旧家，睡在我小时候经常和奶奶一起睡的床上。"

她更加缩进旅馆床上的被窝，听着妈妈说话的语气，一种不安的感觉悄悄爬上她的心头。

"……但是这一次，我奶奶不在那里。我从梦中醒来，当下只有我一人。这时有个男人走进房间……而他……他侵犯了我。"

"他怎样？"

"他侵犯了我，真是好可怕。"

她坐起来，她知道妈妈不会用"强奸"这个字眼，但是她听

---

① 尊巴舞（Zumba），一种健康时尚的健身课程，它将音乐和动感易学的动作还有间歇有氧运动融合在了一起。

得懂言下之意。光是这样虚构的、梦中强奸的景象，还有妈妈居然得经历这样的恐怖，即使是在梦里，也足以让她毛骨悚然。

"你认识梦中那个男人吗？是你认得的人吗？"

"不，不是我认得的人，但那真的好可怕，我直到现在还忘不掉。现在我怎么还会做那样的梦？"

就在当下，她有了从来不曾有过的冲动，想要告诉妈妈实情，告诉她自己的遭遇。

但是想象这些话可能造成的毁灭，她就无法让自己说出来。光是梦境就让妈妈受到这样的创伤，那真实的事会对她有怎样的影响？

她强迫自己坚定语气。

"我不知道。"她谎称，"好难过你居然做了这样的梦，但至少这只是个……梦。"

\*

那个周末，他待在牢里，感觉简直像是一种逃脱。可以逃离所有人的目光，逃离那个小小的玻璃隔间，以及每天都烫伤他舌头的恶心的微波通心粉。

嗨，史威尼，你就像法庭上的名人，不是吗？

还没换你说吗？

那里展示了什么样的小妞呀？

他一概不理会这些话。一个星期前，他还很期待上法庭。你知道的，就是可以转换到跟牢里不一样的场景。

但是现在，他宁可待在这里，安安全全留在他的牢房里，什么地方也不去。

*

　　奎力根告诉他，第二个星期的星期二，他就要上证人席。所以做好准备，熟悉你的说法。

　　那该死的说法，不管是从里到外，还是从外到里，他都一清二楚。目前，他已在脑海里背了好几个月了。

　　所以，现在可是他让他们好好见识的机会了。

　　那女人从奎力根尝试撕裂她的那一天起，就没再出现过，但是他已得到提醒说，她可能还会回来。

　　"别担心她。"麦路翰说，"只要专注在你自己身上，专注在如何呈现自己。回答法官和律师的问题时，要看着他们，不要一直低头或是眼神闪躲，那样会让人起疑。"

　　当然，他们早就起疑了。

　　那么就来做戏吧。穿上其中一件他用来上法庭的好衬衫，不情愿地扣上纽扣，再套上硬邦邦的鞋子。但当他照镜子时，却又不得不承认自己像是换了一个人。头发还梳向一边。他几乎可以走进酒吧，点杯啤酒，开始和定居人士们闲聊。

　　现在，他来到这里，一身漂亮的行头，他觉得自己从没见过这么多人同时注视着他。大家只是瞪大了眼睛，瞧，这里可是有一个真实且活生生的吉卜赛强奸犯。

　　他的心脏开始剧烈跳动，他要自己镇静、安静，没什么大不了的。

　　但是法官没有笑意，律师也没有，法庭上没有人有笑容。

　　他看向旁听席，找寻老爸和麦可。至少这会是群众里仅有的两张友善面孔吧？老爸对他点点头，麦可则对他眨眨眼。

　　但此时，就在相差几个位子的地方，更近一排的位置，他看到了她。

那个女人，她再次穿着像是电视中律师的衣服，她隔壁坐着一些看起来像是从外地来的上流女人。她的嘴巴紧闭，毫不保留地直视着他，就跟她上星期离开法庭时的眼神一样。

老天，那女人让他好紧张。他移开视线，假装她不在场。

奎力根清清喉咙，开口询问他问题。

"可以向陪审团报出你的全名吗？"

这个容易。

他张开嘴巴："约翰·麦可·史威尼。"

这是他，就是他。

*

这个孩子，身穿一路扣到底的衬衫和长裤，看起来和这里的环境那么格格不入。这个形象令她震颤，在她心中，他应该一直穿着那件亮白的针织衫和牛仔裤。在这里，他想在法庭上让自己看起来像是成熟的大人，这种尝试真是可悲。

她仍旧无法理解，她就是被这样的人强奸的？她怎么会让这种事发生？

但是，细想到这一点只会让她反胃。

她感觉到珍身体动了一下，她眼睛望向她，似乎在问你还好吗？同样的问题，在这些日子已是如此常见，甚至不需要真正说出口。

她对珍点点头。我没事。

她的目光回到那个男孩身上，强迫自己和厌恶感交手。

至少，我说了实话。他打算拿出什么证词呢？

＊

"告诉我，一步一步来，四月十二日下午发生了什么事？"

他好想结束这件事，远离那女人的瞪视——她知道真正的事情经过。但是老爸和麦可告诉他，不可以仓促带过这部分。

所以他慢慢说，一个一个地回答奎力根的问题。但是，他一直是在他的牢房里练习的，没准备好面对全世界的注目。

不过，就说你练习过的内容吧。

"我发现她是个好看的女人，不过，是她先过来找我，说她迷路了，需要有人指路。我看得出来，她只是在演戏，她很感兴趣，你知道的……就是想更进一步认识我。她脱掉鞋袜，所以可以展露双脚给我看。她其实不用脱的，但是她想让我看到，我知道那是什么意思……"

一口气就可以说完，不是吗？

如果那女人没坐在前排，给他那种高高在上的眼神，整件事就容易多了。她的目光几乎没有移动，即使他没看她，他也知道她仍在那里怒视着他。

＊

她从没想过光是听另一个人说话，就会让自己这么愤怒。但是她不能站起来也不能尖叫，反而在内心怒火不断高升时，还必须保持冷静和自制。

他提出每一个小小的事实和细节，然后加以扭曲，使它们背离他的犯罪行为，直指她才是始作俑者。她可以感觉到自己的呼吸开始浊重，她的指甲深深压向手掌，在皮肤上形成了深色的半月形。

此时，她了解到这整个体制是多么荒谬，多么不公平。独行的人是她，而他侵犯了她。她却必须等候近乎一年的时间，才能坐在满场的陌生人面前，告诉大家这耻辱的事实，并且对抗一个努力将她描绘成可恶的狐狸精的卑劣律师，然后还得来聆听这男孩捏造的这堆关于她的一派胡言？

这就是我们为了得到正义，而不得不屈从的事？

她感觉到泪水模糊了她的视野边缘，她越想就越用力将指甲戳进自己的皮肤。

眼泪溢下。

我可以尽情哭泣，因为这些泪水道出了事实。

\*

他妈的，那女人又开始哭了。她比老妈还糟糕。

他突然想到老妈站在基尔肯尼那个警察局，为麦可哭到泪汪汪。女人呀，她们就只会这样。

她这样一哭，大家就会为她感到难过，看看他们，那些陪审团成员全都望着她，但这样不公平。现在可是换我了！换我来说了，看着我，你们这些混蛋。

诡异的是，在这整段时间，那女人的视线完全没有离开他。她没有低头，只是很难堪地一直怒视着他，任由泪水直流。

他转开目光。

专注在奎力根身上。

"再重复一次，史威尼先生。和这名女子性接触前，你可曾在任何时刻对她施加暴力？"

"不，我没有。"

"她可曾在任何时刻透露她害怕你？或是不想跟你有性接触？"

"不，她没有。她就只是邀请我，她一直都很友善。"

"所以当你发现警察在追查你的时候，你非常惊讶？"

"对。她那时显然想要性交，所以我真的非常惊讶，因为我根本没做错事。"

"史威尼先生，非常感谢你，我目前没别的问题了。但我确信我博学的朋友欧莱里先生却有，所以请你继续留在证人席上。"

好了，这部分他可就不怎么期待了。


欧莱里清清喉咙。

现在，他们难缠的问题就要来了。他感觉到汗水滑下了脸庞。直视对方的眼睛吧。

你才不怕他的问题呢。

"史威尼先生，你说过你遇见谭小姐前一晚的事，说你和朋友在一起，你们抽了一些大麻，这是否属实？"

"是的，没错。"

"这算是稀松平常的事吗？就是你和朋友抽大麻，同时嗑了其他药？"

这次法庭是要审理强奸案，但陪审团不管怎样都不喜欢嗑药的人，所以这个问题就骗一下吧。

"我们只有偶尔抽抽。"

"那么，你是否愿意告诉陪审团，你为了好玩，多久会去结识新的女人，然后和她们发生性行为？"

"呃……那也是偶尔才有。"

"我澄清一下，我刚才说的是，你这辈子从没见过的新的女人。那么，以前你偶尔会和女人见面，和她们愉快地聊天，然后几小时或甚至几分钟内，就跟她们发生性行为吗？"

"是的，没错。"

法庭内一阵低声嘀咕，但别理他们，随他们怎么笑吧。

"你可以估计一下，在你遇见谭小姐以前，你这样做过几次？"

这问题还好吧？他实在不知道。

"可能四到五次？"

"四到五次。"欧莱里点点头，"所以是这样，你十五岁——"

奎力根站起来："庭上，我不知道这和目前的案子有何关联。"

欧莱里马上回答："庭上，辩方律师获准询问谭小姐先前独自旅行的行为，所以我认为我询问被告类似的问题，才算公平。"

年长的法官同意了。

他在椅子底下把指关节按得噼啪作响。

"关于你以前认识并且发生性行为的这四到五个女人……你是在哪里认识的？"

这可得好好瞎扯，但就是继续说些话。

"呃，都在不同的地方，像是夜店、派对。"

"这些人之中，可有任何人是你大白天在户外的公园认识的？"

该死，现在要怎么说？

"呃，不，没有。"

"所以这次和谭小姐的情况并不寻常，这是否属实？"

"对，和我以前的经验不一样。"

"很好，而且你当下就知道谭小姐的年龄比你大。先前这四到五名女性也明显比你年长吗？"

再继续瞎扯……

"对，大部分是，没错，稍稍大一点。"

"这先前的例子中，跟其他这些年长女性的情况是否全都一样？是她们挑起的，还是你本人？"

"呃，算是两者都有吧。我可能会先跟她们搭讪，看看她们的回应，然后你知道的，就一事接着一事。"

"不过，会是谁提议性交？你还是她们？"

"有时是她们，有时是我。"

奎力根像是咳嗽了一声。

"这些其他女人，你事后都没有再跟她们保持联络？"

"没有，这不是像那样。这只是，你知道的，就是及时行乐。"

欧莱里点点头："及时行乐？"他说着，然后环视全场。"那我就这么认定，你事后记不得当中任何人的名字了？"

哦，他记得名字。莎拉是第一个，那个在都柏林市郊从朋友派对走路回家的瘦东西。但是他不打算告诉他们这些名字的。

"对。"

奎力根再度发言："庭上，我不认为这——"

"好的，好的。"欧莱里高举双手说道，"我会继续，就让我们相信你的话。在十五岁这么年轻的年纪，你就已经跟四到五名比你大的女性有过性经验，而这些人还身份不明。所以等遇上了谭小姐，这会不会看起来像是一个你早已经熟悉的状况？认识一个年长女性，看看事情会有怎样的发展？"

"是，我想是的。只是从来没在公园做过。"

"所以你怕不怕在中午时分，跟一个从未见过的女人在公园发生性关系？"

"嗯，有点害怕我们会被别人看到。"

欧莱里大笑："哦，史威尼先生，这个说法不错。不过，其实，这不是合意性交，谭小姐也没有挑起这件事。是你强迫她，所以当然会害怕被别人看到，因为你知道这是犯罪。你事实上是在强奸她，难道这不正确吗？"

"不是真的。"

"我们有谭小姐身上三十九处伤势可以佐证她的说法，陪审团的各位，我要出示 TM-3 号证据，在费蓝医生的报告里，我相信

317

你们可以在你们面前的卷册中找到。"

"嗯，她喜欢粗暴式的。"

"史威尼先生，我不知道你是否意识到你听起来有多荒谬。听听你说的，指称谭小姐'喜欢粗暴式的'，说她喜欢和你性交，跟一个只有她一半岁数的男孩，而且是在户外、在泥地、在地上，还是在中午时分，还说她不介意你对她造成的那些瘀伤和伤口，因为那全是性行为的一部分，你的意思是这样吗？"

"是的，没错。"

"史威尼先生，这真是一派胡言。你已经听过谭小姐勉强自己说的事了，你怎么还能指望我们相信你说的，尤其是在目击者已经证明她在那个事件后受到极大的创伤，照片也证实她出现许多伤势，而在整个法律程序中，她对这件事的说法也完全一致和合理——"

"她说的不是事实。"

"史威尼先生，容我先问一个问题。"

同样的严厉语气，就跟条子和老师一直以来跟他说话的方式一样。他咬紧牙关。

"请说明当你说谭小姐'喜欢粗暴式的'是什么意思？你知道她真的想要？显然，如果你像你声称的那样有经验，你可以跟我们形容一下，哪些迹象显示女人有兴趣和你发生关系？"

"你要我告诉你？"

"对，更加明确地告诉我们，谭小姐做了什么让你产生她真的想和你发生性关系的印象？"

欧莱里在嘲笑他，要不是周遭有这么多人在，他可能会猛地用头撞这个混蛋。

"嗯，她勾引我，就是大笑、微笑之类的。"

"史威尼先生，女人就是会大笑和微笑，但这不见得表示她想要性行为。"

"那只是开始，然后……"

快点，你该死的一开始就在条子面前说过了，再说一次同样的话。

但这次他的头脑一片空白，不只是因为有那么多目不转睛看着他的对手在围栏那头，还因为就坐在前排的她，她泪流满面，狠狠盯着他。

"我全都跟警方说过了。"

"是的，我们知道其中有一些列在你向警方做的笔录里，但现在在陪审团面前，在你发过誓言之后，我要你重复其中的一些事实，而且如果可能的话，提供更多细节。你能不能跟我们形容一下，谭小姐确切做了什么或说了什么，让你产生她想要跟你发生性行为的印象？"

他好想吐，但他望向麦可，只见麦可点点头。

是她的说法和我的不符。

"就像我说的，是她先起头的，就是笑个不停，一直对我微笑。跟我问路的人是她，而且当一个女人先跟你说话，就表示她有意思了。接着，她又不断和我说话，然后我们又到了幽谷森林公园一个没有人的地方，她不介意只有我跟她在那里，任何不想跟我在一起的其他女人可能就会直接走开了。"

他继续说，她露出她的脚给他看，又要求他跟她一道走。

"真有趣，因为谭小姐的说法恰好相反。她说是你问她说可不可以跟她一起走，而她告诉你，她只想自己一个人走。"

"嗯，但我说的是事实，真的。"

"那其他的呢？想要跟你一起散步，和想要跟你发生性行为可是有很大的不同。"

老天，这家伙真是绕来绕去问不停。条子也问过他同样的问题，但欧莱里却用花哨的字句包装，像是对陪审团表演喜剧。

"她有没有明确说出'我想要和你性交'？"

"没有，但是得了吧，女人可是不会说这种话的。她们只会用行动来告诉你，所以她就一直亲我，开始摸我，又脱掉我的衣服。"

面对条子的时候，他说到这部分时，甚至开始自得其乐。但是在这里，在所有人都注视他的情况下，就没那么有趣了。不过，他还是说个不停。

"我想我甚至还说'你说什么，就在这里？就在树林？'"

"史威尼先生，我们澄清一下。你明确问她'你说什么，就在这里？就在树林？'了吗？"

"对。"

"那她说什么？"

"她没怎么说话，只是对着我微笑，又继续亲我，一直进行下去。"

欧莱里点点头："好，这很有意思，因为这不在你的警方笔录之中。"

该死，说得有点得意忘形了。

"我没办法一直记得所有事。"

"史威尼先生，你当天没有对莫里森警探提供这个关键细节，为什么呢？"

"嗯，就像我说的，我当时不记得这一点。跟她发生这件事的时候，我还因为嗑药的关系超嗨的，我记不得每一件事。"

"你不记得，这可真好用。"

欧莱里停下话，低头看看文件，然后开始问脱衣服的那一段。说真的，现实生活中谁记得这么无聊的事呀？交欢的时候，似乎没人会在意是谁脱了什么衣服，又是什么时候脱的呀。

"就是……对，我们站着，亲嘴，抚摸对方，就像这样。然后我说'你确定吗？就在这里？'然后她什么也没说，但因为她还是一直亲我，又脱掉我的衣服，我就知道她想要。"

"那时，你对这有什么感觉？你是怎么想的？"

"就是，呃，害怕被别人看到。但是对呀，如果这马子想玩，那就是快乐时光，你知道吧？"

奎力根给了他一个警告的眼神，或许他说得太过分了。

现在，欧莱里想知道他们是怎么到了地上的。在那些A片里，那些家庭主妇会牵着水电工，将他带到客厅，然后躺到沙发上拉他过去。她就是这么做的，她把他拉向她。

"所以你是说，她从站姿，然后就直接往后躺？躺在那里的泥地里？"

"对，我想是的。"

"等她把你拉向她，你的身体和她是怎样的关联位置？"

"那时我就躺在她上方。"

"你是怎么躺在她上方的？面对她还是背对她？"

老天，你这人可跟人家上过床吗？

"当然是面对她，这样我们才能再继续亲亲呀。"

"然后呢？"

"然后我们就脱掉剩下的衣服，然后就……开始了。"

"你说你们'就脱掉剩下的衣服'？所以你们全部脱掉了吗？"

"呃，不是全部，只有其中几件。"

"你能不能形容多少是'其中几件'？你可有什么时候是全裸的？你记得有脱掉鞋袜吗？"

"哦，老天，我记不得这玩意了！"他激动地对这家伙大叫，"我嗨翻了，我整个投入了，我没太注意我们穿了多少衣服！"

该死，他不应该像那样大吼的。奎力根一脸震惊地看着他，陪审团也是。

那家伙几乎大笑："好，那么你对于脱掉衣服的这部分，显然记不得任何细节。让我带你回想一下，你的上衣可曾脱掉？"

"我想没有，没有。"

"稍早你说，她开始脱掉你的衣服，但这并不是指的上衣？"

"对，不是。她的双手像是伸向我的长裤。"

"那么这时候，她不是真的在脱你身上的衣服，就是说在你们两人还站着亲吻时，她还没有动手？"

"对。"

"只是让陪审团确认一下，因为这和你先前的说辞不一样。之前，你说她在你们两人还站着亲吻的时候，脱去你的衣服。现在你却说直到你们躺到地上，她才动手。"

对，去你的，老头子，你逮到我了。

"她一直没有脱掉你的上衣，就是她和其他目击者都形容过的那件白色针织衫？"

"对，我想是没有。"

"在整个性行为过程中，你能不能告诉我，你的长裤可有脱掉？"

"有。"

"那么你还有什么衣服被脱掉了？"

"我的内裤。"显然如此。

"这些衣服是谁脱掉的？"

"我们两人一起，她一开始就把手伸向我的长裤，然后我们躺在地上，她抚摸我又亲我，然后就开始脱下我的长裤，我也一起帮忙。"

"所以是谁脱掉你的内裤的？"

"我们两人，我们一起脱掉的。"

"那你的鞋子和袜子呢？"

"听着，我对鞋袜的事情记不太清楚了，你知道的，我心中想着其他的事。"

"嗯，试着想想看。你记不记得你赤裸的双脚是否有碰触到地面？"

他正打算回答时，奎力根大声说话了。

"庭上，我相信我博学的友人正在强迫我的当事人回忆他就是记不得的事。"

"欧莱里先生——"

"好的，好的，显然史威尼先生记不得这些细节。那么你的长裤脱掉了，你的内裤也一样。而你还穿着白色针织衫，可能，我是说可能，还穿着你的鞋袜，只是你记不得了。那么，谭小姐呢？你应该记得住她身体的哪个部位裸露了，你可以告诉我，她哪些衣服脱掉了吗？"

"嗯，当然啦，就是她的内裤，还有长裤。"

"再问一次，是谁脱下这些衣物的？"

"我们两人一起。"

"那她的上半身呢？你还记得吗？"

当然记得，他想起那些奶子，那奇异的棕色乳头。

"对，我想她的上衣脱掉了，还有她的胸罩。"

"你可以跟我多说一些她胸罩的事吗？"

"那是……"

他妈的那是什么颜色呀？这个他倒是记起来了。

"那是黑色的？"

"还有呢？"

"你想怎样？"

欧莱里想要人朝他扬扬得意的脸上好好揍一拳，这就是他要的。

"好，好吧。我他妈的扯裂了她的胸罩。对，我是这么做了，就像她说的那样。你现在可高兴了吧？"

欧莱里微笑："史威尼先生，别说脏话，不然你会被判藐视法庭的。嗯，至少就这一点，你和谭小姐是一致的。告诉我，史威尼先生，你为何要扯裂她的胸罩？"

"因为那时候已经太激情了，我感觉到了，我只想要扯掉它。这种事就是会发生，你知道吧？"

"你是想说，那是个激情时刻？"

"对，对。"

"那么她想要你扯裂她的胸罩吗？她有说扯裂她的胸罩没关系吗？"

"没有，她当然没这么说。我就直接做了，有时候事情就这样发生了。"

他妈的欧莱里还在微笑。"好，那么……你已经扯裂了她的胸罩，按照你的说法，她似乎也不介意。你们两人就直接在那里，在泥巴地上继续性交。你半裸，身上还穿着针织衫，而她……她还穿着什么衣服？"

"听着，我不是记得很清楚，但我想她全脱光了。"

"所以她是全裸？"

"几乎吧，或许，我不知道。"

"但是因为你已经扯裂了她的胸罩，所以她的上衣脱掉了？"

"对，她的上衣脱掉了。"

欧莱里再次点点头："史威尼先生，我们似乎出现了另一个矛盾之处。你们两人都同意是你扯裂她的胸罩的，但是史威尼先生，你说她的上衣，她的蓝色健行休闲衣在你和谭小姐发生性行为的期间就已经脱掉了。但是她说，尽管你扯裂了她的胸罩，但她的蓝色上衣在整个性侵期间，事实上都还在她身上。"

"那么，如果她穿着上衣，我怎么能扯裂她的胸罩？"

你倒解释看看呀。

"嗯，我们有谭小姐换下衣服前的验伤照片。"

他转向陪审团："请你们参阅 TM-5 号证物，就是谭小姐在事发不久后，在北爱尔兰警方的性侵危难中心所拍摄的照片。"

那个混账东西真的递给他一张照片，而陪审团的其他人也开始翻动他们的文件。

那张照片上的那女人，说真的，看起来非常丑陋凄惨。她站着，直视前方，一直拍到她的内裤和赤裸的双脚。她仍穿着那件黑色胸罩，虽然它已从中间被撕裂，但还有线头连着，因此掩饰住了她奇异的棕色乳头。

"那又怎样？她可以事后再把上衣穿回去呀。"

"没错，她是可以。但是在验伤时发现，谭小姐身上的擦伤和泥土脏污都在躯干下半部和身体下方。她的肩膀、手臂上半部分和上方胸部都还是干净的，实际上没有擦伤。这意味在性侵过程中，她的上衣仍在她身上。陪审团的各位，再请你们参考验伤医生的详细报告，TM-3 号证物，费蓝医生在里面列出了谭小姐身体上的每一处擦伤、瘀伤和伤口。"

他只是看着欧莱里，不发一语。

"如果你声称她躺着，而且采取了这许多不同的姿势，然后如你说的你们那时的性交有点粗暴，那么如果她的上衣脱掉了，她当然会在她的上半背部和肩膀出现一些擦伤或是沾上泥巴，就跟她的身体下半部分一样，没错吧？"

"我不知道，我又不是这方面的专家。"

"那么，我的意思是，关于她上衣脱掉的事是你捏造的，因为谭小姐的说法和证据似乎都指向另一个方向。"

"那么就只是她的记忆力比我好，那又怎样？"

"她的记忆力比你好是因为她说的是实话，而你只是捏造事实，拼命希望我们相信你那差劲的谎言。"

当然，我们流浪儿总是爱说谎。他好想怒踢证人席，但还是稳住他的脚，用力吞咽。

欧莱里很得意，的确是，那家伙从容不迫地看着法官和陪审团。老天，他真等不及要快点离开这证人席了。

"史威尼先生，只要再回答几个问题。你一再解释说当时你受到药物的影响，所以可能损害你的记忆，这是否正确？"

"没错。"

"这是否也有可能损害你的判断力？就是因为受到药物影响，你可能曲解了谭小姐的行为？"

他不太明白这个问题，你这家伙能不能直接问呀？

"你是什么意思？"

"我是在问，有没有可能是药物让你相信谭小姐想要跟你性交，但其实她并不想？就你声称的，按照她展现给你的信号和行为，你相信她想要跟你性交，但你真的是百分之百确信吗？"

换成这个说法也没有太大帮助，他感觉到这是个重要的问题，要是他采取了某种回答，他可能会说那是药物影响，而不是他的真实看法。但是，律师这一切天花乱坠的说辞让他非常困惑。

"史威尼先生，我们在等候你的回答。"

欧莱里开始沾沾自喜，然而他妈的他已经不在乎了，管他这些咬文嚼字的人呢，居然抛出这么多难以忍受的问题给他，其中有一大堆字。

"不可能。"他恨恨地说，"听着，我可不笨。或许我不是在学校学到的，但我知道女人什么时候想要，而她就是想要。"

欧莱里脸上缓缓浮现一个微笑，他看着陪审团，仿佛这是很重要的事。等他开口时，他的声音又大又响亮。

"嗯，史威尼先生，对我和对这里的所有人来说，谭小姐是不想要的，所以或许你学到的并不正确。"他停了一会儿，然后看着法官，"庭上，我已经没有其他问题了。"

*

她的朋友处于"薇安警戒"之中，至少她是这么命名的：小心翼翼对待她，确保她不会独自一人待在法院。她这星期已经感觉到好几次想吐的冲动，她就这样一路冲过那闪亮亮的走廊进入女子化妆室。

化妆室地板是冰冷的瓷砖，珍和芭芭拉的声音从门的另一头传来："你还好吗？有什么需要就告诉我。"化妆室里经过她身边的其他女人，纷纷露出同情的表情。

身体的反胃感真的够丢脸了，而对抗它的是怒气，是想将那个男孩的脖子扭成两半的明显欲望，这是一种全新的感觉，不知怎的竟还带有活力。这是在近几个月的麻木和退缩中，她几乎不曾感受到的事。自从性侵事件过后，她和朋友的所有对话中，朋友都会说到要痛扁那个孩子，让他关上一辈子。她本身则移动到一个超脱怒火的地方，到了一座灰色的平坦湖泊，那里毫无动静，波澜不兴，而她已经在那座湖泊住了十一个月。

现在，她再次找到了地面。怒气回来了，这不只是对那男孩的怒火，而是觉得整个体制都有过错。

在辩方陈述的第一天，她端详了可能是那男孩的家人的人。有一个深色头发的驼背中年男子，那应该是他爸爸。还有一个年轻人长相和那男孩颇为神似，但大了几岁，他同样是雪肤蓝眼，只是头发是棕色的，比那男孩发色深。一条金色项链在他的脖子

327

上闪耀，他给人一种狂妄自大和狡诈的感觉。

她心想，那必定是他哥哥。不是说警方系统里有那男孩兄弟的DNA，且部分符合在她身上采证到的DNA吗？

她见到了他和那男孩的互动方式，不时给他眨眼点头表示赞同，他还偷偷检视法庭上的女人，并且评估陪审团。

那个爸爸一度和她视线相对，他凝视她的时间比她预料得还久，最后才转开。她一直盯着他，她不知道自己在他的目光中看到了什么，或许是道歉，或许是罪恶感，也或许是憎恨。她没再见到他的眼神，因为对方之后就竭力避开看向她的方向。

从那哥哥身上，她一无所获，他只是假装她不在现场。

她有时会想，自己这种经常怒目瞪视的存在，究竟是对案子有用还是有害？检方曾解释过，大部分的被害人只会在做证时现身，然后直到聆听裁决时才又出现，有些甚至连裁决都不会现身。

或许，她太认真了，但他们期待她怎样？她可不是电台报道的那个畏缩的华人女孩。

她不是，她可是不屈不挠的。就跟她会找寻步道，独自去健行的态度一样，她不会因为上坡攀爬、步道不见而分心和气馁。

这就是她现在的样子。不屈不挠，只追寻一件事，而且就只这一件事。


"史威尼案的所有相关人士，请到第八号法庭。"

她听见法院广播时，那难以忍受的恶心感又从胃部涌现。

她坐在证人室里，努力沉浸在哈代[①]的诗集里，希望借由他描写的乡村宁谧平静的意象来阻挡审判的压力，但是她的心思却总

---

① 　哈代（Thomas Hardy），1840—1928年，英国自然主义作家，著有《德伯家的苔丝》等书。

是飘到那十二个陪审团成员讨论的内容。

她合上书。

"嗯，看起来他们已达成决议。"莫里森警探以一种装作兴高采烈的声音说，然后就站了起来。

珍和芭芭拉自动来到她的两旁，伸出手臂扶持她往前走。过去，她会认为这模样真可悲，太过倚赖他人，甚至连走路都不能。但是在这里，在这个时刻，她知道没有朋友在身边的话，她绝对不可能走进法庭。

"祝好运。"被害人支持志愿者彼得看到他们经过时说道，还露出了紧张的笑容。

"多谢。"她以平静的语气回答。

他们走到证人室门口时，她闭了一下眼睛，感受到重重的心跳已跃上了喉咙。

许多个月以来，她从没想过要是他被裁定无罪，她会有怎样的反应。

因为对她来说，这种事似乎绝无可能。

*

听到广播时，他坐在他狭窄的牢房里。

"史威尼案的所有相关人士，请到第八号法庭。"

他妈的，也该是时候了。他整个上午，还有昨天一整天，都一直听到他们在广播。一下这个案子，一下那个案子，就是一直不是他的案子。

他知道自己搞砸了交叉诘问，那个狡猾的欧莱里一直找他麻烦，拼命用那一大堆花哨的问题来抓他的痛处。

情况就是，如果他们用像是正常的方式来问问题，回答起来就容易多了。警察就好多了，说话也简单明了。但这些该死的律师，还有法官，光是想要听懂他们在说什么就让人非常火大，那么多该死的字句。这些人讲着让人听不懂的外星话，但决定你命运的却是他们。

所以当他听到第八号法庭的广播时，他这一生从没这么紧张过，就连之前偷走包包逃跑时也不曾这样。当时他只知道，一切很简单：看到包包就去偷，不是被逮到就是逃跑了。

但在这里，在这场审判中，他只能坐在一个房间里，听着一群戴假发的人不知在说什么，然后回答一些花哨的问题，最后他们就会决定你是要被关上好几年，还是可以当庭释放。

就这样，他整个该死的一生瞬间就被决定了，而且是交在全然陌生的人手里。

牢门咔哒咔哒，一个法警打开锁，走了进来。

"看来你的时候到了。"

这名法警年纪不太大，大概跟麦可差不多，金发蓝眼，像是拍牛奶广告的人。他暗忖自己是否办得到，先踢这法警的肚子，再用膝盖顶他的脸，然后就一直跑过走廊，彻底逃离这里。

但是他知道，会有其他五名法警立刻压制住他。即使没有，尽头的那扇门还是锁着的，门口还有安保人员。

不值得。

他妈的无路可逃。

*

她走进去时，法庭微微出现了一阵骚动。旁听席爆满，座无虚席。

法庭门警对她微笑，露出一个比往常都大的笑容，仿佛表示今天和之前的那些日子都不一样。

前排还是保留了那三个同样的位子给她，她感觉在她往前走时，大家都转过头来看她。

法庭上的气氛凝重，无人出声。

她看也没看那男孩，径自经过被告席，同样看也没看，就经过他的爸爸和哥哥。坐在位子上，她也只是直视前方，直到珍瑟缩了一下，她才低头，然后发觉自己竟一直紧抓着珍的手，用力到珍的手指都发红了。

"抱歉。"她做出唇形，然后放松手，但仍继续握着。

芭芭拉握住她的另一只手，这让她想起许多个月以前，当她在验伤过程中，双脚放在搁脚架上，畏惧势将到来的鸭嘴钳推入时，芭芭拉对她说过的话："你需要就尽管用力握紧。"

在这个过程中，她还需要这样被生吞活剥多少次？寻求正义的每一步都让她更加暴露自己，直到毫无保留。然而，每一个人还是一直盯着她不放，想要知道她会怎么反应。

"全体起立。"一脸严肃的书记官宣布，大家窸窸窣窣起身，贺斯朗法官走了进来。

就连法官今天早上的动作也比较正式。他扫视法庭、旁听席，视线移向被告席，再到她身上，最后回到律师身上。欧莱里和西蒙斯看着他，奎力根和其他辩方律师在另一侧。戴着白色法官帽的四人，头部动也不动地笨拙坐着。

"准备好让陪审团进来了吧？"他问书记官，门警打开了门。

陪审团鱼贯走进法庭，他们已仔细讨论了好几个小时——昨天至少三小时，还有今天大约一小时，这种情况不可能是好消息。

陪审团找到位子，顺从地坐下。

贺斯朗法官露出仁慈的笑容靠向麦克风："现在，陪审团的先生女士，我需要提醒各位，这个案子的裁决需要全体一致同意。

首席陪审员，你能否确认你们的决议是一致同意的呢？"

首席陪审员是陪审团中鬓发灰白、看起来第二年长的男士，他点点头。

"那么，开始吧。"

书记官宣布："被告约翰·麦可·史威尼，请起立。"

法庭一阵骚动，因为大家都转头看着男孩站起来。珍和芭芭拉也转头，但她还是继续直视前方。

有点讽刺又超现实的是，她突然想到，他又再次站在她身后，就跟那个下午他尾随她的情况一样。他在幽谷森林公园一路跟踪她，爬上山坡，来到森林和田野交界的地方。

直视前方，不要回头。

"首席陪审员，请起立。"

他起身，摆出一种男人报到的姿势，他的双手在身前交叉成V字，右手握着左手腕。她心想，他是不是退役军人，而这是好事还是坏事？

"请你仅以是或不是来回答我的第一个问题。"

首席陪审员点点头。

"陪审团的各位，关于本件起诉案，你们是否已基于一致同意做出了裁决？"

"是。"

她的视线从首席陪审员身上，转向中间的地方，然后看着法官席下方空白的木镶板。在这关键时刻，她无法看着任何人，只能盯着木板。

"关于起诉书的第一条罪状，阴道插入强奸，你们认定被告约翰·麦可·史威尼有罪还是无罪？"

珍和芭芭拉同时握紧她的手。

＊

书记官要他站起来时，他认为自己根本就站不起来。

他好想逃跑躲藏，潜入椅子底下。但是他无处可去，而书记官、法官、陪审团，还有跟他一起待在里面的法警，他们全都等着他起身。这该死的所有人，都盯着他不放。

起来，你这笨蛋。

他看得出老爸心中的想法，老爸现在就坐在证人席外头，在之前痛扁他一顿时，老爸就咕哝着同样该死的话。

双脚感觉像是他妈的水做的，他好想尿尿、拉屎、呕吐，全都一起来。

起来，你这笨蛋。

然后，他看见那女人的后脑勺，不管是什么原因，她并没有回头。这一次她没给他让人汗毛直竖的瞪视，所以他的眼睛直盯着她光滑的黑发，几乎像是推着它才能起身。

别转头，别转头。如果你就只是这样坐着，不看我，我就可以站起来。

他站起来，往前看。


"关于起诉书的第一条罪状，阴道插入强奸，你们认定被告约翰·麦可·史威尼有罪还是无罪？"

首席陪审员毫不迟疑，大声回答。

"我们裁定被告有罪。"


其他字眼几乎没办法进入他的耳朵，那家伙说的其他话都被封锁在外。仿佛他在水面下，而其余的世界在水面上，一切都无法触及。

法官说话时，大部分的人都看着他，老爸却低头看着脚，好像觉得很羞耻的样子。

有罪。

有罪有罪有罪。

现在法庭上有些人露出微笑，开始交头接耳，像在说，对，那个流浪儿罪有应得。不过，法官还在说话。

"坐下。"其中一个法警轻声对他说。

他照办。

但下一刻，大家都站起来了，因为法官离席。

只是，不管站着或坐下，都不重要，因为他仍在水面下拍打挣扎，想要呼吸到空气，但他知道他将永远无法来到上方。

＊

听到裁决的刹那，她闭上了眼睛。

她整个人如释重负，解除了一整年的重担，卸除了忧虑、反胃和恐惧。

她听见其他罪名，肛交强奸、暴力殴打，然后她听见这个词重复了两次：有罪，有罪。

珍和芭芭拉紧紧拥抱她，低声道贺。泪水流下珍的脸庞，也在芭芭拉的眼睛里闪动。而即使她感觉到泪水再度涌现，她还是强迫自己不要哭。还不能，现在不能。

莫里森警探转向她，脸上带着大大的笑容——是她想象出来的吗？还是他也像是眼睛湿润？西蒙斯对她微笑，甚至欧莱里也一样，微笑颔首。

贺斯朗法官还在说话。

"史威尼先生，几星期内你会被传唤听候判刑。这段时间，你仍旧交付羁押，递解到合适的机构。我希望未来几年，在你受刑的期间，你可以反省这几项罪行，改过自新。"

他转向她，声调改变，几乎像是带着歉意。

"谭小姐，我要感谢你的合作，谢谢你拨冗前来，使这一罪行被定罪。你是一个非常了不起的原告——容我说，也是一个非常了不起的被害人。我希望在你个人遭受到如此严重的侵犯后，这个裁决将是你正向恢复过程的一个开端。尽管可想而知，这次法庭的经历必定让你很不愉快，但却对我们刑事司法体系的正当运作至关重要。谨代表法庭体系和司法部的所有人，我希望这次裁决能弥补一些你去年造访贝尔法斯特时所遭遇到的不公正。"

她对法官点点头，知道这可能是她这辈子最后一次见到这个人了。

她想要谢谢他，但现在没有轮到她说话。因为法官说完了，这个案子也就结束了。

*

"罪有应得。"有些该死的混账在他经过时，对他这么说，其他人也嘀嘀咕咕，狠狠瞪着他。

有些记者像是想问他话，但是老爸赶开他们，反正他们也全都追着她跑。

那个女人，当然啦，人们只关心她。

她赢了，那个贱货赢了，而他却要在牢里待上多少年呀？

"抱歉是这样的结果。"麦可摇摇头，"这不公平，从一开始对你就不公平，或许我们可以上诉。"

"你说得倒容易，你在牢里最长是多久？六个月？"

老爸看着他，一脸严肃阴沉，但不像要痛扁他。

"钱宁，我很遗憾。"他终于开口说道，"今天运气不好。"

运气不好？一开始把我交给警察是谁该死的想法？要不是老爸，他早就跑远了，早就翻过边界到了都柏林，他会在那里自由自在地像正常人一样生活。或者到更远的地方，像法国、西班牙，还有更温暖的地方，对，马约卡。

"我们很快就会去监狱看你。"老爸说，"我们会尽早过去，找你妈妈一起去。"

但是，这时最坏的事发生了。不是对他喃喃说这些鬼话的老爸和麦可，而是她，那个女人。他从眼角余光看到她转身了，而他来不及细想，也跟着望向她。

她直视着他片刻，没有人察觉到这一点。她的眼神闪动着强烈的情绪。或许在一年前，或是在酒吧，他会觉得这种眼神闪动很性感，是从另一头发出的邀请。

但现在，这却对他传达了不同的意思。看到没？她说着，我可搞死你了。

*

再看他最后一眼，她便结束一切。他完蛋了，就此离开她的人生，她再也不用担心这男孩了。

但是她知道一旦她走出法庭，会有什么在等着她。已经有一些记者聚集过来，她对他们说，她会在外头发言。

深呼吸，面对媒体的时间到了。

到了法庭外，情况并不像电影里那样一群记者涌上将麦克风伸到她面前。这些人是报社记者，很有礼貌，几乎是依序一一来到她眼前。他们大半是年轻的女性，拿着小小的录音装置，还在笔记本上奋笔疾书。

谭小姐，我们显然还是会在媒体上为你保留匿名……

谭小姐，你对这个裁决有何看法？

你认为他应该被判刑几年？

你现在要做的第一件事是什么？

这有助于你继续展开人生吗？

她赫然发现，自己的回答是多么平淡又表面化："显然，我很高兴他的这三项罪名都被判有罪……这段过程对我是一场折磨……我只是很高兴这一切全结束了。"

她该怎么说，才不会显得这么陈腔滥调？怎么可能会有表达方式能传达她所经历的事？不只是审判本身，有那种寂寞、恐惧和自我贬抑感？即使是现在，有了这样的裁决，她还是认为自己的人生不会就此奇迹复原。

但是，她不会这么说，这些记者追求的不是深度，只是想为当晚截稿得到引言。即使她已感觉到精疲力竭，却还是尽责地回答问题。

在珍和芭芭拉的护卫下，她转身准备离开，但是一个记者高喊出最后一个问题。

"谭小姐，发生了这样的事情之后，你认为你可能还会再来贝尔法斯特吗？"

她没料到会有这样的问题。

"这……很难说，我真的还没想到那么远。"

一阵欣赏的轻笑声，但是他们仍旧站在那里，期待听到更多回应。

"如果他被裁定无罪，那么就绝对不会。但是现在，嗯，至少可能的话我还是会再回来的。"

她微笑，虽然是一丝苦笑，只见记者对她点点头。她转身，留下回荡在走廊上的靴子声音。

# 第五部

她一开始并没有听见那男人说话的声音。

她面对着闪耀的湛蓝地中海，背对其余世界，风儿和拍打的海浪淹没了他的字句。

她转身，只听到句子尾声，知道他必定是用克罗埃西亚语在跟她说话。他保持礼貌的距离站在她身后，他的年纪和她相仿，黑发蓝眼，下巴轮廓很深，极为俊俏帅气。但他显然是在跟她说话，因为附近没有别人。

他再次开口，这次是用带着口音的英语。

"嗨，你好吗？"

"哦，呃……"

"对不起，我不是有意吓你的。"

他伸出双手，半是表示歉意。

"没事，我只是在看风景。"海洋在她后方，蓝绿色的浪涛冲刷着他们脚下的岩壁。

"我和一群朋友在想，呃，我们看到你自己一个人在这里……你要不要过来跟我们一起喝点东西？"

"你的一群朋友？"

她很惊讶听到这样的邀请，不禁环顾四周，但在这个眺望海景的悬崖上却没见到其他人。地中海的阳光聚焦在周遭的悬崖上，下午才过了一半，对当地人来说，现在来海边看夕阳还太早。

"哦，你看不到他们，但我们在那里。那地方还蛮隐秘的，瞧，我们有一个会馆。"

那人指向他右方的小路更前面的地方，她的后背立刻涌起阵阵不安。

"来吧，你自己来看。"

他往那方向走了几步，而她保持距离，也跟着走了几步，同时要自己安心，如果她想要的话，随时可以拔腿就跑。她再次望向身后，一片空旷，没有其他人在。

三天前，她还在贝尔法斯特，出席那男孩的判刑听证会。审判后六星期，她最后一次再上法庭，和被告席上的他仅相距数米，看着另一名法官对他判决十年有期徒刑。

一天后，她上网搜寻，决定订个航班，是前往史普利特的单程票，六天后从杜伯尼克返回。这将是性侵案之后，她第一次独自到新的国家去旅行，但感觉似乎很恰当。

他被判刑十年，你已完成工作，现在开始可以放松了。

逃离伦敦那片无穷无尽的灰蒙天空，以及经常展现世界却将她关在里面的公寓窗户、陌生人疲惫的脸庞，逃避一个人们日复一日回避眼神交会的城市。

所以今天早上，她搭机来到史普利特，这是克罗埃西亚最古老的城市之一。她没有提前预订住宿，走下机场巴士之后，迎面而来的是闪耀的地中海太阳，老人和妇女围在观光客身边，举着民宿待租的牌子。十五分钟不到，一名老人就已带着她参观他二楼公寓的房间，他们一对老夫妇住在那里，她讨价还价以三百五十克币① 租下两晚。就这样，她带着钥匙，开始自由徜徉在城市遗迹之间。

旅行的能力又回到了她身上，让她有种恢复旧时自我的感觉。想到那些等待她去发掘的新城市，她再次感受到了已遗忘多时的兴奋刺激感。

明天，她要去特罗吉尔，隔天再搭船去杜伯尼克。或许从那里，她可以去波斯尼亚或蒙特内哥罗一日游。

现在，这名帅气的克罗埃西亚男子攀登着岩壁边缘的步道，不时回头看她是否有跟上来。她望着他，心中却犹豫不决。

一名陌生男子接近一人独处的你，他貌似友善，你要怎么做？

这仿佛是性向测验的题目，一个她知道即将到来却不知如何准备的题目。整整一年多的时间，她都避而不答。她一直留在家中处于隔绝状态，保持谨慎，充满戒心。她不再是那个只带着一本指南书就轻装跳上飞机，为未知地点兴奋不已的薇安了。

今天，她决定跟着这男人去，只是保持安全距离走在后方。步道通往一处岩岬，而地中海在底下几米处激起水花。

在山岬那边，步道开展成一个平坦如露台的岩架，岩壁有如岩洞般护卫着它。那男人站在那里，身前有一张放满食物的桌子，另有五名男子坐在桌边的椅子上。年龄层不尽相同，大多是中年和银发族。

他们对他露齿微笑，向她招手致意。

"瞧，我们从这里看到你自己一个人站在那里。"他指着她刚才眺望海景的地方，只是现在在他们的位置隐蔽，"我们想说可以请你喝一杯或吃点东西。"

---

① 约合人民币三百七十元。

那些男人点点头，她看着桌子，上面放了许多自家烹调的鱼肉料理、蔬菜烧烤，还有像意大利通心粉的食物。另一名男子从岩壁的一个门口现身，手中拿着一瓶酒和一个玻璃杯。

"请用。"第一个男人说，"他叫卓戈，这是他堂弟酿的酒。"

酒倒进众多玻璃杯里，包括留给她的那一杯。

"Zivjeli."（干杯。）她拿起酒杯，以克罗埃西亚语说道，大家显得钦佩不已。

"Zivjeli." 他们回应。干杯，人生美好。她小心翼翼轻啜一口。

"这是我们今天早上钓到的鱼，请试试看。"另一个男人指着桌上的一道菜，"还有这兔肉，这可是达尔马提亚地区的地方菜。"

"这是你们的会馆？"她问，眼前的盛宴让她难以置信，她环视掩蔽他们的岩壁和闪耀海景，"这真是太不可思议了。"

大家露出自豪的笑容，第一个男人的英语显然最好，他解释说："我们星期日下午都会摆脱家人来这里聚会，自己钓鱼，自己料理来吃，非常愉快。"

"请用，你是游客，我们希望你试试我们的地方菜。"

他们替她空出了一把椅子，并且准备好了餐具。她心中一紧，感受到已背负一年多的熟悉的紧张感。但是在太阳的热度和光线下，她可能会开始慢慢放松。

"有时间加入我们吗？"第一个男人问她。

"抱歉，我叫托莫。"他的手摆在胸前，自我介绍。她注意到他戴着婚戒，这稍稍让她放轻松了。

"我叫薇安。"她浅浅一笑，并对其他人点点头。她于是坐下来，金属椅子嘎地刮过岩石，而地中海的阳光温暖了她的背。

＊

"钱宁男孩，有人来看你喽。"

那个臭狱警艾略特透过窗户对他说，他从床上坐起来。他已经在床上躺了一小时，他妈的真是无聊得快疯了。

"是吗？"

希望是麦可或凯弗，但也可能是老爸。他翻翻白眼，那一套又要来了。

但是狱警咧嘴对他一笑，态度和平常完全不同："你很幸运，这一次是女生，而且长得也不坏。"

女生？他不认识什么女生，可能是隔壁邻居诺拉·卡拉汉……

"她有带小孩一起来吗？"

"没，生小孩还太年轻，但对你可能就不一定了。"

但话又说回来，诺拉似乎从听到他对那女人做的事，就开始厌恶他。这两年来，他唯一见到的女生就是来这里探视其他家伙的那一些。

"很惊讶，对吧？我们也是，想不出怎么会有女生来见你这种恶心的变态。"

他对艾略特扮了个鬼脸，反正他向来讨厌这家伙。

这臭狱警大笑，解锁他的牢门："强奸犯，你先走。"


他走进接见室时，认不出那孩子是谁。她身材苗条，一头卷曲的棕发，低着头，穿着一件带有腰带的好看外套。

他走到小桌子边，咳了一声，还是不知道这该死的是谁。

"钱宁！"她抬起头叫了一声，然后站起来，脸上的灿烂笑容在看到他毫无回应时，变成了一个小小的胆怯笑容。

雀斑脸，蓝眼睛，就跟他一样。

"是克莱儿吗？你在这里做什么？"他发现自己面露微笑，因为看到了新面孔，所以用不着耍心机。

她的声音是如此不同，几乎像个女人："钱宁，我来这里见你呀。呃，你变了，现在长这么高了！"

"你也是。"

"嗯，都过了这么久。"的确没错，他最后一次见到她时，她是九岁？还是十岁？

"克莱儿，你现在几岁？"

"十五岁。"她露齿一笑。他真不敢相信，但是他的亲妹妹已经变成了一个马子，成了那些家伙会想在酒吧和她舌吻的女孩。

"钱宁，你十七岁了，对吧？"

他点点头。他就在监狱，度过了悲惨的十七岁生日。麦可、老爸和其他哥儿们带了蛋糕来，他们在一个房间吃蛋糕，一旁有狱警监视，没办法畅快喝一下。他们偷塞了一些摇头丸和色情杂志给他当礼物，但后来杂志却被其他家伙偷走了，所以他嗨翻时甚至没有杂志可以看。

"你自己跑来贝尔法斯特？"他问。

"你疯了吗？妈才不会让我自己一个人来。我跟我朋友乔西还有她的阿姨宝琳一起来的，只待几天，你知道的，贝尔法斯特现在真的很不一样了。"

"对，我想也是。"他该死的怎么会知道。

他们聊开了，跟长大后的妹妹说话真他妈的诡异。真不敢相信她就是那个哭个不停的小孩，每次他和麦可一起出门，留她和小宝宝顾家，她总是哭哭啼啼。她用了一些难懂的字，听起来像是她一直有在上学之类的。

"布莉琪还好吗？尚恩呢？"

"他们很好，比你之前看到他们时，长大很多了呢。布莉琪十一岁，尚恩九岁。"

他无法想象总是穿着尿布在地上爬的那两只，现在居然可以讲出正常话了。

"呃……那老妈呢？她还好吗？"

克莱儿的表情让他明白了。

他不是真的想听到答案。这几年来，他都尽量不去想老妈，不去想她听到这消息时会有怎样的反应。她也从来没过来看他。

克莱儿移开视线："妈妈，呃……她问候你。她工作很辛苦，要照顾我们三个人。"

"工作？你是说，在外面？"

想到这件事让他猛然一颤。

"对，她在一家托儿所工作，照顾其他女人的孩子。这是个好工作，薪水等都不错，而且布莉琪和尚恩也可以去那里。"

"她做这件事多久了？就这样帮忙照顾小孩？"

"哦，已经好几年了。"

他心想老爸知不知道这件事，后来又问："你来这里期间，会不会去看老爸或麦可？"

克莱儿停下话，像是不知道怎么说："嗯，可能吧。"

"可能吧？你大老远来到贝尔法斯特，却可能不去看你的亲老爸？"

克莱儿皱着眉头看他，几乎像是大声喊出来似的说："他不是那种很容易找到的人，你知道吧？他和麦可都不好找，有一半时间不接电话。"

"对，的确是。"

"而且……"

酗酒、拳打脚踢，她对老爸很可能都没什么愉快的回忆。

"我是来这里见你的，至少你最近不会到处跑来跑去，就只会在一个地方，对吧？"

"喂，给我滚！"他嘻嘻笑，而她大笑，露出闪亮的牙齿，鼻子都皱了起来。他不记得曾看过克莱儿这样笑。

他发现自己也开怀大笑，都不知道有多久没这么笑过了。

克莱儿又问了他许多问题，想知道牢里是什么情况。

有很多，只是其他漂旅人也不见得想跟他混在一起。有些人不喜欢史威尼家，总是会悄悄等着扑上来。只是，他没跟她说这么多。

他有交到朋友吗？

"嗯，一些啦。"

后来他被关的理由就传开了，就是那件对华裔美国女人的知名强奸案。然后没人想接近他，不然就是一有机会就痛扁他一顿，甚至是施展更狠的手段，但至少狱警都有好好监视他们。

"他们都要你在这里做些什么？"

他耸耸肩："无聊的屁事，洗衣服之类的杂事，幸运的话，这里还有个可以做木头或金属工艺品的工作坊，他们还要我上课念点书。"

"念书？你？"克莱儿看起来像是又想大笑，"像数学、阅读和写作？"

"对。"

"你会看书？"她大笑，"我一定要告诉妈妈，快说，你看得懂什么书？"

他又耸耸肩："我不知道，现在暂且看一些童书。"

"比如，你看《哈利·波特》吗？"

他往后靠："没，那玩意儿是给小宝宝看的。"

"哦，那对你太简单了，是吗？"

"不，是它……"事实上，他还看不太懂《哈利·波特》，"我不看关于巫师那种屁话连篇的书。"

"那么，你都看什么书？"

"一些漫画之类的。"漫画和色情书刊，如果没这两样东西真不知道怎么撑过坐牢的日子。

克莱儿点点头，偷偷从眼角打量他。

"听来像是你一直在上学。"他说，"怎么？老妈让你每天去上学？"

"对，已经好几年了，从星期一到星期五。"

他打了个哆嗦："他妈的，那一定可怕极了。"

"才不呢！我很喜欢。"

现在换成他大笑了："你当然喜欢。"

"真的！有时候功课是很讨厌。但我喜欢学校，现在我可以念寄到邮局的那些信给妈妈听了，我要努力拿到高中毕业证书。"

"毕业证书！不可能，你开玩笑的吧。"

克莱儿又咯咯笑："才没有，只要再过几年就可以了。"

"我真不敢相信。"他对克莱儿摇摇头，但仍咧嘴笑着，"那么这所学校是给定居人士还是漂旅人上的？"

"大部分是漂旅人，但也有一些定居人士。他们人不坏，而且我们那里大部分是漂旅人。"

他摇摇头："老妈在工作，而你要拿毕业证书，还有只给漂旅人上的学校。都柏林到底该死的发生了什么事呀？"

"很好呀。"克莱儿耸耸肩，"我们现在住在一间很不错的新家呢。"

"比以前大？"

"对，而且住的地区也很好。拿到毕业证书是很棒，不过反正他们会要我快点结婚的。"

"为什么？你有男朋友了？"

现在，这太让人难以接受了。想到他的小妹妹跟什么肥滋滋的投机分子在一起，他就觉得难受。

"没有，我没有啦。"她红着脸说，"还没有，但是你知道那些阿姨和舅舅全都开始说这件事，说什么要找个好男孩……很烦人的，真的。"她翻翻白眼。

他们沉默了一会儿。克莱儿环顾四周，看着其他小桌子边那些和妈妈或妻子会见的人。

"你找这地方有找很久吗？"他问。

"没有，乔西的阿姨载我来的。她，呃……她其实就在外头等我……"

"哦，所以……"

"所以我该走了。"

"哦，好。"他很讶异她只待这么一下下，他希望她可以留久一点，但是他不知道该说什么。

"嗯，呃，你有这里的地址，所以你想要的话可以写信给我。"

"如果我寄信给你，你看得懂吗？"克莱儿问。

"我可以试试看。"他露齿一笑，"这里该死的有很多时间可以学。"

"好，那就来试试，我不会在信中用太难的字啦，从简单的开始。"

"那么就……这样喽！"她起身时，他也跟着站起来。他的小妹妹长大了，还可以像这样和他抬杠，很诡异，但感觉很好。

她脸上闪过一个神情："钱宁，那是什么样子呢？"

一瞬间，他几乎又感觉到了那个暗爪，那个在他最惨的时候复出的老朋友："什么？"

"那个，呃，审判？"

"哦，那个。"他耸耸肩，"真的是一堆狗屎，有很多我听不懂的问题。每个人都一直盯着我看，我恨死它了。"

"很困难吗？"

没人真正问过他这样的问题。老爸和麦可只会耸耸肩和低声嘀咕，也有一些律师来这里问他，但都不是真的关心他说什么。

"那，呃……那不容易，一半的时间我都听不懂他们在说什么。"

克莱儿像是想再问另一个问题，但没说出口，这让他松了一口气。

"哦，我忘了，我们做了蛋糕给你，但他们说我不能带进来。所以给你这个，呃……"

克莱儿抓起她的项链，上面有一个闪亮的心形坠。她打开它，挖出一个东西，那是一张多彩的小纸片，切成心形以便装入坠子。她用指尖举起它，原来是她和妈妈以及想必是布莉琪和尚恩的照片。他们互相搂着，在阳光下微笑。

"看到没？这是我们。"

他皱着眉头，因为他不想要眼泪流出来，全都不可以流下来。但不知怎的，他的喉咙像是被什么东西堵住了。那个小小的心形已经太拥挤了，没有他、麦可和老爸的空间。他不敢开口说话。

"钱宁，拿去，送给你。我可以在学校再印一张。"

他摇摇头，但克莱儿很坚持。

"我会交给那个狱警然后让他给你，真的，这是要给你保存的。"

他隔着桌子看着她，但是他的喉咙还是被深深堵住，他说不出话来。


走回牢房时，那张彩色的小纸片已塞在他的口袋里。狱警艾略特凑过来，一脸不屑。

"吉卜赛，有女朋友啦？"

"她是我妹妹。"他直截了当地回答，几乎带着保护意味。

"是吗？那更好。我会好好用力干她一顿的，既然她是你妹，我敢说她一定很喜欢。"

他什么话也没说，只是狠狠瞪着艾略特，然后继续往前走。

*

"所以这是我们在莫兹利医院的最后一次疗程。"葛林医生微笑着说。心理咨询师的金发现在绑成时髦的马尾，而窗外，伦敦开始变得柔和，形成黄褐色调的精致九月。现在距离性侵事件，已过去近一年半的时间了。

"我们通常会用这个时段来概述先前的十四个疗程中，你所得到的进步，同时针对你个人想要有怎样更进一步的复原，来考虑随后的步骤。薇安，这样听起来不错吧？"

事实上，这样听起来有点吓人。和葛林医生的这些疗程一直是她过去一年半以来的救生索。当人生的其他事物似乎都漂流在那座无尽的灰色湖泊中，朋友不知怎么对待她，且工作不再可行时，她始终知道葛林医生可以给予她一些保证，也可以帮助她实际了解那个怪异又漫无目标的地方，那个她认为自己深陷的地方，然后给她提供一个前进的可行之道。她希望自己可以更常接受葛林医生的治疗，但是保健委员会只分派了十五堂的认知行为疗程给她。

"那么，你最近感觉如何？"

"比较好了。"她转头看着葛林医生的软木板，找寻那张有着孤寂棕榈树的明信片，这次它被医生的猫咪照片包围了。再次看见这张照片，让她放下心来。

"我是说，很多创伤后压力心理障碍症的症状都已经消失……我不再有惧旷症，也不再会惊恐发作。但我还是真的……"她停顿了一下，"我很多时候还是真的很沮丧，我觉得像是被困住了。"

葛林医生点点头："嗯，我们来想想怎么让你脱困，还记得我一直要你叙述的那个性侵事件吗？一次又一次地述说？"

她当然记得，她必须一星期又一星期地述说性侵事件的每一幕，而且要尽可能地详细。用录音带录起来，一再重复聆听，找出最痛苦的点。经历这种过程，她会感到反胃，会想在床上缩成一团，会想要忘记曾经发生过这种事。

"还记得我们使用认知行为疗法，来处理你当时所感觉到的最悲惨的情绪吗？"

我在叙述过程中，哽咽到说不出话的时候……

"你当时是什么感觉？"

那男孩的手指掐住她的喉咙，无法呼吸的回忆。

"我觉得我就快死了。"

"那死亡为何会这么悲惨？"

她们以前也曾这样对话讨论，但是复述它却像是一种令人安心的连祷文，一种牧师和她之间的熟悉呼唤与应答。

"就是我活不了了。"

"活不了意味着什么？"

"就是我……没办法到世界上那些我还很想去看看的地方旅行。"

"还有呢？"

"我永远无法从事我想要拥有的职业。"

"还有呢？"

"我永远无法坠入情网。"

"还有呢？"

"我永远无法有机会拥有家庭，拥有我自己的孩子……"

医生点点头："但是你没有死，你还活着，所以你还是可以做所有这些你想要做的事。你还是可以旅行，可以再工作，可以拥有职业，认识某人，或许拥有一个家庭。"

葛林医生提到这些事时，仿佛它们是抽象的真理，但是这似乎和她本人现在的具体现实状况相去甚远。

心理咨询师走到她狭小诊所中的白板前，用蓝色麦克笔写下：旅行、职业、男女关系、家庭。

这些名词沿着白板左侧，彼此互相垂直堆叠，而字词右方的白板仍是一片等候填满的空白。

看到她的人生目标被这么赤裸裸地写出来，仿佛成了小学课堂上需要背诵的东西，她不禁颤抖。

"所以，我要你想想……你可以采取什么步骤，即使是极其微小的步骤，也可以开始取回这些你仍然可以拥有的东西，是不是？"

以这样的方式思考，似乎太困难了，太专心致志了。旧时的薇安可能办得到，她可以几秒钟内就率先闪现解决方案。但是现在，她坐在这里被这些具有重大意义的问题吓呆了，被这些原本人生的可能性给震慑住了。她压抑住泪水，压抑住熟悉的无用感。

"我不……我不知道从哪里开始。"

葛林医生继续紧逼："旅行，要重新开始旅行，你要怎么重新开始旅行？还是或许你已经开始了？"

有了那趟克罗埃西亚的旅行，它比原本预期的容易多了。她和男人谈过话，她没发生什么事，她没事。

"那么……你想你可以再去旅行吗？"

"我很想。"

她们谈到预订另一次行程，或许找个朋友同行。欧洲的便宜机票很好找，可以只是离开一个周末……那一刻，她感觉到旧时的兴奋感又燃起，像是不知哪里有一扇门稍稍开了，透出一道光。但接着，熟悉的恐惧感又回来了，门啪地关上了。她又回到黑暗之中，旧时的记忆又涌向她的脑海。

"那职业呢？"

这件事比较困难。她一直没回到伦敦老街的办公室，因为知道制作人的工作需要多少活力，而她现在的活力却又是多么的少。去年她让自己和艾莉卡的公司脱节，而今年公司被买走了。职务合并，工作量可能增加，她知道自己不打算加入奋战。那是要努力向世界证明自己有满脑子点子和进取心的搏斗，而事实上，她没有，现在没有。

她对医生耸耸肩："我原本的工作已经不在了，而理论上我是想再度在电影行业工作，但我不知道自己什么时候能准备好，我也不知道我要怎样找到工作。"

"你很缺钱吗？"

"我已申请到失业津贴，这有点帮助。"但却不足以完全应付高消费的伦敦生活，尽管她已经竭力节省了。目前，她已经快要花光她毕生的积蓄了。

"我应该还可以从性侵事件拿到一些政府赔偿金，但他们说这程序要花上好几年。"

她不能跟爸妈要钱。他们还不知道这件事，她绝对不会考虑跟他们要钱。况且，重点不在于现金收入，而在于能感觉到自己有用、有生产力以及有擅长的事，而不是一个对这世界毫无用处的饱受精神创伤的残骸。

"所以你觉得，其中一个步骤是不是要开始找工作了？"

更多表格要填了。

"我想是的，但……"

她想到了申请工作要做的所有努力，以及被拒绝的所有快乐。而且，她知道艺术行业的职务不是这么运作的，它们不会有广告刊登，一切都是口耳相传的。离开业界超过一年，她觉得自己像是个彻底的圈外人。

她向葛林医生解释这个状况。

"或许只要开始思考你想要拥有的那种工作？"

但为何要拿永远也不可能发生的妄想来撩拨自己呢？她不可能回到旧时的薇安，在原本令人兴奋的职业中生活并呼吸，这是她心知肚明的事。

葛林医生在白板上写下：开始思考工作类型。

"最后是男女关系。"她用麦克笔敲敲白板，"我打算将家庭的主题加入这一点，因为两者是有关联的。想到再度约会交往，你有什么感觉？"

她呻吟，有一种无望无言的愠怒。

"我并不觉得很好。"

"为何你会这样觉得呢？"

"我不想去约会。"

"为什么不？"

她叹气，努力思考怎么将想法化为言语。

"我知道那个男孩的行为非常超越正常尺度，并不属于大部分男人的类型。但是……这种关于性、关于男人想要的整件事，我只是……我不知道……我不想让自己必须再去交涉这档事。"

"你用不着马上谈论性爱的问题，我的意思是，你可以只是先从找个人一起喝咖啡开始。"

对，但是性爱的前景还是会一直存在，这件不言而喻的事会削弱和直男的每一个互动，即使只是想喝杯咖啡。

葛林医生继续说："这样思考吧，如果你日后真的想展开一段感情，你必须至少和一个人交往，对吧？"

这个逻辑毫无争议，她大笑："我想是的。"

"所以，就想一下。和朋友去参加单身之夜的派对，你用不着对它抱持任何期待，只需要处于那样的空间，了解一下你的感受。"

她点点头，那样的光景还是让她充满某种反胃感，但她可以试试看。

葛林医生在白板上的男女关系旁边，写上"和朋友一起去参加单身之夜"？

她放下麦克笔，两人就这么看着白板。

"你觉得你可以在未来一星期，考虑尝试其中的一些步骤吗？"

这样的三步骤指南非常枯燥乏味，却是在帮助她重建她的人生。她心中有个声音似乎在说，计划有什么用？你可以尽情做计划，却永远无法预见何时会有一个全然陌生的人闯入你的人生，然后在几分钟内就毁掉你的整个世界。但是她心里的另一个自己——那个乐观、有成就感，或许可以说是旧时薇安的幽魂——却看着白板，心中想着她办得到。

然而，她依旧拿不定主意，内心惴惴不安。

葛林医生亲切地看着她："我知道这看起来很困难，但你应该自豪这一年来你所有的进步。你真的非常努力，你持续推着自己走出舒适区，你只需要再将自己推得更远，你就会抵达目的地。"

*

这些年来，这些……这些介入辅导，始终都一个样。先是坐在一个房间里，跟着一个辅导员，然后一个人变成一群人，再跟着一个辅导员。不断说话再说话。

因为说话可以解决一切，对吧？

我们想要你开始思考，当初是什么原因让你来到这里。

我们想要你了解在这一切事件中你的行为，而那样的行为又是怎么影响另一个人的。

钱宁，我们想要确认你有所进步。

进步就在他们上方的一张海报里，海报里有一道卡通阶梯，彩色的阶梯不断往上标注着：接受、后悔、理解、改变、更生。

全是一堆废话，但他知道自己为什么必须去那里，那是关于重新开始的。这正是他想要的，只要它代表的是他妈的快点离开这里。

刚开始，他痛恨它。

他述说了情节，就是他对这里的每个人所说的版本，还好他们没追问太多细节。他只说了他们在户外发生性行为，她走了，然后整个城市就开始惊声尖叫说有强奸案。

其他人也各有自己的故事，时间久了，他自然就会听到，而且他们的故事也全是关于女孩的。派迪是因为约会的一个女孩，他们不时见面。然后有一次，两人喝醉酒吵起了架，他生气了，想要教训她。接着，他就发现自己在两天后被逮捕，而她身上仍有瘀伤。

丹恩是因为一个年轻女孩，大概十三四岁。她是他侄女的朋友，她对他微笑，不断咯咯笑。她是同龄人中的漂亮女孩，他知道她想要，他只需要让她独自到一个房间即可。在他跟她做那些事的所有时间里，她似乎也没怎么抱怨，但最后被逮捕的人却是他。

保罗算是个安静的人。他说的是那些在酒吧认识的不同女人，说在她们喝的东西中加料，她们就比较好摆布，醒来时什么也记不得。他总是会把她们的衣服穿回去，把人留在沙发上，这样她们醒来时就不会有所怀疑。只是有一两次他不是那么小心，所以现在他才来到这里。

没人想来这里，每一个人都他妈的痛恨这个地方，但他们不得不待在这里。他们就是要一直谈这个，谈那个，谈论女人。

至少，负责管理他们的那两人，做得还不错。不过显然，如果他们不谈话，就什么地方也到不了，不会爬上像墙壁上那张烂海报中的那种卡通阶梯，完全不会。


"你可曾想过在你对那女人做出那种事后，她有什么感觉？"那个辅导员山姆这样问他，而其他人全都看向他。

"你是什么意思？"

"想象你是她，设身处地。你去贝尔法斯特旅行，然后在一个美好的星期六下午，到公园健行，你只想一个人好好享受户外运动，却碰到一个像你这样的年轻男孩。"

"但如果我是她，我就不再是年轻男孩了。"

派迪和丹恩嗤之以鼻。他必须指出这一点，以博取笑声。

"钱宁，你很幽默，但你知道我在说什么。"

"不，我不懂。"

"钱宁，这是介入辅导最为关键的部分。我知道这很困难，你可能不想这样去思考这件事，但我要你非常努力地去尝试。闭上眼睛，试着想象你是她。"

他嘀咕了几句，还是照办了。再次勾勒那个春日午后，有幽谷森林公园的阳光和阴影，只是他这一次没有因为摇头丸而亢奋躁动。

山姆引导他仔细谈论。辅导员必定早就做过笔记，因为他相当熟悉他的事件情节。

"当这个男孩对你大吼大叫，告诉你说想跟你性交，然后揍你，你有什么感觉？"

"哦，我会狠狠揍他一顿。"

"不，钱宁，这次不是你本人，你是她，你这一生从没出手打过任何人。"

真是无法想象，怎么可能不揍回去？

"这样没道理呀，不管我是谁，我都多少会揍他的呀。"

"想象你这一生从来没揍过人，你过着非常不一样的生活。你独自来到一个你不太熟悉的城市，而这男孩这样威胁你，要你跟他性交，你吓坏了。"

但是，他才不会这样。他耸耸肩："我才不会吓坏了。"

山姆叹了口气，看起来不怎么开心。他也是，他只想快点离开这里，远离这些该死的问题。

"让我们换个方式说，你遇见一个人，他上前来跟你问路。你相信这个人，他看起来似乎没有威胁性……"

"我才不会相信任何人！"他大喊，"那是她的问题，她不应该那样。来我们这里，又想自己一个人走步道，他妈的是她自找的。"

"不，钱宁，不对。"山姆声音尖锐地说，并生气地看着他，放下和善的态度，"你不能那样说，你不能假设是别人自找的，尤其是一个你根本不认识的人。你无权像那样去介入别人的生活。"

哦，一副他们那些人就有权介入他的生活似的？

但是他没说出口，只是怒视着山姆。

"她没有激怒你，没有威胁你，对你也很客气。你怎么有权利对她做出那样的事？她很清楚地表示她不想要。"

"所以，这是关于权利，是吗？"

"这是关于尊敬别人，尊敬没有伤害你的别人。"

"这些所有的别人……他们尊敬我吗?"他大笑,"我他妈的才不信呢,他们一看到我就讨厌我,他们心中想的是,没用的流浪儿。"

"钱宁,不是这样的。"山姆摇摇头,"我们没有这样想,我们来这里是想要帮助你。"

山姆环视其他人:"我们在这里不就是想帮钱宁吗,就跟我们在这里是想帮你们所有人一样?"

派迪、丹恩和保罗全都看着他,三个人张开嘴巴却不知道要说什么。

"对,当然。"保罗说,派迪和丹恩也点点头。

"对。"

"没错。"

但这全是胡说八道。

"哦,去你的帮忙!"他往空中猛击,"我才不需要。"

"钱宁,我们在这世界上不可能完全只靠自己一人活下去。"山姆说,"我们有时会需要别人的帮助。"

"哦,真他妈的,你们什么也不懂。"

山姆几乎像是觉得自己受伤了:"钱宁,我从事这工作已经好多年了……"

"那么,去找别人。怎么没有人叫我老爸或麦可参加这些? 为什么非得是我? 为什么不是有时做了更坏的事却没被逮到的其他人?"

"只是时候未到而已,日后一定会的,相信我,钱宁。"

但是,他绝对不信。

他摇摇头,直视山姆,不想再参加这荒谬的鬼扯淡。他起身离去,却得在房间的尽头停下脚步,因为法警就在窗户的另一头盯着他。

这些人真瞎,认为一切都很公平,一切都可以解决,罪有应得的人就一定会得到报应。而且只要你努力工作，对别人好，诸如此类的屁话，那么人生也会有善报。全都欢天喜地，一而再再而三地欢乐地指向那道阶梯。

全是屁话。

他们懂什么。


"钱宁，你的写作能力有什么进展呢？戴维跟我说你很不错，很聪明，现在已经可以写出不错的句子了。"

"我想还好啦。"

和他一起的其他人，哈利和查朗真是该死的大笨蛋，至少他不是。

"我们今天来做点别的如何？不要再这样谈话了。"

不再讲干话，这倒是个好开始。

"你想怎样？"

山姆坐在隔壁桌的位子上，他让椅子反向，两只脚伸在两旁跨坐，然后凑过来。

他往后靠，山姆最好别想跟他来那套，这里有太多人一直想对他动手动脚。

"今天就不谈话，改为你试试写一封信，如何？"

什么，他是不是该欢呼？但他只是盯着山姆不放。

"只是试试看，可能不太行，不过这封信是要写给一个特别的人。"

"什么样的信？"

"别担心，信不会送出去的。我要你思考一下，写信给你在公园碰到的那个女人。你对她做出那样的事，才让你来到这里的那个女人。"

老天，什么鬼呀！"你为什么要我这么做？"

"就像我说的，她不会看到这封信，除非你想寄给她。但是就写一封信，告诉她你对于所发生的一切有什么感觉。"

"如果她不会真的看到，那写这封信义有什么用？"

山姆叹气："钱宁，这是让你表达对于自己所作所为的感觉的，如果你觉得愤怒，那就写下来。如果觉得内疚，那么也写下来。"

"还是看不出有什么用。"

"跟你说，如果你写下来，那就是个重大成就，对你的学习和对你本人都是。我和戴维会确保你可以拿到一些奖励点数，或许你就可以用来买新的电玩游戏，甚至是DVD播放器放在你的牢房了。"

他想了一下，毕竟他已经厌倦玩同样的游戏了。

"她不会看到？"

"对，只有我、戴维和你的长官康诺会看到。"

这三个人就太多了，但管他呢，他有什么好在乎的！反正在这个鬼地方，什么事情都一样。

他点点头："嗯，好吧。"

"很好，钱宁。这样很棒，那么我给你一些纸笔。"

山姆起身，拍拍他的肩膀。他瑟缩了一下，缩起身体。写信给那女人，那接下来呢？帮她烤蛋糕吗？

亲爱的女人：

但是山姆立刻要他停下来。

"不对，钱宁，写出她真正的名字，你还记得吧？"

"对。"

"好，那就用她真正的名字称呼她。"

他还是握着铅笔悬在纸上，手指没有移动。

"钱宁，她叫什么名字？"

"好像是叫……她叫薇安。"

他当然记得她的名字，怪异的名字，从来不认识有人是这个名字，有点古老和英式的感觉，他妈的最近还有谁会给小孩取名薇安？

"你知道英文怎么拼吗？"

"V……"

山姆看着他，他说话时，大眼睛满怀希望地看他拼出这些字。

"薇，所以是 V……I……V……"

山姆点点头："很好，你写对了。"

"薇安，V–I–V……呃，接下来是 E 吗？"

山姆摇摇头："是像男生名字'Ian'一样，Viv–Ian。"

"V–I–V……I–A–N？"

山姆脸上露出高兴的笑容："太棒了，就是这样！现在把它写出来。"

虽然不想承认，但是拼得出这个名字让他感到一阵骄傲。

他把铅笔放在纸上，用大写字母写下这个名字。

亲爱的薇安：

这就是他，因为写得出这个女人的名字而感到骄傲。哦，老天，麦可一定会对这件事扯一堆鬼话，该死的，这真是他这一星期在牢里最精彩的时刻了。

但是麦可用不着知道，他们都不必知道，只有那三人会看到这封信。他想了想，然后用铅笔轻叩桌子。

亲爱的薇安：

我写这封信是因为他们说我因该写，我因该对你说什么呢？

我可能不因该对你做那件是，我现在因为那样坐牢了。我在这里已经待了三年多快四年了，我不喜欢这里，但我想，这里也还可以。不过我还是想出去。

我对你做那件是的时候，我很嗨，嗑了药。我觉得你长得不赖，很像我有时候会看的成人杂志里的女生。所以我就开始想，想说你很像是想认是我，不是很多人想认是我。但是你对我说话时很和善，所以我就想做了。

我可能不因该揍你，只是我很拿手，揍人很拿手。有时候我就是这样把东西弄到手的。有时候别人会说我做是的样子跟怪物一样，但就是这样。

我不知到你现在人在哪里，但可能比我在牢里还要好。我想你是没是。他们说我对你做的是，很伤害你。那么，我想我也很抱歉，被关在这里，我真等不及要出去了。

我看到你在法庭看我的眼神，你可能很痛恨我，但是你赢了，而我在这里。所以我很抱歉发生这件事。

再见[①]。

钱宁

他现在想起来了，事情结束后，他们两人全身沾满泥土坐在路边。他跟那女人说过抱歉，但那就只是脱口而出。但是，对，他现在觉得抱歉了。待在牢里四年，会让人觉得抱歉。

他把纸对折，交给山姆。山姆看着他，然后起身打开它，走到几个桌子外去看信。

这样烧脑和写字，他的头真他妈的痛。

去他妈的阶梯。

---

① 这封信是根据英文原稿翻译的。根据前文，钱宁是到了监狱之后，才开始学习识字写字的，所以在行文上会有一些错误。——编者注

\*

　　他的听证会快到了，麦可这几个月来不断给他提建议，说在这个时候的听证会上应该说什么，因为他就快要可以假释了。

　　"你知道他们想听什么话，如果你不说一些，他们就永远不会放你出去了。"

　　所以，对，还是那一套：我现在对我犯下的罪行感到抱歉，我觉得很难过，我知道我做的事不对……

　　我了解到我行事方式的过失。

　　他想对这一句大笑，到底谁会这么讲话呀？

　　如果他这么说，他们绝对不会信的。

　　所以他一直在练习，晚上在牢房里来回踱步，喃喃说着这些句子。我现在已经进来五年了，我真希望自己没有入狱。但是非这样不可，不然的话，我还是会一直做这种事——像闹事、嗑药，以及只因为我不认识他们，就随便乱揍人。

　　"不要让人觉得你事先练习过。"麦可警告他，"你得听起来像是发自内心的。"

　　而他是真心的吗？

　　呃，没错。他该死的真心希望自己没做那件事，落到这种地步。他不会挑选这么聪明的马子，他不会让她离开。现在，要是他走进同一个公园，遇见同一个女孩，或是另一个像她这样的女孩……他会做吗？很难说，至少他现在知道被逮到是什么情况了。

　　所以当今天早上混蛋艾略特来开牢门时，他穿上那件让他显得成熟的白衬衫。他获准可以换上比较好的衣服参加听证会。康诺也来到牢房，对他微笑，并且像是男人对男人那样郑重地和他握握手。

　　"钱宁，我知道你今天可以让他们赞声连连，我知道你有这个本事。"

他又看了一眼放在床上的明信片，那是克莱儿寄给他的，卡通图案的树林和山坡上的农舍，是张温暖晴朗的卡片。

钱宁，我们所有人都祝你好运。我们知道你一定会表现得很好的，希望可以很快就见到你。奉上满满的爱。

卡片有他们所有人的签名：克莱儿、布莉琪、尚恩，以及最后用克莱儿的笔迹潦草写着的"妈妈"。

上星期，他甚至和老妈通了电话。很诡异的电话，没说什么。她听起来真的不太一样了，像是比较愉快。

"钱宁，等你出来，我一定会为你感到非常骄傲的。"

他的亲生妈妈这么说，多年来他第一次听到她的声音。

"你应该南下搬来都柏林，跟我们一起住，你会喜欢的。离开贝尔法斯特一阵子，我们这里发生了许多对漂旅人的各种好事。"

所以当他跟着康诺和艾略特走过走廊时，心中就在想这件事。

南下都柏林，离开贝尔法斯特。

康诺在他们一起走的时候，一直对他低声说着话，只是他几乎都没在听。

"别忘记提到你在介入辅导课程的情况，以及山姆说你有怎样的进步。当然，我也会说，但是你自己谈到会更好。"

但即使是老爸，即使是该死的老爸，对这场听证会也有话要说。

"好好努力，别搞砸了。"

这就是他的忠告。

"等你出来，我们会好好替你安排。替你找一间房子住，可能跟麦可或凯弗一起住。找个漂旅人的房子，他会租给我们的。"

他想着这个提议。不住在拖车屋，不再有风吹得墙壁嘎嘎作响，以及在寒冷的天气中需要跳着脚出去启动的发动机。也没有贝尔法斯特的景色，不再是脚下连绵的山坡和瀑布，也不再是几乎没人会打扰他。

而是，住在一个屋子里，楼梯加上四堵墙，被定居者的家庭包围，大家都会管你的事。他倒是不太确定。

现在他们到了，来到了这趟路的尽头。康诺敲敲一道毫无装饰的门，然后转过身来对他眨眨眼。康诺兴奋不已，不断搓着手，急切地想要取悦人，简直像小狗一样。康诺接着示意要他先走，所以他走进门，身后跟着不停念叨的康诺和不发一语的艾略特。

房间里面有一张长桌，后面坐着三个人，年纪都很大，也都一脸严肃。

"约翰·麦可·史威尼吗？"一个他不认识的人这么说。

"是的，没错。"他站直，直视着他们的眼睛，按照康诺告诉他的话去做。

他们面前的桌子上摆了许多文件，还有一大沓档案，那三个人面前还摊开着同一份档案。

"史威尼先生，请坐。"

\*

性侵事件的四年后，她独自在阿曼健行。她来到一座山谷，身处一片黑暗之中。她并没有特意计划，但是她知道自己迟早必须开始再度健行。这股熟悉的冲动蛰伏多年，被一团恐惧包围，最后在一个她完完全全不懂当地语言的异乡国度，她告诉自己，她将再次尝试多年来的第一次独自健行。

这几乎是不知不觉就发生了，一连串的微小决定带领她在三十三岁的时候，独自来到这个山谷。她原本只是单纯地想离开伦敦和求职失利，以及在她停滞不前时，所有朋友都继续迈向各自成人生活的情况。失业多年之后，她得到一个在迪拜影展服务的短期工作。所以现在，在结束影展的工作之后，她来到阿曼，逃开迪拜闪耀的人工高塔。这里是马托拉，一个位于阿拉伯半岛北岸的海边城市，空中传来清真寺发出的祈祷声，而干燥低矮的各个山坡延伸出崎岖的臂膀直入海洋。她的指南书建议了一条穿越此地山坡的步道，这是一条穿过瓦地邦卡里的两千米的轻松步道，步道起点是一处偏远村庄后的一段陡峭石梯。

下午五点时，她自己来到这道石梯下方，抬头仰望。台阶爬过岩石山坡，往山脊的凹处前进，诱惑她追随上去。但是她并没有忽略这种不祥的似曾相识感，另一个星期六下午，另一条指南书上描述的步道。

她迟迟无法做出决定，直到已经过了下午的一大半，太阳开始西下，她不禁怀疑可有足够的日光让她爬完整条步道。

或许只是稍微爬上去，从上方看看风景，她告诉自己。

所以，她爬上这干燥的山坡岩壁，来到山脊时，她驻足等候剧烈的心跳恢复正常。一侧的风景令人惊叹，马斯喀特一连串的白色堡垒在黄昏的阳光下，映着蓝海。远处，车子沿着海岸公路驶过，更近一点，她听见刚才离开的村落里传来婴儿的哭声。

她可以就只到这里，然后回头走下石阶。但是太迟了，兴奋和好奇心已凌驾其上。旧时的薇安，那个四年前的薇安会怎么做呢？旧时的薇安不会现在就打住。

所以，在渐弱的阳光下，她越过山脊，热切地向前行。


现在，仅仅只过了三十分钟，几乎就已经天黑了。她忘了越接近赤道，太阳下山的速度就越快。她不知道步道还有多远。在山脊的这一侧，山谷一片嶙峋贫瘠，岩石仍散发出白天的热度，这里仿佛原始景观。但是，这里有一种宁谧感，简直是另一个世界，远离了山脊那一头的一切。

伦敦的那一段感情仍萦绕在她心头，那场十八个月的交往最近骤然有了一个残酷的结局。她和男友的互动中，尽管有那么多的愉快喜悦，却总是有一道理解上的鸿沟：她向他诉说了她的过去，可他始终不愿彻底理解她。而他们的分手对话证实了她隐藏多时的恐惧。"况且，我想大部分男人跟一个强奸被害人交往，都不会真的觉得自在。"他临走前丢下这句话。

所以，她承受这个痛苦，决定将它埋藏心中。现在来到阿曼，她透过泪水，一直跟随着岩面上标示步道路径的黄白记号。随着阳光的消逝，标示已经越来越难以辨识。她走在空无一人的山谷中，山坡的颜色逐渐滤去。夜晚逐渐降临，她的肾上腺素涌现。她提醒自己，这里没什么好怕的。直到现在，她的麻烦全是因为别人而起，而这里现下却没有任何人在。就算有人在，他们也无法在这样的黑暗中看到她。

忘掉那段话，忘掉伦敦，就让自己沉溺在这片景观中。

山谷和另一处山谷合而为一，而步道在这里消失了。她蹒跚着走在岩石和干燥的石砾间，行经在她面前缩成一团团的废墟。步道一定在什么地方，只是她还没看见而已。恐慌中，她伸手找寻手电筒，不过她的眼睛已经适应黑暗，开始在这片黑灰中认出形状。打开手电筒的话，就会毁了她的夜视能力。月亮在东方升起，半圆的月亮投下足以让人分辨树木、岩石和地面的光线。此时，她产生了一个新的想法，这甚至比一开始让她来到这里的想法更吸引人——要是她只借由月光，在黑暗中完成这整趟步道健行会怎样呢？

这个行动代表一种绝对的胆量，让她兴奋不已。下一次她不得不独自一人在像阿曼这样的夜晚和月光下进行步道健行，会是什么时候呢？可能永远不会有了。以防万一，她还是拿着手电筒，但是她决定放手一搏。

她慢慢在邻近的树木和石头上，看出白色记号，然后再看到另一个。然而，这样的进展很缓慢，岩石没有提供明显的前进方向。她的心跳甚至更加急促，她开始感觉到熟悉的焦虑感。

不，她告诉自己，这太荒谬了。你十分安全，没有任何合理的理由需要害怕。

然而，她的心脏还是狂跳，她知道再过几分钟她就会哭出来。

控制住情绪，不要恐慌。

她找了一块大石头坐下，努力克制这波旧有的无用感涌向全身。她好想打开手电筒，让自己安心。但那样会像是放弃，向恐惧投降。

此时，突然有东西划破寂静。

一个遥远的声音，她立刻认出来。那是附近某个清真寺所传出的祈祷声，提醒她不远处就有一群人聚集着祷告，这让她如释重负。虽然是她不认识的人，是完全的陌生人，但依旧是其他人类，她不是全然孤独的，他们只是在这座山坡的远处。

所以，她只要走到步道尽头，就没事了。跟着祈祷声。她知道如果这场景出现在电影中，会是多么老套，当一名迷途的流浪者听到来自文明的象征，跪了下来……

然后，她突如其来有了一个更为务实的想法——如果可以通过这个步道，就可以通过这一切。

经过这许多年，她都很不愿意去想在贝尔法斯特法庭的那两星期，因为回忆会伴随着反胃和厌恶。但是，现在这些回忆已经变成一种提醒，它们明确提醒着她：我不是为了在阿曼的某个山谷恐惧崩溃，才从那个事件存活下来的。

她从大石头上起身，重拾信心，开始专注找寻下一个记号。

只要专注在你所看得到的东西，最后终究可以找到步道。

有一两次，她跟着像是指示记号的东西走，却发现它们引导她往上走向一处异常的陡坡。她爬回山谷下方，却不小心直接踩进一摊水里。不过，她还是继续沿着谷底缓慢行进，在黑暗中摸索她的道路，就这样又过了四五十分钟。两旁的山坡逐渐升高，她的肾上腺素也不断涌向全身。等谷底变得平坦，来到一条宽阔的碎石步道时，她认为这必定就是终点，出口必定就在下一个转弯附近。

只是，她却遇上了一道封闭了整个山谷的巨墙，这是用来阻挡山洪暴发的水坝。挫折感重新攫住她，她原路折返，几乎想要再次放弃。她在黑暗中凝视，找寻最后的指示记号，心想一定还有别的路可以出去。

她察看了上方的坡度，竭力找寻是否有步道存在，然后……就在那里。在山坡上方，那里似乎有一处空地，她的目光顺着它看，发现它像是一条"之"字形的往上的步道。

她匍匐到山坡底，用双手双脚攀爬，"之"字形攀登，一步，又一步，最后终于气喘吁吁地接近山脊上方。

要是她在山脊眺望四周，却发现另一个空荡荡的黑暗山谷，她想自己一定承受不了。所以她在一个岩石凹处踌躇了一会儿，做好心理准备面对不管是怎样的景象。

看一眼就好，不要费心拖延。

而在那里，在蓝色的朦胧城市灯火中闪闪发亮的是马托拉市，还有那沿着滨海路闪烁的水岸，及环绕着海洋的深色弧线。文明，就在山坡底下，唾手可得。

她松了一口气，顿时脚软。

现在，她没有多少路要走了。

她跌跌撞撞翻过山脊，穿过一片往下展开的田野。走到一半时，她意识到自己穿过的是一处墓地。穆斯林的墓碑点缀在她周遭的草地上，她向所有安息在自己踩踏过的墓地里的灵魂致歉。但是，走过刚才那样的空无荒野，即使是这样的文明轨迹她都乐于接受。

到了田野底部，她穿过一道生锈的大门，然后回头望。她见到整个墓地往上延伸，最后来到崎岖的山脊，再过去就空无一物。没有任何迹象显示她刚才勉力穿越的那处黑暗山谷。要是她发生意外，永远不会有人知道她困在那里。尽管心惊胆战，但她还是洋溢着胜利感，朝着城市前进。

很快泥土路变成了铺砌过的道路，然后出现了亮着灯光的房屋。在一道敞开的大门中，有个小孩拿着扫帚追打猫咪。人行道上有两名老人坐在椅子里，拨动穆斯林念珠，在她经过的时候，对她点点头。即使他们觉得她从城市背后，从墓地和再过去的山坡出现很奇怪，他们也没说什么。

又走了一个街区左右，她来到了市中心，经过了一个写着"瓦地邦卡里"的标示。然后，她又回到滨海路，心满意足的观光客挽着手臂在这里漫步，当地人生气蓬勃地一群群聚集着聊天。她真不敢相信这里的一切似乎是那么正常，大家都从容不迫各行其是。而不过半小时前，她却像在挣扎求生。这世界对于她刚才经历的事一无所知，除非她告诉别人，告诉任何人，不然永远不会有人知道她在黑暗中摸索着穿越那座山谷的旅程。

她看看手表，六点四十五分，时间刚刚好，正好符合那条步道的估计步行时间。这一晚之后的时间，她要做什么呢？她不知道，不过她非常高兴能回到生活之中，从黑暗山谷那里的凄惨恐怖之中回来这里，被这些人围绕。接下来的夜晚是个礼物，随后的所有夜晚亦然。

# 尾声

"那么薇安，当你知道约翰·史威尼目前行踪不明时，你第一个想法是什么？"

事实上，这时才是她第一次听到这个消息，就在电台直播访问前不久。现在她在这里，在她来新加坡出差的间隙，她从一个记者口中得知强奸她的犯人失踪了。不知为何，就连她自己也无法解释清楚，她居然同意接受电话采访。所以现在，她单独在她的饭店房间，接受贝尔法斯特电台主持人的访问，谈论她多年来都努力不去想到的一个人。

约翰·史威尼违反假释条件。

她的心脏开始急速跳动，反胃感又回来了。她非常恼怒，即使现在都过了五年了，可那场性侵案依然对她有这样的影响。在半个世界那么远的地方，他的行动仍旧可以对她产生影响。尽管经过那些治疗，而且搬到另一个大洲，全心投入她的新工作，她的身体和她的本能反应却依旧出卖了她。

她没对电台主持人说这些。

"嗯，我当然非常震惊当局没办法掌握他的行踪，司法和执法机构的体制是有其原因的，而如果他还是逃脱了，这就表示这个体制不是真的有用。"

她在想自己是不是显得太理性、太知识分子了呢？

"对，但你对这件事有什么感觉？知道性侵你的人就在某个地方，你会害怕吗？"

"嗯，我的生活和工作现在实际上都在几个时区外，所以我本人并未感觉到任何生理上的威胁。但是如果他没有悔改，想到其他女人和女孩可能处于危险，就让人觉得不太好。"

"对，但这个当时十五岁的男孩，对你做出可说是最罪大恶极的罪行之一。他把你这个完全陌生的人拖进树林里，然后揍你强奸你，难道你不愤怒？"

她真想对那女人说，对，我记得他对我做过什么事，多谢你的提醒。

她回答："我不知道愤怒是不是应该出现的情绪，这是相当有毁灭性的情绪。"

"说到这件事，有报道指出，攻击你的人在监狱的矫正辅导中曾经承认自己是个怪物。你对这件事有何看法？你认为他是怪物吗？"

"听着，我几乎不认识这个男孩。我只跟他有过三十分钟的互动，所以这不容我置喙。对，他的确对我做了怪物般的事，但是我不打算称呼一个我几乎不认识的人是怪物。"

此时出现了短暂的停顿，主持人像是有点失望。

"但是薇安，这男孩当然非常危险，现在他回到了街头。爱尔兰的女人和女孩都应该担忧自己的安全，是不是？"

听到这女人对她直呼名字，好像两人是老朋友似的，她不禁恼火了起来。

"嗯，对于像这样散播恐惧，我倒是有点犹豫。毕竟，因为每一个强奸犯都是被逮捕和定罪的人，却还是有许多人没有被抓到，所以他绝对不是外头唯一的性侵者。"

"薇安，你对这个对你做了如此可怕的事的男孩真是宽宏大量。性侵事件过后，你过得如何？你可以继续向前行吗？"

"已经过了五年多了，没错，我之前必须非常努力，才能修补我的人生。我最后因为工作的关系，离开了欧洲。所以我觉得，这起性侵事件像是我已经抛诸脑后的事，但就某方面来说，它也永远会是我过去的一部分。"

"薇安，真高兴听到你这么说，真的非常激励人心。现在当你想到那个事件，你有什么感觉呢？"

"某种程度上，我会永远为此感到悲伤难过。太多压力、忧虑和那个事件、那场审判绑在一起，当我现在想到它……就像是……我还是感觉到一种魅影般的压力。"

"薇安，你认为约翰·史威尼得到的刑期适当吗？毕竟他被判处十年徒刑，如今不过只服监五年。"

莫里森警探之前就曾跟她解释过这一点，后来各种受害人信息计划也曾提及。罪犯很少服满整个刑期，通常只完成一半。制度就是这样。

"对我来说，这的确似乎不太公平，虽然法庭对他判处了一个合适的刑期，可他却没有完成整个刑期。我是说，他的罪行对我的未来会有怎样的整体影响，根本无法判定，但是……我的复原过程经历了五年，我不认为你可以说这样就够了。显然，要是他逃走了，这对他也一样不够。"

"不过提到这一点，薇安，你可知道几个月以前，在约翰·史威尼位于西贝尔法斯特的家外面，因为邻居知道了他的身份后，曾出现了一系列的小区抗议活动？"

对她又是新闻呀！这一次她放下了戒心。

"呃，我其实并不知道。"

"得知他是有前科的强奸犯后，发生了一场重大的小区抗议，一百多人聚集在他西贝尔法斯特的家外头，抗议说应该事先知会他们。我只是好奇你对这件事有何看法？强奸犯迁入时，小区真的有权利要求提前被告知吗？"

她以前从未认真思考过这个问题，现在却必须在电台直播中回答。

"我，呃……我认为这是非常复杂的状况。一方面，我认为罪犯可以改过自新，至少应该给他们一个机会。但另一方面，我也当然可以理解小区人士不放心前科强奸犯住在附近的事。"

"但要是邻居让天真无邪的孩子在街道上玩耍，就在可能住有强奸犯的居家前面玩呢？"

不是所有孩子都天真无邪，她不快地这么想着，至少有一个十五岁孩子就完全不是这么回事。

"对，我可以理解小区的忧虑。但是，我只想再一次郑重表示，虽然有这些被定罪的已知强奸犯，却还是有一大群人未被察觉。所以就算抗议一个人，还是有许多性侵犯在不为人知的情况下犯罪。因此，再次强调，举报任何出现的性侵事件才会如此重要。"

"这是你对正在收听访问的被害人所给予的忠告吗？"

"没错，不要自己隐忍。独自背负那样的重担，情绪上太有杀伤力了。所以，一定要告诉别人，即使只是强奸处理热线上的陌生人。另外，报警也非常重要，这样警方才有希望阻止那人再犯。"

她知道这听起来像是排练过多次的言词，然而……事实就是这样，在她遭到强奸后的那几个月间，一点一滴传来的所有其他故事，全都开始累积，不曾停歇。

"嗯，薇安，非常感谢你接受我们的访问。真的非常高兴听到你的消息，我们衷心希望很快就能把约翰·史威尼逮捕归案。"

"谢谢，我也希望如此。"

就这样，访问结束了。他们挂上电话，转换到播报名单上的下一条新闻。她还是坐在原来的地方，坐在靠窗的一张淡紫色沙发扶手椅上，不知道接下来要做什么。在爱尔兰的某个地方，有一些陌生人打开收音机，收听她公开谈论她的性侵案和复原情况；而在这里，在一间缺乏人情味的五星级酒店房间里，她却没有可以谈话的对象。她走向窗户，倚着玻璃，凝望未来派的天际线，及海湾上漠然的摩天大楼。

他就在某个地方，在世界上一个勇敢坚毅的多雨地区。是那么遥远，不应该影响到她的。然而，他的确影响了。

他在逃，就跟她一样。


她拿起手机，思索着可以像这样出人意料地打给谁。爸妈仍不知情，迪拜的朋友也一样。伦敦的朋友可能忙于自己的生活，根本不会想要她告诉他们这个奇怪的最新消息，更何况是关于一个没有人想要再想起的人。

"不要自己隐忍"，她在访问中这么说。然而，她却在这里，不理会自己的忠告。

我们过的生活，每个人都匆匆忙忙，力求显得功成名就，努力隐藏过去的生命暗章。但是，这所有章节聚合起来可能形成一本书，形成一个完整的藏书阁，更何况还有那些背负故事、希望忘怀至今仍旧挥之不去的景象的人。

她转身背对新加坡天际线，想着一个和窗外风景迥然不同的地方。一个一走下飞机，就会闻到空气中飘散着牛粪气味的城市，然后行经如庞然巨物的市政厅，穿过引领她走到拉根岸区的井然街道，看着远方的山坡和港口。

西贝尔法斯特有个小小的公园，里面有条小溪，两旁傍着绿带，树木垂悬溪上，小溪不断蜿蜒向前进入山坡地带，而有一个水瓶就栖息在那边的灌木丛里。

这是一个她曾经知道的地方，就在另一段人生中，当时她还是完全不同且未曾改变的薇安。接着，就在一个下午之内，发生了不可挽回的改变……而现在，或许，已稍稍改变回来。她想到两个薇安，有如生物课本里的染色体，分开后又融合成为一个人。

这个人就是现在的她，是仍可成为的她，也是过去一直以来的她。

## 图书在版编目（CIP）数据

生命暗章 /（美）李怀瑜（Winnie M. Li）著；陈芙阳 译. — 北京：东方出版社，2019.10

书名原文：DARK CHAPTER

ISBN 978-7-5207-0917-0

Ⅰ. ①生… Ⅱ. ①李… ②陈… Ⅲ. ①自传体小说—美国—现代 Ⅳ. ①I712.45

中国版本图书馆CIP数据核字（2019）第051944号

本书中文翻译由台湾悦知文化授权使用

中文简体字版专有权属东方出版社

著作权合同登记号 图字：01-2019-1054号

**生命暗章**

（SHENGMING ANZHANG）

作　　者：［美］李怀瑜（Winnie M. Li）

译　　者：陈芙阳

责任编辑：江丹丹

出　　版：东方出版社

发　　行：人民东方出版传媒有限公司

地　　址：北京市朝阳区西坝河北里51号

邮　　编：100028

印　　刷：北京汇瑞嘉合文化发展有限公司

版　　次：2019年10月第1版

印　　次：2019年10月第2次印刷

开　　本：880毫米×1230毫米　1/32

印　　张：12.125

字　　数：240千字

书　　号：ISBN 978-7-5207-0917-0

定　　价：49.80元

发行电话：（010）85924663　85924644　85924641